静山社ペガサス文庫

ハリー・ポッターと秘《ひ》密《みつ》の部《へ》屋《や》〈2-1〉

J.K.ローリング 作　松岡佑子 訳

ハリー・ポッターと秘密《ひみつ》の部屋《へや》2-1 ―もくじ―

『ハリー・ポッターと秘密《ひみつ》の部屋《へや》2-1―人物紹介《じんぶつしょうかい》』

ハリー・ポッター
主人公《しゅじんこう》。ホグワーツ魔法魔術学校《まほうまじゅつがっこう》の二年生《ねんせい》。緑《みどり》の目《め》に黒《くろ》い髪《かみ》、額《ひたい》には稲妻形《いなずまがた》の傷《きず》がある。幼《おさな》いころに両親《りょうしん》を亡《な》くし、人間《にんげん》(マグル)界《かい》で育《そだ》ったので、自分《じぶん》が魔法使《まほうつか》いであることを知《し》らなかった

ロン・ウィーズリー
ハリーのクラスメート。大家族《だいかぞく》の末息子《すえむすこ》で、優秀《ゆうしゅう》な兄《あに》たちにひけめを感《かん》じている

ハーマイオニー・グレンジャー
ハリーのクラスメート。マグル(人間《にんげん》)の子《こ》なのに、魔法学校《まほうがっこう》の優等生《ゆうとうせい》

ドラコ・マルフォイ
スリザリン寮《りょう》の生徒《せいと》。魔法界《まほうかい》の名家《めいか》の出身《しゅっしん》であることを鼻《はな》にかけるいやみな少年《しょうねん》

アルバス・ダンブルドア
ホグワーツの校長先生《こうちょうせんせい》。魔法使《まほうつか》いとしても教育者《きょういくしゃ》としても偉大《いだい》だが、ちゃめっけたっぷり

ミネルバ・マクゴナガル
ホグワーツの副校長先生《ふくこうちょうせんせい》。黒髪《くろかみ》の背《せ》の高《たか》い魔女《まじょ》。変身術《へんしんじゅつ》の先生《せんせい》。厳格《げんかく》で理知的《りちてき》

セブルス・スネイプ
魔法薬学《まほうやくがく》の先生《せんせい》。なぜかハリーを憎《にく》んでいる

ルビウス・ハグリッド
ホグワーツの森《もり》の番人《ばんにん》。やさしく不器用《ぶきよう》な大男《おおおとこ》。猫《ねこ》以外《いがい》のあらゆる動物《どうぶつ》をこよなく愛《あい》する

フレッドとジョージ・ウィーズリー
ロンの四番目《ばんめ》の兄《あに》で双子《ふたご》。いたずらばかりしているが、成績《せいせき》は良《よ》い

アーサーとモリー・ウィーズリー
ロンの父親《ちちおや》と母親《ははおや》。アーサーはマグルの製品《せいひん》に興味津々《きょうみしんしん》。モリーは時《とき》に厳《きび》しくもやさしい母親《ははおや》

ダーズリー一家《いっか》（バーノンおじさん、ペチュニアおばさん、ダドリー）
ハリーの親《しん》せきで育《そだ》ての親《おや》とその息子《むすこ》。まともじゃないことを毛嫌《けぎら》いする

ヴォルデモート（例《れい》のあの人）
最強《さいきょう》の闇《やみ》の魔法使《まほうつか》い。多《おお》くの魔法使《まほうつか》いや魔女《まじょ》を殺《ころ》したが、なぜかハリーには呪《のろ》いが効《き》かなかった

for Séan P.F. Harris,
getaway driver and foulweather friend

車で私を脱出させてくれた、
気が滅入ったときの友だち、
ショーン.P.F. ハリスに

Original Title: HARRY POTTER AND THE CHAMBER OF SECRETS

First published in Great Britain in 1998
by Bloomsbury Publishing Plc, 50 Bedford Square, London WC1B 3DP

Japanese edition first published in 2000

This book is published in Japan by arrangement with
the author through The Blair Partnership

第《だい》1章《しょう》　最悪《さいあく》の誕生日《たんじょうび》

プリベット通《どお》り四番地《ばんち》。朝食《ちょうしょく》の席《せき》で今朝《けさ》もまたいざこざが始《はじ》まった。バーノン・ダーズリー氏《し》は、甥《おい》のハリーの部屋《へや》から聞《き》こえるホーホーという大《おお》きな鳴《な》き声《ごえ》で、早々《はやばや》と起《お》こされてしまったのだ。

「今週《こんしゅう》に入《はい》って三回目《かいめ》だぞ！」テーブル越《ご》しにおじさんのどなり声《ごえ》が飛《と》んできた。「あのふくろうめをだまらせられないなら、始末《しまつ》してしまえ！」

「うんざりしてるんだよ。いつも外《そと》を飛《と》び回《まわ》っていたんだもの」ハリーはまた同《おな》じ言《い》い訳《わけ》をくり返《かえ》した。「夜《よる》にちょっとでも外《そと》に放《はな》してあげられたらいいんだけど……」

「わしがそんなまぬけに見《み》えるか？　あのふくろうめを外《そと》に出《だ》してみろ。どうなるか目《め》に見《み》えておるわ」

バーノンおじさんは、巨大《きょだい》な口《くち》ひげの先《さき》に卵焼《たまごや》きをちょっぴりぶら下《さ》げたまま、うなった。そして、とんでもないとばかりにペチュニアおばさんと顔《かお》を見合《みあ》わせた。

ハリーは言《い》い返《かえ》そうとしたが、ゲーップーッという長《なが》い大《おお》きな音《おと》が、出《で》かかったハリーの言葉《ことば》を飲《の》み込《こ》んでしまった。ダーズリー家《け》の息子《むすこ》、ダドリーだ。

「もっとベーコンが欲《ほ》しいよ」

「フライパンにたくさん入《はい》ってるわよ。かわい子《こ》ちゃん」

ペチュニアおばさんは巨大《きょだい》な息子《むすこ》をうっとりと眺《なが》めた。

「せめて、うちにいる間《あいだ》は、たくさん食《た》べさせてあげなくちゃ……学校《がっこう》の食事《しょくじ》はなんだかひどそう……」

「バカな。ペチュニアや、このわしがスメルティングズ校《こう》にいたころは、空腹《くうふく》なんてことはなかった」おじさんは満足《まんぞく》げに言《い》った。「ダドリーは充分《じゅうぶん》食《た》べているはずだ。息子《むすこ》や、ちがうかね？」

ダドリーの大《おお》きいことといったら、尻《しり》がキッチンの椅子《いす》の両脇《りょうわき》からはみ出《だ》して垂《た》れ下《さ》がっていた。ダドリーはニタッと笑《わら》い、ハリーに向《む》かって「フライパンを取《と》ってよこせよ」と言《い》った。

「君《きみ》、あの魔法《まほう》の言葉《ことば》をつけ加《くわ》えるのを忘《わす》れたようだね」ハリーがいらいらと答《こた》えた。

ハリーはごく普通《ふつう》のことを言《い》っただけなのに、それがダーズリー一家《いっか》に信《しん》じられないような効《き》き目《め》をあらわした。ダドリーは息《いき》を詰《つ》まらせ、椅子《いす》からドスンと落《お》ち、キッチンがグラグラッと揺《ゆ》れた。ダーズリー夫人《ふじん》はキャッと悲鳴《ひめい》を上《あ》げ、両手《りょうて》で口《くち》をパチッと押《お》さえた。ダーズリー氏《し》はじかれたように立《た》ち上《あ》がった。こめかみの青筋《あおすじ》がピクピクしている。

ハリーはあわてて言《い》った。

「僕《ぼく》、『どうぞ』って言葉《ことば》のことを言《い》ったんだ。べつに僕《ぼく》……」

「おまえに言《い》ったはずだな？」

おじさんの雷《かみなり》が落《お》ちた。

「この家《いえ》の中《なか》で『ま』のつく言葉《ことば》を言《い》ったらどうなるか」

おじさんはテーブルのあちこちにつばを吐《は》き散《ち》らしながらわめいた。

「でも、僕《ぼく》――」

「ダドリーを脅《おど》すとは、ようもやってくれたもんだ！」

バーノンおじさんは拳《こぶし》でテーブルをバンバンたたきながらほえた。

「僕《ぼく》、ただ――」

「言《い》ったはずだぞ！　この屋根《やね》の下《した》でおまえがまともじゃないことを口《くち》にするのは、このわしが許《ゆる》さん！」

ハリーは真《ま》っ赤《か》なおじさんの顔《かお》と真《ま》っ青《さお》なおばさんの顔《かお》をじっと見《み》た。おばさんはダドリーを助《たす》け起《お》こそうとしてウンウンうなっていた。

「わかったよ。わかってるんだ……」ハリーがつぶやいた。

バーノンおじさんはまた椅子《いす》に腰《こし》を下《お》ろしたが、息切《いきぎ》れしたサイのようにフーッフーッと言《い》いながら、小《ちい》さな鋭《するど》い目《め》でハリーを横目《よこめ》でにらみつけた。

ハリーが夏休《なつやす》みで家《いえ》に帰《かえ》ってきてからずっと、バーノンおじさんはハリーをいつ爆発《ばくはつ》するかわからない爆弾《ばくだん》のようにあつかった。何《なに》しろハリーは普通《ふつう》の少年《しょうねん》ではない。それどころか、思《おも》いっきりまともではないのだ。

ハリー・ポッターは魔法使《まほうつか》いだ――ホグワーツ魔法魔術学校《まほうまじゅつがっこう》の一年生《ねんせい》を終《お》えたばかりのほやほやだ。ハリーが家《いえ》に戻《もど》ってきて、ダーズリー一家《いっか》はがっかりしただろうが、ハリーのほうがもっとずっとがっかりしていた。

ホグワーツが恋《こい》しくて、ハリーはまるで絶《た》え間《ま》なく胃《い》がシクシク痛《いた》むような気持《きも》ちだった。あの城《しろ》、秘密《ひみつ》の抜《ぬ》け道《みち》、ゴーストたち、教室《きょうしつ》での授業《じゅぎょう》（スネイプ先生《せんせい》の「魔法薬《まほうやく》」の授業《じゅぎょう》だけは別《べつ》だが）、ふくろうが運《はこ》んでくる郵便《ゆうびん》、大広間《おおひろま》でのパーティのごちそう。塔《とう》の中《なか》の寮《りょう》で天蓋《てんがい》つきのベッドで眠《ねむ》ったり、「禁《きん》じられた森《もり》」の隣《となり》の丸太小屋《まるたごや》まで森番《もりばん》のハグリッドを訪《たず》ねたり、それに、なんていったって、あの魔法界《まほうかい》一の人気《にんき》スポーツ、クィディッチ（高《たか》いゴールが六本《ぽん》、空飛《そらと》ぶボールが四個、箒《ほうき》に乗った十四人《にん》の選手《せんしゅ》たち）……。

ハリーの呪文《じゅもん》の教科書《きょうかしょ》も、魔法《まほう》の杖《つえ》も、ローブも、鍋《なべ》も、最高級《さいこうきゅう》の箒《ほうき》ニンバス２０００も、家《いえ》に帰《かえ》ったとたん、バーノンおじさんが階段下《かいだんした》の物置《ものおき》に押《お》し込《こ》んで鍵《かぎ》をかけてしまった。夏休《なつやす》み中《じゅう》一度《いちど》もクィディッチの練習《れんしゅう》ができないせいで、ハリーが寮《りょう》のチーム選手《せんしゅ》からはずされようが、ダーズリー一家《いっか》にとっては知《し》ったこっちゃない。宿題《しゅくだい》を一つもやらずに学校《がっこう》に戻《もど》ったたって、ダーズリー一家《いっか》はへっちゃらだ。ダーズリー一家《いっか》は、魔法族《まほうぞく》から「マグル（魔法《まほう》の血《ち》が一滴《いってき》も流《なが》れていない）」と呼《よ》ばれる人種《じんしゅ》で、この一家《いっか》にしてみれば家族《かぞく》の中《なか》に魔法使《まほうつか》いがいるなんて、この上《うえ》なく恥《は》ずかしいことなのだ。バーノンおじさんはハリーのふくろう、ヘドウィグを鳥《とり》かごに閉《と》じ込《こ》め、南京錠《なんきんじょう》までかけて、魔法界《まほうかい》の誰《だれ》かに手紙《てがみ》を運《はこ》んだりできないようにしてしまった。

ハリーはこの家族《かぞく》の誰《だれ》とも似《に》ていなかった。バーノンおじさんは大《おお》きな図体《ずうたい》に首《くび》がめり込《こ》んで、巨大《きょだい》な口《くち》ひげが目立《めだ》っていた。ペチュニアおばさんはやせこけて、馬《うま》のように長《なが》い顔《かお》だし、ダドリーはブロンドでピンクの豚《ぶた》のようだった。ハリーは、小柄《こがら》で細身《ほそみ》、輝《かがや》く緑《みどり》の目《め》、いつもくしゃくしゃな真《ま》っ黒《くろ》な髪《かみ》。丸《まる》いめがねをかけ、額《ひたい》にはうっすらと稲妻形《いなずまがた》の傷痕《きずあと》があった。

ハリーが特別《とくべつ》なのは——魔法界《まほうかい》でさえ特別《とくべつ》なのは——この傷《きず》のためだった。この傷《きず》こそ、謎《なぞ》に包《つつ》まれたハリーの過去《かこ》の唯一《ゆいいつ》の手《て》がかりであり、十一年前《ねんまえ》、ダーズリー一家《いっか》の戸口《とぐち》にハリーが置《お》き去《ざ》りにされた理由《りゆう》を知《し》る、唯一《ゆいいつ》の手《て》がかりでもあった。

一歳《さい》のとき、ハリーは、史上最強《しじょうさいきょう》の闇《やみ》の魔法使《まほうつか》い、ヴォルデモート卿《きょう》の呪《のろ》いを破《やぶ》って生《い》き残《のこ》った。多《おお》くの魔法使《まほうつか》いや魔女《まじょ》が、いまだにその人《ひと》の名《な》を口《くち》にすることさえ恐《おそ》れている。ハリーの両親《りょうしん》はヴォルデモートに襲《おそ》われて死《し》んだ。しかし、ハリーは生《い》き延《の》び、稲妻形《いなずまがた》の傷《きず》が残《のこ》った。ハリーを殺《ころ》しそこねたとき、なぜか――そのなぜかは誰《だれ》にもわからないが――ヴォルデモートの力《ちから》が打《う》ち砕《くだ》かれたのだ。

こうしてハリーは母方《ははかた》のおば夫婦《ふうふ》に育《そだ》てられることになった。ダーズリー一家《いっか》と過《す》ごした最初《さいしょ》の十年間《ねんかん》、ハリーは自分《じぶん》ではそんな気《き》はないのに、しょっちゅうおかしな出来事《できごと》を引《ひ》き起《お》こし、自分《じぶん》でも不思議《ふしぎ》に思《おも》っていた。額《ひたい》の傷《きず》は、両親《りょうしん》が自動車事故《じどうしゃじこ》で死《し》んだときにできたのだという、ダーズリー夫婦《ふうふ》の話《はなし》を信《しん》じていた。

ところが、ちょうど一年前《ねんまえ》、ホグワーツからハリー宛《あて》の手紙《てがみ》が届《とど》き、すべてが明《あか》るみに出《で》た。ハリーは魔法学校《まほうがっこう》に入学《にゅうがく》し、そこでは額《ひたい》の傷《きず》もハリー自身《じしん》も有名《ゆうめい》だった……なのに、学期末《がっきまつ》の夏《なつ》休《やす》みにダーズリー家《け》に戻《もど》ったとたん、また以前《いぜん》と同《おな》じように、臭《くさ》いものの中《なか》を転《ころ》がってきた犬《いぬ》ころのようにあつかわれていた。

今日《きょう》がハリーの十二歳《さい》の誕生日《たんじょうび》だということさえ、ダーズリー一家《いっか》はまるで覚《おぼ》えていない。

別《べつ》に高望《たかのぞ》みはしない。まともな贈《おく》り物《もの》の一つももらったことはないんだし、ましてや誕生日《たんじょうび》のケーキなんか無理《むり》――だけど、こんなに完全《かんぜん》に無視《むし》されるなんて……。

まさにその時《とき》、バーノンおじさんが重々《おもおも》しく咳払《せきばら》いした。

「さて、みんなも知《し》ってのとおり、今日《きょう》は非常《ひじょう》に大切《たいせつ》な日《ひ》だ」

ハリーは自分《じぶん》の耳《みみ》を疑《うたが》って顔《かお》を上《あ》げた。

「今日《きょう》こそ、わが人生最大《じんせいさいだい》の商談《しょうだん》が成立《せいりつ》するかもしれん」

ハリーはまたトーストに顔《かお》を戻《もど》した。

――やっぱり――ハリーは苦《にが》い思《おも》いをかみしめた――バーノンおじさんはあのばかげた接待《せったい》パーティのことを言《い》ったんだ――。この二週間《しゅうかん》、おじさんはそのことしか話《はな》さなかった。どこかの金持《かねも》ちの建築屋《けんちくや》が、奥《おく》さんを連《つ》れて夕食《ゆうしょく》にやってくる。バーノンおじさんは山《やま》のように注文《ちゅうもん》が取《と》れると踏《ふ》んでいた（おじさんの会社《かいしゃ》は穴《あな》あけドリルを作《つく》っている）。

「そこで、もう一度《いちど》みんなで手順《てじゅん》を復習《ふくしゅう》しようと思《おも》う。八時《じ》に全員位置《ぜんいんいち》につく。ペチュニア、おまえはどの位置《いち》だね？」

「応接間《おうせつま》に」おばさんが即座《そくざ》に答《こた》えた。「お客様《きゃくさま》をていねいにお迎《むか》えするよう、待機《たいき》してます」

「よし、よし。ダドリーは？」

「玄関《げんかん》のドアを開《あ》けるために待《ま》ってるんだ」ダドリーはばかみたいな作《つく》り笑《わら》いを浮《う》かべてセリフを言《い》った。「メイソンさん、奥様《おくさま》、コートをお預《あず》かりいたしましょうか？」

「お客様《きゃくさま》はダドリーに夢中《むちゅう》になるわ！」ペチュニアおばさんは狂喜《きょうき》して叫《さけ》んだ。

「ダドリー、上出来《じょうでき》だ」

バーノンおじさんは、突然《とつぜん》、荒々《あらあら》しくハリーのほうに向《む》きなおった。「それで、おまえは？」

「僕《ぼく》は自分《じぶん》の部屋《へや》にいて、物音《ものおと》を立《た》てない。いないふりをする」ハリーは一本調子《いっぽんぢょうし》で答《こた》えた。

「そのとおりだ」バーノンおじさんがいやみったらしく言《い》った。

「わしがお客《きゃく》を応接間《おうせつま》へと案内《あんない》して、そこで、ペチュニア、おまえを紹介《しょうかい》し、客人《きゃくじん》に飲《の》み物《もの》をおつぎする。八時《じ》十五分《ふん》――」

「私《わたし》がお食事《しょくじ》にいたしましょうと言《い》う」とペチュニアおばさん。

「そこで、ダドリーのセリフは？」

「奥様《おくさま》、食堂《しょくどう》へご案内《あんない》させていただけますか？」

ダドリーはブクッと太《ふと》った腕《うで》を女性《じょせい》に差《さ》し出《だ》すしぐさをした。

「なんてかわいい私《わたし》の完璧《かんぺき》なジェントルマン！」ペチュニアおばさんは涙声《なみだごえ》だ。

「それで、**おまえは？**」

「自分《じぶん》の部屋《へや》にいて、物音《ものおと》を立《た》てない。いないふりをする」ハリーは気《き》のない声《こえ》で答《こた》えた。

「それでよし。さて、夕食《ゆうしょく》の席《せき》で気《き》のきいたお世辞《せじ》の一つも言《い》いたい。ペチュニア、何《なに》かあるかな？」

「バーノンから聞《き》きましたわ。メイソンさんはすばらしいゴルファーでいらっしゃるとか……まあ、奥様《おくさま》、そのすてきなお召《め》し物《もの》は、いったいどこでお求《もと》めになりましたの……」

「完璧《かんぺき》だ……ダドリー？」

「こんなのどうかな、『学校《がっこう》で尊敬《そんけい》する人物《じんぶつ》について作文《さくぶん》を書《か》くことになって、メイソンさん、ぼく、**あなた**のことを書《か》きました』」

このセリフは出来過《できす》ぎだった。ペチュニアおばさんは感激《かんげき》で泣《な》きだし、わが子《こ》を抱《だ》きしめたし、ハリーはテーブルの下《した》にもぐりこんで、大笑《おおわら》いするところを誰《だれ》にも見《み》られないようにした。

「それで、小僧《こぞう》、おまえは？」

ハリーは必死《ひっし》で普通《ふつう》の顔《かお》を装《よそお》ってテーブルの下《した》から出《で》てきた。

「僕《ぼく》は自分《じぶん》の部屋《へや》にいて、物音《ものおと》を立《た》てない。いないふりをする」

「まったくもって、そのとおりにしろ」バーノンおじさんの声《こえ》に力《ちから》がこもった。

「メイソンご夫妻《ふさい》はおまえのことを何《なに》もご存《ぞん》じないし、知《し》らんままでよい。夕食《ゆうしょく》が終《お》わったら、ペチュニアや、おまえはメイソン夫人《ふじん》をご案内《あんない》して応接間《おうせつま》に戻《もど》り、コーヒーをさしあげる。わしは話題《わだい》をドリルのほうにもっていく。運《うん》がよけりゃ、『十時《じ》のニュース』が始《はじ》まる前《まえ》に、商談成立《しょうだんせいりつ》で署名《しょめい》、捺印《なついん》しておるな。明日《あす》の今《いま》ごろは買《か》い物《もの》だ。マジョルカ島《とう》の別荘《べっそう》をな」

ハリーはことさらうれしいとも思《おも》わなかった。ダーズリー一家《いっか》がマジョルカ島《とう》に行《い》ったって、今《いま》のプリベット通《どお》りと打《う》って変《か》わってハリーをかわいがるとは思《おも》えなかった。

「よーし、と――わしは街《まち》へ行《い》って、わしとダドリーのディナー・ジャケットを取《と》ってくる。それで、**おまえは……**」

おじさんはハリーに向《む》かってすごみをきかせた。

「……おまえは、おばさんの掃除《そうじ》のじゃまをするな」

ハリーは裏口《うらぐち》から庭《にわ》に出《で》た。まぶしいほどのいい天気《てんき》だった。芝生《しばふ》を横切《よこぎ》り、ガーデン・ベンチにドサッと座《すわ》り込《こ》み、ハリーは小声《こごえ》で口《くち》ずさんだ。

「♪ハッピ・バースデー、ハリー……、ハッピ・バースデー、ハリー……」

カードもプレゼントもない。夜《よる》にはいないふりだ。ハリーはみじめな気持《きも》ちで生《い》け垣《がき》を見《み》つめた。さびしかった。今《いま》までになく。ホグワーツはなつかしいし、クィディッチもやりたい。でもそれよりも一番《いちばん》なつかしいのは、親友《しんゆう》のロン・ウィーズリーとハーマイオニー・グレンジャーだ。

それなのに、二人《ふたり》はハリーに会《あ》いたいとも思《おも》っていないらしい。どちらも夏休《なつやす》みに入《はい》って一度《いちど》も手紙《てがみ》をくれない。ロンは泊《と》まりに来《こ》いって、ハリーを招待《しょうたい》するはずだったのに……。

魔法《まほう》でヘドウィグの鳥《とり》かごの鍵《かぎ》をはずし、手紙《てがみ》を持《も》たせてロンとハーマイオニーのところへ送《おく》ろうかと、何度《なんど》も何度《なんど》も考《かんが》えた。でも、危険《きけん》はおかせない。卒業前《そつぎょうまえ》の半人前魔法使《はんにんまえまほうつか》いは、学校《がっこう》の外《そと》で魔法《まほう》を使《つか》うことを許《ゆる》されてはいない。ハリーはこのことをダーズリーたちに話《はな》していなかった。おじさんたちは、フンコロガシに変《か》えられては大変《たいへん》、とハリーを怖《こわ》がっていた。だからこそ、杖《つえ》や箒《ほうき》と一緒《いっしょ》にハリーまでも階段下《かいだんした》の物置《ものおき》に閉《と》じ込《こ》めようとはしなかったのだ。

家《いえ》に戻《もど》ってから数週間《すうしゅうかん》は、ハリーは低《ひく》い声《こえ》で口《くち》から出《で》まかせの言葉《ことば》をつぶやいて、ダドリーがでっぷり太《ふと》った足《あし》を動《うご》かせる限《かぎ》り速《はや》く動《うご》かして、部屋《へや》から逃《に》げ出《だ》すのを見《み》ては楽《たの》しんだ。

でも、ロンからもハーマイオニーからもずうっと連絡《れんらく》がない。ハリーは魔法界《まほうかい》から切《き》り離《はな》されたような気《き》になり、ダドリーをからかうことさえどうでもよくなっていた。——その上《うえ》、ロンもハーマイオニーもハリーの誕生日《たんじょうび》まで忘《わす》れている。

ホグワーツから一つでも連絡《れんらく》が来《き》さえしたら、あとは何《なに》もいらない。どんな魔法使《まほうつか》いからでも魔女《まじょ》からでも、誰《だれ》からだっていい。宿敵《しゅくてき》ドラコ・マルフォイでさえ、今《いま》、姿《すがた》を見《み》せてくれたなら、すべてが夢《ゆめ》ではなかったと、そう思《おも》えるだけでもどんなにうれしいか……。

とはいっても、ホグワーツでの一年間《ねんかん》、楽《たの》しいことばかりではなかった。学年末《がくねんまつ》に、誰《だれ》あろう、あのヴォルデモート卿《きょう》と一対《たい》一の対決《たいけつ》もした。ヴォルデモートは見《み》る影《かげ》もなく衰《おとろ》えてはいたものの、いまだに恐《おそ》ろしく、いまだに狡猾《こうかつ》で、いまだに権力《けんりょく》を取《と》り戻《もど》そうと執念《しゅうねん》を燃《も》やしていた。ハリーはヴォルデモートの魔《ま》の手《て》を、二度目《どめ》のこのときも辛《から》くも逃《のが》れたが、危機一髪《ききいっぱつ》だった。何週間《なんしゅうかん》もたった今《いま》でも、ハリーは寝汗《ねあせ》をびっしょりかいて夜中《よなか》に何度《なんど》も目《め》が覚《さ》める。ヴォルデモートは今《いま》どこにいるんだろう。あの鉛色《なまりいろ》の顔《かお》、あの見開《みひら》かれた恐《おそ》ろしい目《め》……。

ぼんやりと生《い》け垣《がき》を見《み》ていたハリーは、突然《とつぜん》ベンチから身《み》を起《お》こした。――生《い》け垣《がき》が見《み》つめ返《かえ》したのだ。葉《は》っぱの中《なか》から、二つの大《おお》きな緑色《みどりいろ》の目《め》が現《あらわ》れた。

ハリーがはじかれたように立《た》ち上《あ》がったとたん、小《こ》ばかにしたような声《こえ》が芝生《しばふ》のむこうから漂《ただよ》ってきた。

「♪今日《きょう》が何《なん》の日《ひ》か、知《し》ってるぜ」

ダドリーがこっちに向《む》かってボタボタ歩《ある》きながら、歌《うた》うように節《ふし》をつけて言《い》った。巨大《きょだい》な緑《みどり》の目《め》がパチクリして消《き》えた。

「え？」ハリーは生《い》け垣《がき》の目《め》があったところから目《め》を離《はな》さずに言《い》った。

「今日《きょう》は何《なん》の日《ひ》か、知《し》ってるぜ」

ダドリーはそうくり返《かえ》しながらハリーのすぐそばにやってきた。

「そりゃよかった。やっと曜日《ようび》がわかるようになったってわけだ」

「今日《きょう》はおまえの誕生日《たんじょうび》だろ」ダドリーが鼻先《はなさき》で笑《わら》った。「カードが一枚《まい》も来《こ》ないのか？　あのへんてこりんな学校《がっこう》で、おまえは友達《ともだち》もできなかったのかい？」

「僕《ぼく》の学校《がっこう》のこと口《くち》にするなんて、君《きみ》の母親《ははおや》には聞《き》かれないほうがいいだろうな」

ハリーは冷《ひ》ややかに言《い》った。

ダドリーは、太《ふと》っちょの尻《しり》から半分落《はんぶんお》ちそうになっていたズボンをずり上《あ》げた。

「なんで生《い》け垣《がき》なんか見《み》つめてたんだ？」

ダドリーがいぶかしげに聞《き》いた。

「あそこに火《ひ》を放《はな》つにはどんな呪文《じゅもん》が一番《いちばん》いいか考《かんが》えてたのさ」

ダドリーはとたんによろよろっとあとずさりした。ブクッとした顔《かお》に恐怖《きょうふ》が走《はし》っていた。

「そ、そんなこと、できるはずない――パパがおまえに、ま、魔法《まほう》なんて使《つか》うなって言《い》ったんだ――パパがこの家《いえ》から放《ほう》り出《だ》すって言《い》った――そしたら、おまえなんかどこも行《い》くところがないんだ――おまえを引《ひ》き取《と》る友達《ともだち》だって一人《ひとり》もいないんだ――」

「**デマカセー　ゴマカセー！**」

ハリーは激《はげ》しい声《こえ》を出《だ》した。

「インチキー　トンチキー……スクィグリー　ウィグリー……」

「ママーアアアアア！」

家《いえ》の中《なか》にかけ込《こ》もうとして、自分《じぶん》の足《あし》につまずきながらダドリーが叫《さけ》んだ。

「ママーアアア！　あいつがあれをやってるよう！」

ハリーの一瞬《いっしゅん》の楽《たの》しみは、たいそう高《たか》くついた。ダドリーがけがしたわけでも、生《い》け垣《がき》がどうかなったわけでもないので、おばさんは、ハリーがほんとうに魔法《まほう》を使《つか》ったのではないとわかっていたはずだ。それでも、洗剤《せんざい》の泡《あわ》だらけのフライパンが、ハリーの頭《あたま》めがけてヘビーブローをかけてきたので、身《み》をかわさなければならなかったし、仕事《しごと》を言《い》いつけられ、終《お》わるまでは食事《しょくじ》抜《ぬ》きというおまけまでついた。

ダドリーがアイスクリームをなめながら、のらくらとハリーを眺《なが》めている間《あいだ》に、ハリーは窓《まど》をふき、車《くるま》を洗《あら》い、芝《しば》を刈《か》り、花壇《かだん》をきれいにし、バラの枝《えだ》を整《ととの》え、水《みず》やりをし、ガーデン・ベンチのペンキ塗《ぬ》りをした。

焦《こ》げつくような太陽《たいよう》がハリーの首筋《くびすじ》をジリジリ焼《や》いた。腹《はら》を立《た》ててダドリーの餌《えさ》に引《ひ》っかかってはいけないと、よくわかっていたのに。まさにハリー自身《じしん》が気《き》にしていたことを、ダドリーにずばりと言《い》われて、つい……もしかしたらほんとうに、ホグワーツに一人《ひとり》も友達《ともだち》がいなかったのかも……。

「あの有名《ゆうめい》なハリー・ポッターのこのざまを、見《み》せてやりたいよ」

ハリーは吐《は》き捨《す》てるように言《い》った。花壇《かだん》に肥料《ひりょう》をまきながら、背中《せなか》が痛《いた》み、汗《あせ》は顔《かお》を滴《したた》り落《お》ちた。

七時半《じはん》、つかれはてたハリーの耳《みみ》にやっと、ペチュニアおばさんの呼《よ》ぶ声《こえ》が聞《き》こえてきた。

「お入《はい》り！　新聞《しんぶん》の上《うえ》を歩《ある》くんだよ！」

ハリーは日陰《ひかげ》に入《はい》れるのがうれしくて、ピカピカに磨《みが》き上《あ》げられたキッチンに入《はい》った。冷蔵庫《れいぞうこ》の上《うえ》には今夜《こんや》のデザートがのっていた。たっぷりと山盛《やまも》りのホイップクリームと、スミレの砂糖《さとう》漬《づ》けだ。骨《ほね》つきのローストポークがオーブンでジュージューと音《おと》を立《た》てていた。

「早《はや》くお食《た》べ！　メイソンさんたちがまもなくご到着《とうちゃく》だよ！」

ペチュニアおばさんがピシャリと言《い》った。指差《ゆびさ》した先《さき》のテーブルの上《うえ》に、パンが二切《ふたき》れとチーズが一《ひと》かけらのっていた。おばさんはもう、サーモンピンク色《いろ》のカクテル・ドレスに着替《きが》えていた。

ハリーは手《て》を洗《あら》い、情《なさ》けなくなるような夕食《ゆうしょく》を急《いそ》いで飲《の》み込《こ》んだ。食《た》べ終《お》わるか終《お》わらないうちにおばさんがさっさと皿《さら》を片《かた》づけてしまった。「早《はや》く！　二階《かい》へ！」居間《いま》の前《まえ》を通《とお》り過《す》ぎるとき、ドアのむこうに、蝶《ちょう》ネクタイにディナー・ジャケットの正装《せいそう》に身《み》を包《つつ》んだ、おじさんとダドリーの姿《すがた》がちらりと見《み》えた。ハリーが二階《かい》に上《あ》がる途中《とちゅう》の、階段《かいだん》の踊《おど》り場《ば》に着《つ》いたとき、玄関《げんかん》のベルが鳴《な》り、バーノンおじさんのすさまじい顔《かお》が階段下《かいだんした》に現《あらわ》れた。

「いいな、小僧《こぞう》――ちょっとでも音《おと》を立《た》ててみろ……」

ハリーは忍《しの》び足《あし》で自分《じぶん》の部屋《へや》にたどり着《つ》き、スッと中《なか》に入《い》り、ドアを閉《し》め、ベッドに倒《たお》れ込《こ》もうとした。

しかし――ベッドには先客《せんきゃく》が座《すわ》り込《こ》んでいた。

第《だい》2章《しょう》　ドビーの警告《けいこく》

ハリーは危《あや》うく叫《さけ》び声《ごえ》を上《あ》げるところだったが、やっとのことでこらえた。

ベッドの上《うえ》にはコウモリのような長《なが》い耳《みみ》に、テニスボールぐらいの緑《みどり》の目《め》がぎょろりと飛《と》び出《だ》した小《ちい》さな生《い》き物《もの》がいた。今朝《けさ》、庭《にわ》の生《い》け垣《がき》から自分《じぶん》を見《み》ていたのはこれだ、とハリーはすぐに気《き》づいた。

互《たが》いにじっと見《み》つめているうちに、玄関《げんかん》ホールのほうからダドリーの声《こえ》が聞《き》こえてきた。

「メイソンさん、奥様《おくさま》、コートをお預《あず》かりいたしましょうか？」

生《い》き物《もの》はベッドからスルリとすべり降《お》りて、カーペットに細長《ほそなが》い鼻《はな》の先《さき》がくっつくぐらい低《ひく》くおじぎをした。ハリーはその生《い》き物《もの》が、手《て》と足《あし》が出《で》るように裂《さ》け目《め》がある古《ふる》い枕《まくら》カバーのような物《もの》を着《き》ているのに気《き》づいた。

「あ――こんばんは」

ハリーは不安《ふあん》げに挨拶《あいさつ》した。

「ハリー・ポッター！」

生《い》き物《もの》がかん高《だか》い声《こえ》を出《だ》した。きっと下《した》まで聞《き》こえた、とハリーは思《おも》った。

「ドビーめはずっとあなた様《さま》にお目《め》にかかりたかった……とっても光栄《こうえい》です……」

「あ、ありがとう」

ハリーは壁伝《かべづた》いに机《つくえ》のほうににじり寄《よ》り、崩《くず》れるように椅子《いす》に腰《こし》かけた。椅子《いす》のそばの大《おお》きな鳥《とり》かごでヘドウィグが眠《ねむ》っていた。ハリーは「君《きみ》はなに？」と聞《き》きたかったが、それではあんまり失礼《しつれい》だと思《おも》い、「君《きみ》はだれ？」と聞《き》いた。

「ドビーめにございます。ドビーと呼《よ》び捨《す》ててください。『屋敷《やしき》しもべ妖精《ようせい》』のドビーです」

と生《い》き物《もの》が答《こた》えた。

「あ――そうなの。あの――気《き》を悪《わる》くしないでほしいんだけど、でも――僕《ぼく》の部屋《へや》に今《いま》『屋敷《やしき》しもべ妖精《ようせい》』がいると、とっても都合《つごう》が悪《わる》いんだ」

ペチュニアおばさんのかん高《だか》い作《つく》り笑《わら》いが居間《いま》から聞《き》こえてきた。しもべ妖精《ようせい》はうなだれた。

「知《し》り合《あ》いになれてうれしくないってわけじゃないんだよ」

ハリーがあわてて言《い》った。

「だけど、あの、何《なに》か用事《ようじ》があってここに来《き》たの？」

「はい、そうでございますとも」

ドビーが熱《ねつ》っぽく言《い》った。

「ドビーめは申《もう》し上《あ》げたいことがあって参《まい》りました……複雑《ふくざつ》でございまして……ドビーめはいったい何《なに》から話《はな》してよいやら……」

「座《すわ》ってよ」ハリーはベッドを指差《ゆびさ》してていねいにそう言《い》った。

しもべ妖精《ようせい》はワッと泣《な》きだした――ハリーがはらはらするようなうるさい泣《な》き方《かた》だった。

「す――座《すわ》ってなんて！」妖精《ようせい》はオンオン泣《な》いた。「これまで一度《いちど》も……一度《いちど》だって……」

ハリーは階下《かいか》の声《こえ》が一瞬《いっしゅん》たじろいだような気《き》がした。

「ごめんね」ハリーはささやいた。「気《き》にさわることを言《い》うつもりはなかったんだけど」

「このドビーめの気《き》にさわるですって！」妖精《ようせい》はのどを詰《つ》まらせた。

「ドビーめはこれまでたったの一度《いちど》も、魔法使《まほうつか》いから座《すわ》ってなんて言《い》われたことがございません――まるで対等《たいとう》みたいに――」

ハリーは「シーッ！」と言《い》いながらも、なだめるようにドビーをうながして、ベッドの上《うえ》に座《すわ》らせた。ベッドでしゃくりあげている姿《すがた》は、とても醜《みにく》い大《おお》きな人形《にんぎょう》のようだった。しばらくするとドビーはやっとおさまってきて、大《おお》きなぎょろ目《め》を尊敬《そんけい》でうるませ、ハリーをひしと見《み》ていた。

「君《きみ》は礼儀《れいぎ》正《ただ》しい魔法使《まほうつか》いに、あんまり会《あ》わなかったんだね」

ハリーはドビーを元気《げんき》づけるつもりでそう言《い》った。

ドビーはうなずいた。そして突然《とつぜん》立《た》ち上《あ》がると、何《なん》の前触《まえぶ》れもなしに窓《まど》ガラスに激《はげ》しく頭《あたま》を打《う》ちつけはじめた。

「ドビーは悪《わる》い子《こ》！　ドビーは悪《わる》い子《こ》！」

「やめて――いったいどうしたの？」

ハリーは声《こえ》をかみ殺《ころ》し、飛《と》び上《あ》がってドビーを引《ひ》き戻《もど》し、ベッドに座《すわ》らせた。ヘドウィグが目《め》を覚《さ》まし、ひときわ大《おお》きく鳴《な》いたかと思《おも》うと、鳥《とり》かごの格子《こうし》にバタバタと激《はげ》しく羽《はね》を打《う》ちつけた。

「ドビーめは自分《じぶん》でおしおきをしなければならないのです」

妖精《ようせい》は目《め》をくらくらさせながら言《い》った。

「自分《じぶん》の家族《かぞく》の悪口《わるぐち》を言《い》いかけたのでございます……」

「君《きみ》の家族《かぞく》って？」

「ドビーめがお仕《つか》えしているご主人様《しゅじんさま》、魔法使《まほうつか》いの家族《かぞく》でございます……ドビーは屋敷《やしき》しもべです――一つの屋敷《やしき》、一つの家族《かぞく》に一生《いっしょう》お仕《つか》えする運命《うんめい》なのです……」

「その家族《かぞく》は君《きみ》がここに来《き》てること知《し》ってるの？」ハリーは興味《きょうみ》をそそられた。

ドビーは身《み》を震《ふる》わせた。

「めっそうもない……ドビーめはこうしてお目《め》にかかりに参《まい》りましたことで、きびしーく自分《じぶん》をおしおきしないといけないのです。ドビーめはオーブンのふたで両耳《りょうみみ》をバッチンしないといけないのです。ご主人様《しゅじんさま》にばれたら、もう……」

「でも、君《きみ》が両耳《りょうみみ》をオーブンのふたにはさんだりしたら、それこそご主人《しゅじん》が気《き》づくんじゃない？」

「ドビーめはそうは思《おも》いません。ドビーめは、いっつも何《なん》だかんだと自分《じぶん》におしおきをしていないといけないのです。ご主人様《しゅじんさま》は、ドビーめに勝手《かって》におしおきをさせておくのでございます。ときどきおしおきが足《た》りないとおっしゃるのです……」

「どうして家出《いえで》しないの？　逃《に》げれば？」

「屋敷《やしき》しもべ妖精《ようせい》は解放《かいほう》していただかないといけないのです。ご主人様《しゅじんさま》はドビーめを自由《じゆう》にするはずがありません……ドビーめは死《し》ぬまでご主人様《しゅじんさま》の一家《いっか》に仕《つか》えるのでございます……」

ハリーは目《め》を見張《みは》った。

「僕《ぼく》なんか、あと四週間《しゅうかん》もここにいたらとっても身《み》がもたないと思《おも》ってたけれど、君《きみ》の話《はなし》を聞《き》いてるうちに、ダーズリー一家《いっか》でさえ人間《にんげん》らしいって思《おも》えてきた。誰《だれ》か君《きみ》を助《たす》けてあげられないのかな？　僕《ぼく》に何《なに》かできる？」

そう言《い》ったとたん、ハリーは「しまった」と思《おも》った。ドビーはまたしても感謝《かんしゃ》の雨《あめ》あられと泣《な》きだした。

「お願《ねが》いだから」ハリーは必死《ひっし》でささやいた。「頼《たの》むから静《しず》かにして。おじさんたちが聞《き》きつけたら……君《きみ》がここにいることが知《し》れたら……」

「ハリー・ポッターが『何《なに》かできないか』って、ドビーめに聞《き》いてくださった……ドビーめはあなた様《さま》が偉大《いだい》な方《かた》だとは聞《き》いておりましたが、こんなにおやさしい方《かた》だとは知《し》りませんでした……」

ハリーは顔《かお》がポッと熱《あつ》くなるのを感《かん》じた。

「僕《ぼく》が偉大《いだい》だなんて、君《きみ》が何《なに》を聞《き》いたか知《し》らないけど、くだらないことばかりだよ。僕《ぼく》なんか、ホグワーツの同学年《どうがくねん》でトップというわけでもないし。ハーマイオニーが――」

それ以上《いじょう》は続《つづ》けられなかった。ハーマイオニーのことを思《おも》い出《だ》しただけで胸《むね》が痛《いた》んだ。

「ハリー・ポッターは謙虚《けんきょ》でいばらない方《かた》です」

ドビーはボールのような目《め》を輝《かがや》かせてうやうやしく言《い》った。

「ハリー・ポッターは『名前《なまえ》を呼《よ》んではいけないあの人《ひと》』に勝《か》ったことをおっしゃらない」

「ヴォルデモート？」

「あぁ、その名《な》をおっしゃらないで。おっしゃらないで」

ドビーはコウモリのような耳《みみ》を両手《りょうて》でパチッと覆《おお》い、うめくように言《い》った。

ハリーはあわてて「ごめん」と言《い》った。

「その名前《なまえ》を聞《き》きたくない人《ひと》はいっぱいいいるんだよね――僕《ぼく》の友達《ともだち》のロンなんか……」

またそれ以上《いじょう》は続《つづ》かなかった。ロンのことを考《かんが》えても胸《むね》がうずいた。

ドビーはヘッドライトのような目《め》を見開《みひら》いて、ハリーのほうに身《み》を乗《の》り出《だ》してきた。

「ドビーめは聞《き》きました」ドビーの声《こえ》がかすれていた。「ハリー・ポッターが闇《やみ》の帝王《ていおう》と二度目《どめ》の対決《たいけつ》を、ほんの数週間前《すうしゅうかんまえ》に……。ハリー・ポッターがまたしてもその手《て》を逃《のが》れたと」

ハリーがうなずくと、ドビーの目《め》が急《きゅう》に涙《なみだ》で光《ひか》った。

「あぁ」ドビーは着《き》ている汚《きたな》らしい枕《まくら》カバーの端《はし》っこを顔《かお》に押《お》し当《あ》てて涙《なみだ》をぬぐい、感嘆《かんたん》の声《こえ》を上《あ》げた。

「ハリー・ポッターは勇猛果敢《ゆうもうかかん》！　もう何度《なんど》も危機《きき》を切《き》り抜《ぬ》けていらっしゃった！　でも、ドビーめはハリー・ポッターをお護《まも》りするために参《まい》りました。警告《けいこく》しに参《まい》りました。あとでオーブンのふたで耳《みみ》をバッチンとしなくてはなりませんが、それでも……。ハリー・ポッターはホグワーツに戻《もど》ってはなりません」

一瞬《いっしゅん》の静《しず》けさ――。階下《かいか》でナイフやフォークがカチャカチャいう音《おと》と、遠《とお》い雷鳴《らいめい》のようにゴロゴロというバーノンおじさんの声《こえ》が聞《き》こえるだけだった。

「な、何《なん》て言《い》ったの？」言葉《ことば》がつっかえた。「僕《ぼく》、だって、戻《もど》らなきゃ――九月一日《がっついたち》に新学期《しんがっき》が始《はじ》まるんだ。それがなきゃ僕《ぼく》、耐《た》えられないよ。ここがどんなところか、君《きみ》は知《し》らないんだ。ここには身《み》の置《お》き場《ば》がないんだ。僕《ぼく》の居場所《いばしょ》は君《きみ》と同《おな》じ世界《せかい》――ホグワーツなんだ」

「いえ、いえ、いえ」

ドビーがキーキー声《こえ》を立《た》てた。あんまり激《はげ》しく頭《あたま》を横《よこ》に振《ふ》ったので、耳《みみ》がパタパタいった。

「ハリー・ポッターは安全《あんぜん》な場所《ばしょ》にいないといけません。あなた様《さま》は偉大《いだい》な人《ひと》、やさしい人《ひと》。失《うしな》うわけには参《まい》りません。ハリー・ポッターがホグワーツに戻《もど》れば、死《し》ぬほど危険《きけん》でございます」

「どうして？」ハリーは驚《おどろ》いて尋《たず》ねた。

ドビーは突然全身《とつぜんぜんしん》をわなわな震《ふる》わせながらささやくように言《い》った。

「罠《わな》です、ハリー・ポッター。今学期《こんがっき》、ホグワーツ魔法魔術学校《まほうまじゅつがっこう》で世《よ》にも恐《おそ》ろしいことが起《お》こるよう仕掛《しか》けられた罠《わな》でございます。ドビーめはそのことを何《なん》か月《げつ》も前《まえ》から知《し》っておりました。ハリー・ポッターは危険《きけん》に身《み》をさらしてはなりません。ハリー・ポッターはあまりにも大切《たいせつ》なお方《かた》です！」

「世《よ》にも恐《おそ》ろしいことって？」ハリーは聞《き》き返《かえ》した。「誰《だれ》がそんな罠《わな》を？」

ドビーはのどをしめられたような奇妙《きみょう》な声《こえ》を上《あ》げ、壁《かべ》にバンバン頭《あたま》を打《う》ちつけた。

「わかったから！」ハリーは妖精《ようせい》の腕《うで》をつかんで引《ひ》き戻《もど》しながら叫《さけ》んだ。

「言《い》えないんだね。わかったよ。でも君《きみ》はどうして僕《ぼく》に知《し》らせてくれるの？」

ハリーは急《きゅう》にいやな予感《よかん》がした。

「もしかして――それ、ヴォル――あ、ごめん――『例《れい》のあの人《ひと》』と関係《かんけい》があるの？」

ドビーの頭《あたま》がまた壁《かべ》のほうに傾《かし》いでいった。

「首《くび》を縦《たて》に振《ふ》るか、横《よこ》に振《ふ》るかだけしてくれればいいよ」ハリーはあわてて言《い》った。

ゆっくりと、ドビーは首《くび》を横《よこ》に振《ふ》った。

「いいえ――『名前《なまえ》を呼《よ》んではいけないあの人《ひと》』ではございません」

ドビーは目《め》を大《おお》きく見開《みひら》いて、ハリーに何《なに》かヒントを与《あた》えようとしているようだったが、ハリーにはまるで見当《けんとう》がつかなかった。

「『あの人《ひと》』に兄弟《きょうだい》なんていたかなぁ？」

ドビーは首《くび》を横《よこ》に振《ふ》り、目《め》をさらに大《おお》きく見開《みひら》いた。

「それじゃ、ホグワーツで世《よ》にも恐《おそ》ろしいことを引《ひ》き起《お》こせるのは、ほかに誰《だれ》がいるのか、全然《ぜんぜん》思《おも》いつかないよ。だって、ほら、ダンブルドアがいるからそんなことはできないんだ――君《きみ》、ダンブルドアは知《し》ってるよね？」

ドビーはおじぎをした。

「アルバス・ダンブルドアはホグワーツ始《はじ》まって以来《いらい》、最高《さいこう》の校長先生《こうちょうせんせい》でございます。ドビーめはそれを存《ぞん》じております。ドビーめはダンブルドアが『名前《なまえ》を呼《よ》んではいけないあの人《ひと》』の最《さい》高潮《こうちょう》のときの力《ちから》にも対抗《たいこう》できるお力《ちから》をお持《も》ちだと聞《き》いております。しかし、でございます」

ドビーはここで声《こえ》を落《お》として、せっぱ詰《つ》まったようにささやいた。

「ダンブルドアが使《つか》わない力《ちから》が……正《ただ》しい魔法使《まほうつか》いならけっして使《つか》わない力《ちから》が……」

ハリーが止《と》める間《ま》もなく、ドビーはベッドからポーンと飛《と》び降《お》り、ハリーの机《つくえ》の上《うえ》の電気《でんき》スタンドを引《ひ》っつかむなり、耳《みみ》をつんざくような叫《さけ》び声《ごえ》を上《あ》げながら自分《じぶん》の頭《あたま》をなぐりはじめた。

一階《かい》が突然静《とつぜんしず》かになった。次《つぎ》の瞬間《しゅんかん》、バーノンおじさんが玄関《げんかん》ホールに出《で》てくる音《おと》が聞《き》こえた。

ハリーの心臓《しんぞう》は早鐘《はやがね》のように鳴《な》った。

「ダドリーがまたテレビをつけっぱなしにしたようですな。しょうがないやんちゃ坊主《ぼうず》で！」

とおじさんが大声《おおごえ》で話《はな》している。

「早《はや》く！　洋服《ようふく》だんすに！」

ハリーは声《こえ》をひそめてそう言《い》うと、ドビーを押《お》し込《こ》み、戸《と》を閉《し》め、自分《じぶん》はベッドに飛《と》び込《こ》んだ。まさにその時《とき》、ドアがカシャリと開《あ》いた。

「いったい──きさまは──ぬぁーにを──やって──おるんだ？」

バーノンおじさんは顔《かお》をいやというほどハリーの顔《かお》に近《ちか》づけ、食《く》いしばった歯《は》の間《あいだ》からどなった。

「日本人《にっぽんじん》ゴルファーのジョークのせっかくの落《お》ちを、きさまがだいなしにしてくれたわ……今度《こんど》音《おと》を立《た》ててみろ、生《う》まれてきたことを後悔《こうかい》するぞ。わかったな！」

おじさんはドスンドスンと床《ゆか》を踏《ふ》み鳴《な》らしながら出《で》ていった。

ハリーは震《ふる》えながらドビーをたんすから出《だ》した。

「ここがどんなところかわかった？　僕《ぼく》がどうしてホグワーツに戻《もど》らなきゃならないか、わかっただろう？　あそこにだけは、僕《ぼく》の──つまり、僕《ぼく》のほうはそう思《おも》ってるんだけど、僕《ぼく》の友達《ともだち》がいるんだ」

「ハリー・ポッターに手紙《てがみ》もくれない友達《ともだち》なのにですか？」ドビーが言《い》いにくそうに言《い》った。

「たぶん、二人《ふたり》ともずうっと──え？」ハリーはふと眉《まゆ》をひそめた。

「僕《ぼく》の友達《ともだち》が手紙《てがみ》をくれないって、どうして君《きみ》が知《し》ってるの？」

ドビーは足《あし》をもじもじさせた。

「ハリー・ポッターはドビーのことを怒《おこ》ってはダメでございます——ドビーめはよかれと思《おも》ってやったのでございます……」

「君《きみ》が、僕宛《ぼくあて》の手紙《てがみ》をストップさせてたの？」

「ドビーめはここに持《も》っております」

妖精《ようせい》はスルリとハリーの手《て》の届《とど》かないところへ逃《のが》れ、着《き》ている枕《まくら》カバーの中《なか》から分厚《ぶあつ》い手紙《てがみ》の束《たば》を引《ひ》っ張《ぱ》り出《だ》した。見覚《みおぼ》えのあるハーマイオニーのきちんとした字《じ》、のたくったようなロンの字《じ》、ホグワーツの森番《もりばん》ハグリッドからと思《おも》われる走《はし》り書《が》きも見《み》える。

ドビーはハリーのほうを見《み》ながら心配《しんぱい》そうに目《め》をパチパチさせた。

「ハリー・ポッターは怒《おこ》ってはダメでございますよ……ドビーめは考《かんが》えました……ハリー・ポッターが友達《ともだち》に忘《わす》れられてしまったと思《おも》って……ハリー・ポッターはもう学校《がっこう》には戻《もど》りたくないと思《おも》うかもしれないと……」

ハリーは聞《き》いてもいなかった。手紙《てがみ》をひったくろうとしたが、ドビーは手《て》の届《とど》かないところに飛《と》びのいた。

「ホグワーツには戻《もど》らないとドビーに約束《やくそく》したら、ハリー・ポッターに手紙《てがみ》をお返《かえ》しします。

あぁ、どうぞ、あなた様《さま》はそんな危険《きけん》な目《め》にあってはなりません！　どうぞ、戻《もど》らないと言《い》ってください」

「いやだ」ハリーは怒《おこ》った。「僕《ぼく》の友達《ともだち》の手紙《てがみ》だ。返《かえ》して！」

「ハリー・ポッター、それではドビーはこうするほかありません」妖精《ようせい》は悲《かな》しげに言《い》った。

ハリーに止《と》める間《ま》も与《あた》えず、ドビーは矢《や》のようにドアに飛《と》びつき、パッと開《あ》けて――階段《かいだん》を全《ぜん》速力《そくりょく》でかけ下《お》りていった。

ハリーも全速力《ぜんそくりょく》で、音《おと》を立《た》てないように、あとを追《お》った。口《くち》の中《なか》はカラカラ、胃袋《いぶくろ》はひっくり返《かえ》りそう。最後《さいご》の六段《だん》は一気《いっき》に飛《と》び下《お》り、猫《ねこ》のように玄関《げんかん》ホールのカーペットの上《うえ》に着地《ちゃくち》し、ハリーはあたりを見回《みまわ》して、ドビーの姿《すがた》を目《め》で探《さが》した。食堂《しょくどう》からバーノンおじさんの声《こえ》が聞《き》こえてきた。

「……メイソンさん、ペチュニアに、あのアメリカ人《じん》の配管工《はいかんこう》の笑《わら》い話《ばなし》をしてやってください。妻《つま》ときたら、聞《き》きたくてうずうずしてましてて……」

ハリーは玄関《げんかん》ホールを走《はし》り抜《ぬ》けキッチンに入《はい》った。とたんに胃袋《いぶくろ》が消《き》えてなくなるかと思《おも》った。

ペチュニアおばさんのけっさくデザート、山盛《やまも》りのホイップクリームとスミレの砂糖漬《さとうづ》けが、なんと天井《てんじょうちか》近くを浮遊《ふゆう》している。戸棚《とだな》のてっぺんの角《かど》にドビーがちょこんと腰《こし》かけていた。

「あぁ、ダメ」ハリーの声《こえ》がかすれた。「ねぇ、お願《ねが》いだ……僕《ぼく》、殺《ころ》されちゃうよ……」

「ハリー・ポッターは学校《がっこう》に戻《もど》らないと言《い》わなければなりません――」

「ドビー、お願《ねが》いだから……」

「どうぞ、戻《もど》らないと言《い》ってください……」

「僕《ぼく》、言《い》えないよ！」

ドビーは悲痛《ひつう》な目《め》つきでハリーを見《み》た。

「では、ハリー・ポッターのために、ドビーはこうするしかありません」

デザートは心臓《しんぞう》が止《と》まるような音《おと》を立《た》てて床《ゆか》に落《お》ちた。皿《さら》が割《わ》れ、ホイップクリームが、窓《まど》やら壁《かべ》やらに飛《と》び散《ち》った。ドビーは鞭《むち》を鳴《な》らすような、パチッという音《おと》とともにかき消《き》えた。

食堂《しょくどう》から悲鳴《ひめい》が上《あ》がり、バーノンおじさんがキッチンに飛《と》び込《こ》んできた。そこにはハリーが、頭《あたま》のてっぺんから足《あし》の先《さき》までペチュニアおばさんのデザートをかぶって、ショックで硬直《こうちょく》して立《た》っていた。

ひとまずは、バーノンおじさんがなんとかその場《ば》を取《と》りつくろって、うまくいったように見《み》えた。

（「甥《おい》でしてね――ひどく精神不安定《せいしんふあんてい》で――この子《こ》は知《し》らない人《ひと》に会《あ》うと気《き》が動転《どうてん》するので、二階《かい》に行《い》かせておいたんですが……」)

おじさんはぼうぜんとしているメイソン夫妻《ふさい》を「さあ、さあ」と食堂《しょくどう》に追《お》い戻《もど》し、ハリーには、メイソン夫妻《ふさい》が帰《かえ》ったあとで、虫《むし》の息《いき》になるまで鞭《むち》で打《う》ってやると宣言《せんげん》し、それからモップを渡《わた》した。ペチュニアおばさんは、フリーザーの奥《おく》からアイスクリームを引《ひ》っ張《ぱ》り出《だ》してきた。ハリーは震《ふる》えが止《と》まらないまま、キッチンの床《ゆか》をモップでこすりはじめた。

それでも、バーノンおじさんにはまだ商談成立《しょうだんせいりつ》の可能性《かのうせい》があった——ふくろうのことさえなければ。

ペチュニアおばさんが、食後《しょくご》のミントチョコが入《はい》った箱《はこ》をみんなに回《まわ》していたとき、巨大《きょだい》なふくろうが一羽《わ》、食堂《しょくどう》の窓《まど》からバサーッと舞《ま》い降《お》りて、メイソン夫人《ふじん》の頭《あたま》の上《うえ》に手紙《てがみ》を落《お》とし、またバサーッと飛《と》び去《さ》っていった。メイソン夫人《ふじん》はギャーッと叫《さけ》び声《ごえ》を上《あ》げ、ダーズリー一家《いっか》は狂《くる》っている、とわめきながら飛《と》び出《だ》していった。

——妻《つま》は鳥《とり》と名《な》がつくものは、どんな形《かたち》や大《おお》きさだろうと死《し》ぬほど怖《こわ》がる。いったい君《きみ》たち、なんの冗談《じょうだん》のつもりかね——メイソン氏《し》もダーズリー一家《いっか》にそれだけの文句《もんく》をあびせるなり、出《で》ていった。

おじさんが小《ちい》さい目《め》に悪魔《あくま》のような炎《ほのお》を燃《も》やして、ハリーのほうに迫《せま》ってきた。ハリーはモップにすがりついて、やっとの思《おも》いでキッチンに立《た》っていた。

「読《よ》め！」

おじさんが押《お》し殺《ころ》した声《こえ》で毒々《どくどく》しく言《い》った。ふくろうが配達《はいたつ》した手紙《てがみ》を振《ふ》りかざしている。

「いいから――読《よ》め！」

ハリーは手紙《てがみ》を手《て》にした。誕生祝《たんじょういわ》いのカード、ではなかった。

ポッター殿《どの》

今夕《こんせき》九時《じ》十二分《ふん》、貴殿《きでん》の住居《じゅうきょ》において「浮遊術《ふゆうじゅつ》」が使《つか》われたとの情報《じょうほう》を受《う》け取《と》りました。

ご承知《しょうち》のように、卒業前《そつぎょうまえ》の未成年魔法使《みせいねんまほうつか》いは、学校《がっこう》の外《そと》において呪文《じゅもん》を行使《こうし》することを許《ゆる》されておりません。貴殿《きでん》が再《ふたた》び呪文《じゅもん》を行使《こうし》すれば、退校処分《たいこうしょぶん》となる可能性《かのうせい》があります。（一八七五年制定《ねんせいてい》の未成年魔法使《みせいねんまほうつか》いの妥当《だとう》な制限《せいげん》に関《かん》する法令《ほうれい》C項《シーこう》）

念《ねん》のため、非魔法社会《ひまほうしゃかい》の者《もの》（マグル）に気《き》づかれる危険性《きけんせい》がある魔法行為《まほうこうい》は、国際魔法戦士連盟機密保持法第十三条《こくさいまほうせんしれんめいきみつほじほうだいじょう》の重大《じゅうだい》な違反《いはん》となります。

休暇《きゅうか》を楽《たの》しまれますよう！

敬具《けいぐ》

魔法省魔法不適正使用取締局《まほうしょうまほうふてきせいしようとりしまりきょく》
マファルダ・ホップカーク

ハリーは手紙《てがみ》から顔《かお》を上《あ》げ、生《なま》つばをゴクリと飲《の》み込《こ》んだ。

「おまえは、学校《がっこう》の外《そと》で魔法《まほう》を使《つか》ってはならんということを、だまっていたな」

バーノンおじさんの目《め》には怒《いか》りの火《ひ》がメラメラ踊《おど》っていた。

「言《い》うのを忘《わす》れたというわけだ……なるほど、つい忘《わす》れていたわけだ……」

おじさんは大型《おおがた》ブルドッグのように牙《きば》を全部《ぜんぶ》むき出《だ》して、ハリーに迫《せま》ってきた。

「さて、小僧《こぞう》、知《し》らせがあるぞ……わしはおまえを閉《と》じ込《こ》める……おまえはもうあの学校《がっこう》には戻《もど》れない……けっしてな……戻《もど》るために魔法《まほう》で逃《に》げようとすれば――連中《れんちゅう》がおまえを退校《たいこう》にするぞ！」

狂《くる》ったように笑《わら》いながら、ダーズリー氏《し》はハリーを二階《かい》へ引《ひ》きずっていった。

バーノンおじさんは言葉《ことば》どおりに容赦《ようしゃ》なかった。翌朝《よくあさ》、人《ひと》を雇《やと》い、ハリーの部屋《へや》の窓《まど》に鉄格子《てつごうし》をはめさせた。ハリーの部屋《へや》のドアには自《みずか》ら「餌差入口《えさいれぐち》」を取《と》りつけ、一日三回《にちかい》、わずかな食《た》べ物《もの》をそこから押《お》し込《こ》むことができるようにした。朝《あさ》と夕《ゆう》にトイレに行《い》けるよう部屋《へや》から出《だ》してくれたが、それ以外《いがい》は一日中《にちじゅう》、ハリーは部屋《へや》に閉《と》じ込《こ》められた。

三日《みっか》たった。ダーズリー一家《いっか》はまったく手《て》をゆるめる気配《けはい》もなく、ハリーには状況《じょうきょう》を打開《だかい》する糸口《いとぐち》さえ見《み》えなかった。ベッドに横《よこ》たわり、窓《まど》の鉄格子《てつごうし》のむこうに陽《ひ》が沈《しず》むのを眺《なが》めては、みじめな気持《きも》ちで、いったい自分《じぶん》はどうなるんだろうと考《かんが》えた。

魔法《まほう》を使《つか》って部屋《へや》を抜《ぬ》け出《だ》したとしても、そのせいでホグワーツを退校《たいこう》させせられるなら、なんにもならない。しかし、今《いま》のプリベット通《どお》りでの生活《せいかつ》は最低《さいてい》の最低《さいてい》だ。ダーズリー一家《いっか》は「目《め》が覚《さ》めたら大《おお》きなフルーツコウモリになっていた」という恐《おそ》れもなくなり、ハリーは唯一《ゆいいつ》の武器《ぶき》を失《うしな》った。ドビーはホグワーツでの世《よ》にも恐《おそ》ろしい出来事《できごと》から、ハリーを救《すく》ってくれたのかもしれないが、このままでは結果《けっか》は同《おな》じだ。きっとハリーは餓死《がし》してしまう。

餌差入口《えさしいれぐち》の戸《と》がガタガタ音《おと》を立《た》て、ペチュニアおばさんの手《て》がのぞいた。缶詰《かんづめ》スープが一杯《ぱい》差《さ》し入《い》れられた。ハリーは腹《はら》ペコで胃《い》が痛《いた》むほどだったので、ベッドから飛《と》び起《お》きてスープ椀《わん》を引《ひ》っつかんだ。冷《さ》めきったスープだったが、半分《はんぶん》を一口《ひとくち》で飲《の》んでしまった。それから部屋《へや》のむこうに置《お》いてあるヘドウィグの鳥《とり》かごにスープを持《も》って行《い》き、からっぽの餌《えさ》入れに、スープ椀《わん》の底《そこ》に張《は》りついていた、ふやけた野菜《やさい》を入《い》れてやった。ヘドウィグは羽《はね》を逆立《さかだ》て、恨《うら》みがましい目《め》でハリーを見《み》た。

「くちばしをとがらせてツンツンしたってどうにもならないよ。二人《ふたり》でこれっきりなんだもの」

ハリーはきっぱり言《い》った。

空《から》の椀《わん》を餌差入口《えさしいれぐち》のそばに置《お》き、ハリーはまたベッドに横《よこ》になった。なんだかスープを飲《の》む前《まえ》より、もっとひもじかった。

たとえあと四週間《しゅうかん》生《い》き延《の》びても、ホグワーツに行《い》かなかったらどうなるんだろう？ なぜ戻《もど》らないかを調《しら》べに、誰《だれ》かをよこすだろうか？ ダーズリー一家《いっか》に話《はな》して、ハリーを解放《かいほう》するようにできるのだろうか？

部屋《へや》の中《なか》が暗《くら》くなってきた。つかれはてて、グーグー鳴《な》る空腹《くうふく》を抱《かか》え、答《こた》えのない疑問《ぎもん》を何度《なんど》もくり返《かえ》し考《かんが》えながら、ハリーはまどろみはじめた。

夢《ゆめ》の中《なか》でハリーは動物園《どうぶつえん》のおりの中《なか》にいた。「半人前魔法使《はんにんまえまほうつか》い」と掲示板《けいじばん》がかかっている。鉄格子《てつごうし》のむこうから、みんながじろじろのぞいている。ハリーは腹《はら》をすかせ、弱《よわ》って、藁《わら》のベッドに横《よこ》たわっている。見物客《けんぶつきゃく》の中《なか》にドビーの顔《かお》を見《み》つけて、ハリーは助《たす》けを求《もと》めた。しかし、ドビーは「ハリー・ポッターはそこにいれば安全《あんぜん》でございます！」と言《い》って姿《すがた》を消《け》した。

ダーズリー一家《いっか》がやってきた。ダドリーがおりの鉄格子《てつごうし》をガタガタ揺《ゆ》すって、ハリーのことを笑《わら》っている。

「やめてくれ」ガタガタという音《おと》が頭《あたま》に響《ひび》くのでハリーはつぶやいた。「ほっといてくれよ……やめて……僕眠《ぼくねむ》りたいんだ……」

ハリーは目《め》を開《あ》けた。月明《つきあ》かりが窓《まど》の鉄格子《てつごうし》を通《とお》して射《さ》し込《こ》んでいる。誰《だれ》かがほんとうに鉄格子《てつごうし》の外《そと》からハリーをじろじろのぞいていた。そばかすだらけの、赤毛《あかげ》の、鼻《はな》の高《たか》い誰《だれ》かが。

ロン・ウィーズリーが窓《まど》の外《そと》にいた。

第《だい》3章《しょう》　隠《かく》れ穴《あな》

「ロン！」

ハリーは声《こえ》を出《だ》さずに叫《さけ》んだ。窓際《まどぎわ》に忍《しの》び寄《よ》り、鉄格子越《てつごうしご》しに話《はなし》ができるように窓《まど》ガラスを上《うえ》に押《お》し上《あ》げた。

「ロン、いったいどうやって？——何《なん》だい、これは？」

窓《まど》の外《そと》の様子《ようす》が全部目《ぜんぶめ》に入《はい》ったとたん、ハリーはあっけにとられて口《くち》がポカンと開《ひら》いてしまった。ロンはトルコ石色《いしいろ》の旧式《きゅうしき》な車《くるま》に乗《の》り、後《うし》ろの窓《まど》から身《み》を乗《の》り出《だ》していた。その車《くるま》は、空中《くうちゅう》に駐車《ちゅうしゃ》している。前《まえ》の座席《ざせき》からハリーに笑《わら》いかけているのは、ロンの双子《ふたご》の兄《あに》、フレッドとジョージだ。

「よう、ハリー、元気《げんき》かい？」

「いったいどうしたんだよ」ロンだ。

「どうして僕《ぼく》の手紙《てがみ》に返事《へんじ》くれなかったんだい？　手紙《てがみ》を一ダースぐらい出《だ》して、家《いえ》に泊《と》まりにおいでって誘《さそ》ったんだぞ。そしたらパパが家《いえ》に帰《かえ》ってきて、君《きみ》がマグルの前《まえ》で魔法《まほう》を使《つか》ったから、公式警告《こうしきけいこく》を受《う》けたって言《い》うんだ……」

「僕《ぼく》じゃない――でも君《きみ》のパパ、どうして知《し》ってるんだろう？」

「パパは魔法省《まほうしょう》に勤《つと》めてるんだ。学校《がっこう》の外《そと》では、僕《ぼく》たち魔法《まほう》をかけちゃいけないって、君《きみ》も知《し》ってるだろ――」

「自分《じぶん》のこと棚《たな》に上《あ》げて」ハリーは浮《う》かぶ車《くるま》から目《め》を離《はな》さずに言《い》った。

「あぁ、これはちがうよ。パパのなんだ。借《か》りただけさ。僕《ぼく》たちが魔法《まほう》をかけたわけじゃない。君《きみ》の場合《ばあい》は、一緒《いっしょ》に住《す》んでるマグルの前《まえ》で魔法《まほう》をやっちゃったんだから……」

「言《い》ったろう、僕《ぼく》じゃないって――でも話《はな》せば長《なが》いから、今《いま》は説明《せつめい》できない。ねぇ、ホグワーツのみんなに説明《せつめい》してくれないかな、おじさんたちが僕《ぼく》を監禁《かんきん》して学校《がっこう》に戻《もど》れないようにしてるって。当然《とうぜん》、魔法《まほう》を使《つか》って出《で》ていくこともできないよ。そんなことしたら、魔法省《まほうしょう》は僕《ぼく》が三日間《みっかかん》のうちに二回《かい》も魔法《まほう》を使《つか》ったと思《おも》うだろ。だから――」

「ごちゃごちゃ言《い》うなよ」ロンが言《い》った。「僕《ぼく》たち君《きみ》を家《いえ》に連《つ》れて行《い》くつもりで来《き》たんだ」

「だけど魔法《まほう》で僕《ぼく》を連《つ》れ出《だ》すことはできないだろ――」

「そんな必要《ひつよう》ないよ。僕《ぼく》が誰《だれ》と一緒《いっしょ》に来《き》たか、忘《わす》れちゃいませんか、だ」

ロンは運転席《うんてんせき》のほうをあごで指《さ》して、ニヤッと笑《わら》った。

フレッドがロープの端《はし》をハリーに放《ほう》ってよこした。

「それを鉄格子《てつごうし》に巻《ま》きつけろ」

「おじさんたちが目《め》を覚《さ》ましたら、僕《ぼく》はおしまいだ」

ハリーが、ロープを鉄格子《てつごうし》にかたく巻《ま》きつけながら言《い》った。

「心配《しんぱい》するな。下《さ》がって」フレッドがエンジンを吹《ふ》かした。

ハリーは部屋《へや》の暗《くら》がりまで下《さ》がって、ヘドウィグの隣《となり》に立《た》った。ヘドウィグは事《こと》の重大《じゅうだい》さがわかっているらしく、じっと静《しず》かにしていた。エンジンの音《おと》がだんだん大《おお》きくなり、突然《とつぜん》バキッという音《おと》とともに、鉄格子《てつごうし》が窓《まど》からすっぽりはずれた。フレッドはそのまま車《くるま》を空中《くうちゅう》で直進《ちょくしん》させた――ハリーが窓際《まどぎわ》にかけ戻《もど》ってのぞくと、鉄格子《てつごうし》が地上《ちじょう》すれすれでぶらぶらしているのが見《み》えた。ロンが息《いき》を切《き》らしながらそれを車《くるま》の中《なか》まで引《ひ》っ張《ぱ》り上《あ》げた。ハリーは耳《みみ》をそばだてたが、ダーズリー夫婦《ふうふ》の寝室《しんしつ》からは何《なん》の物音《ものおと》も聞《き》こえなかった。

鉄格子《てつごうし》がロンと一緒《いっしょ》に後部座席《こうぶざせき》に無事《ぶじ》収《おさ》まると、フレッドは車《くるま》をバックさせて、できるだけハリーのいる窓際《まどぎわ》に近《ちか》づけた。

「乗《の》れよ」とロン。

「だけど、僕《ぼく》のホグワーツの物《もの》……杖《つえ》とか……箒《ほうき》とか……」

「どこにあるんだよ？」

「階段下《かいだんした》の物置《ものおき》に。鍵《かぎ》がかかってるし、僕《ぼく》、この部屋《へや》から出《で》られないし――」

「任《まか》せとけ」ジョージが助手席《じょしゅせき》から声《こえ》をかけた。「ハリー、ちょっとどいてろよ」

フレッドとジョージがそうっと窓《まど》を乗《の》り越《こ》えて、ハリーの部屋《へや》に入《はい》ってきた。

ジョージがなんでもない普通《ふつう》のヘアピンをポケットから取《と》り出《だ》して鍵穴《かぎあな》にねじ込《こ》んだのを見《み》て、ハリーは舌《した》を巻《ま》いた――この二人《ふたり》には、まったく負《ま》けるよな――。

「マグルの小技《こわざ》なんて、習《なら》うだけ時間《じかん》のムダだってバカにする魔法使《まほうつか》いが多《おお》いけど、知《し》ってても損《そん》はないぜ。ちょっとトロいけどな」とフレッド。

カチャッと小《ちい》さな音《おと》がして、ドアがパッと開《ひら》いた。

「それじゃ――僕《ぼく》たちはトランクを運《はこ》び出《だ》す――君《きみ》は部屋《へや》から必要《ひつよう》な物《もの》を片《かた》っぱしからかき集《あつ》めて、ロンに渡《わた》してくれ」ジョージがささやいた。

「一番下《いちばんした》の階段《かいだん》に気《き》をつけて。きしむから」

踊《おど》り場《ば》の暗《くら》がりに消《き》えていく双子《ふたご》の背中《せなか》に向《む》かって、ハリーがささやき返《かえ》した。

ハリーは部屋《へや》を飛《と》び回《まわ》って持《も》ち物《もの》をかき集《あつ》め、窓《まど》のむこう側《がわ》のロンに渡《わた》した。それからフレッドとジョージが重《おも》いトランクを持《も》ち上《あ》げて階段《かいだん》を上《のぼ》ってくるのに手《て》を貸《か》した。バーノンおじさんが咳《せき》をするのが聞《き》こえた。

フーフー言《い》いながら、三人《にん》はやっと踊《おど》り場《ば》までトランクを担《かつ》ぎ上《あ》げ、それからハリーの部屋《へや》の中《なか》を通《とお》って窓際《まどぎわ》に運《はこ》んだ。フレッドが窓《まど》を乗《の》り越《こ》えて車《くるま》に戻《もど》り、ロンと一緒《いっしょ》にトランクを引《ひ》っ張《ぱ》り、ハリーとジョージは部屋《へや》の中《なか》から押《お》した。じりっじりっとトランクが窓《まど》の外《そと》に出《で》ていった。

バーノンおじさんがまた咳《せき》をしている。

「もうちょい」車《くるま》の中《なか》から引《ひ》っ張《ぱ》っていたフレッドが、あえぎながら言《い》った。「あと一押《ひとお》し……」

ハリーとジョージがトランクを肩《かた》の上《うえ》にのせるようにしてぐっと押《お》すと、トランクは窓《まど》からすべり出《で》て車《くるま》の後部座席《こうぶざせき》に収《おさ》まった。

「オーケー。行《い》こうぜ」ジョージがささやいた。

ハリーが窓枠《まどわく》をまたごうとしたとたん、後《うし》ろから突然大《とつぜんおお》きな鳴《な》き声《ごえ》がして、それを追《お》いかけるようにおじさんの雷《かみなり》のような声《こえ》が響《ひび》いた。

「あのいまいましいふくろうめが！」

「ヘドウィグを忘《わす》れてた！」

ハリーが部屋《へや》の隅《すみ》までかけ戻《もど》ったその時《とき》、パチッと踊《おど》り場《ば》の明《あ》かりがついた。ハリーは鳥《とり》かごを引《ひ》っつかんで窓《まど》までダッシュし、かごをロンにパスした。それから急《いそ》いでたんすをよじ登《のぼ》ったが、その時《とき》、すでに鍵《かぎ》のはずれているドアをおじさんがドーンとたたき――ドアがバターンと開《ひら》いた。

一瞬《いっしゅん》、バーノンおじさんの姿《すがた》が額縁《がくぶち》の中《なか》の人物《じんぶつ》のように、四角《しかく》い戸口《とぐち》の中《なか》で立《た》ちすくんだ。次《つぎ》の瞬間《しゅんかん》、おじさんは怒《いか》れる猛牛《もうぎゅう》のように鼻息《はないき》を荒《あら》らげ、ハリーに飛《と》びかかり、足首《あしくび》をむんずとつかんだ。

ロン、フレッド、ジョージがハリーの腕《うで》をつかんで、力《ちから》のかぎり、ぐいと引《ひ》っ張《ぱ》った。

「ペチュニア！」おじさんがわめいた。「やつが逃《に》げる！　**やつが逃《に》げるぞー！**」

ウィーズリー三兄弟《きょうだい》が満身《まんしん》の力《ちから》でハリーを引《ひ》っ張《ぱ》った。ハリーの足《あし》がおじさんの手《て》からスルリと抜《ぬ》けた。ハリーが車《くるま》に乗《の》り、ドアをバタンと閉《し》めたと見《み》るやいなや、ロンが叫《さけ》んだ。

「フレッド、今《いま》だ！　アクセルを踏《ふ》め！」

そして車《くるま》は月《つき》に向《む》かって急上昇《きゅうじょうしょう》した。

自由《じゆう》になった――ハリーはすぐには信《しん》じられなかった。車《くるま》のウィンドウを開《あ》け、夜風《よかぜ》に髪《かみ》をなびかせ、後《うし》ろを振《ふ》り返《かえ》ると、プリベット通《どお》りの家並《いえな》みの屋根《やね》がだんだん小《ちい》さくなっていくのが見《み》えた。バーノンおじさん、ペチュニアおばさん、ダドリーの三人《にん》が、ハリーの部屋《へや》の窓《まど》から身《み》を乗《の》り出《だ》し、ぼうぜんとしていた。

「来年《らいねん》の夏《なつ》にまたね！」ハリーが叫《さけ》んだ。

ウィーズリー兄弟《きょうだい》は大声《おおごえ》で笑《わら》い、ハリーも座席《ざせき》に収《おさ》まって、顔中《かおじゅう》をほころばせていた。

「ヘドウィグを放《はな》してやろう」ハリーがロンに言《い》った。「後《うし》ろからついてこられるから。ずーっと一度《いちど》も羽《はね》を伸《の》ばしてないんだよ」

ジョージがロンにヘアピンを渡《わた》した。まもなく、ヘドウィグはうれしそうに窓《まど》から空《そら》へと舞《ま》い上《あ》がり、白《しろ》いゴーストのように車《くるま》に寄《よ》り添《そ》って、すべるように飛《と》んだ。

「さあ――ハリー、話《はな》してくれるかい？　いったい何《なに》があったんだ？」

ロンが待《ま》ちきれないように聞《き》いた。

ハリーはドビーのこと、自分《じぶん》への警告《けいこく》のこと、スミレの砂糖漬《さとうづ》けデザート騒動《そうどう》のことなどを全部《ぜんぶ》話《はな》して聞《き》かせた。話《はな》し終《お》わると、しばらくの間《あいだ》、ショックでみんなだまりこくってしまった。

「そりゃ、くさいな」

フレッドがまず口《くち》を開《ひら》いた。

「まったく、あやしいな」ジョージがあいづちを打《う》った。「それじゃ、ドビーは、いったい誰《だれ》がそんな罠《わな》を仕掛《しか》けてるのかさえ教《おし》えなかったんだな？」

「教《おし》えられなかったんだと思《おも》う。今《いま》も言《い》ったけど、もう少《すこ》しで何《なに》かもらしそうになるたびに、ドビーは壁《かべ》に頭《あたま》をぶっつけはじめるんだ」とハリーが答《こた》えた。

「もしかして、ドビーが僕《ぼく》にうそついてたって言《い》いたいの？」

フレッドとジョージが顔《かお》を見合《みあ》わせたのを見《み》て、ハリーが聞《き》いた。

「ウーン、なんと言《い》ったらいいかな」フレッドが答《こた》えた。「『屋敷《やしき》しもべ妖精《ようせい》』ってのは、それなりの魔力《まりょく》があるんだ。だけど、普通《ふつう》は主人《しゅじん》の許《ゆる》しがないと使《つか》えない。ドビーのやつ、君《きみ》がホグワーツに戻《もど》ってこないようにするために、送《おく》り込《こ》まれてきたんじゃないかな。誰《だれ》かの悪《わる》い冗談《じょうだん》だ。学校《がっこう》で君《きみ》に恨《うら》みをもってるやつ、誰《だれ》か思《おも》いつかないか？」

「いる」ハリーとロンがすかさず同時《どうじ》に答《こた》えた。

「ドラコ・マルフォイ。あいつ、僕《ぼく》を憎《にく》んでる」ハリーが説明《せつめい》した。

「ドラコ・マルフォイだって？」ジョージが振《ふ》り返《かえ》った。

「ルシウス・マルフォイの息子《むすこ》じゃないのか？」

「たぶんそうだ。ざらにある名前《なまえ》じゃないもの。だろ？　でも、どうして？」とハリー。

「パパがそいつのこと話《はな》してるのを、聞《き》いたことがある。『例《れい》のあの人《ひと》』の大《だい》の信奉者《しんぽうしゃ》だったって」とジョージ。

「ところが、『例《れい》のあの人《ひと》』が消《き》えたとなると」今度《こんど》はフレッドが前《まえ》の席《せき》から首《くび》を伸《の》ばして、ハリーを振《ふ》り返《かえ》りながら言《い》った。「ルシウス・マルフォイときたら、戻《もど》ってくるなり、すべて本心《ほんしん》じゃなかったって言《い》ったそうだ。うそ八百《はっぴゃく》さ――パパはやつが『例《れい》のあの人《ひと》』の腹心《ふくしん》の部下《ぶか》だったと思《おも》ってる」

ハリーは前《まえ》にもマルフォイ一家《いっか》のそんなうわさを聞《き》いたことがあったし、うわさを聞《き》いても特《とく》に驚《おどろ》きもしなかった。マルフォイを見《み》ていると、ダーズリー家《け》のダドリーでさえ、親切《しんせつ》で、思《おも》いやりがあって、感《かん》じやすい少年《しょうねん》に思《おも》えるぐらいだ。

「マルフォイ家《け》に『屋敷《やしき》しもべ』がいるかどうか、僕《ぼく》知《し》らないけど……」ハリーが言《い》った。

「まあ、誰《だれ》が主人《しゅじん》かは知《し》らないけど、魔法族《まほうぞく》の旧家《きゅうか》で、しかも金持《かねも》ちだね」とフレッド。

「ああ、ママなんか、アイロンかけする『しもべ妖精《ようせい》』がいたらいいのにって、しょっちゅう言《い》ってるよ。だけど家《いえ》にいるのは、やかましい屋根裏《やねうら》お化《ば》けと庭《にわ》に巣食《すく》ってる小人《こびと》だけだもんな。『屋敷《やしき》しもべ妖精《ようせい》』は、大《おお》きな館《やかた》とか城《しろ》とかそういうところにいるんだ。俺《おれ》たちの家《いえ》なんかには、絶対《ぜったい》に来《き》やしないさ……」とジョージ。

ハリーはだまっていた。ドラコ・マルフォイがいつも最高級《さいこうきゅう》の物《もの》を持《も》っていることから考《かんが》えても、マルフォイ家《け》には魔法使《まほうつか》いの金貨《きんか》がうなっているのだろう。マルフォイが大《おお》きな館《やかた》の中《なか》をいばって歩《ある》いている様子《ようす》が、ハリーには目《め》に浮《う》かぶようだった。「屋敷《やしき》しもべ」を送《おく》ってよこし、ハリーをホグワーツに戻《もど》れなくしようとするなんて、まさにマルフォイならやりかねない。ドビーの言《い》うことを信《しん》じたハリーがばかだったんだろうか？

「とにかく、迎《むか》えにきてよかった」ロンが言《い》った。「いくら手紙《てがみ》を出《だ》しても返事《へんじ》をくれないんで、僕《ぼく》、ほんとに心配《しんぱい》したぜ。初《はじ》めはエロールのせいかと思《おも》ったけど――」

「エロールって誰《だれ》？」

「うちのふくろうさ。彼《かれ》はもう化石《かせき》だよ。何度《なんど》も配達《はいたつ》の途中《とちゅう》でへばってるし。だからヘルメスを借《か》りようとしたけど――」

「誰《だれ》を？」

「パーシーが監督生《かんとくせい》になったとき、パパとママが、パーシーに買《か》ってやったふくろうさ」

フレッドが前《まえ》の座席《ざせき》から答《こた》えた。

「だけど、パーシーは僕《ぼく》に貸《か》してくれなかったろうな。自分《じぶん》が必要《ひつよう》だって言《い》ってたもの」とロン。

「パーシーのやつ、この夏休《なつやす》みの行動《こうどう》がどうも変《へん》だ」ジョージが眉《まゆ》をひそめた。

「実際《じっさい》、山《やま》ほど手紙《てがみ》を出《だ》してる。それに、部屋《へや》に閉《と》じこもってる時間《じかん》も半端《はんぱ》じゃない……考《かんが》えてもみろよ、監督生《かんとくせい》バッジを磨《みが》くったって限度《げんど》があるだろ……。フレッド、西《にし》にそれ過《す》ぎだぞ」

ジョージが計器盤《けいきばん》のコンパスを指差《ゆびさ》しながら言《い》った。フレッドがハンドルを回《まわ》した。

「じゃ、お父《とう》さんは、君《きみ》たちがこの車《くるま》を使《つか》ってること知《し》ってるの？」

ハリーは聞《き》かなくても答《こた》えはわかっているような気《き》がした。

「ン、いや」ロンが答《こた》えた。「パパは今夜《こんや》仕事《しごと》なんだ。僕《ぼく》たちが車《くるま》を飛《と》ばしたことをママに気《き》づかれないうちに、車庫《しゃこ》に戻《もど》そうって仕掛《しか》けさ」

「お父《とう》さんは、魔法省《まほうしょう》でどういうお仕事《しごと》なの？」

「一番《いちばん》つまんないとこさ」とロン。「マグル製品不正使用取締局《せいひんふせいしようとりしまりきょく》」

「マグル何局《なにきょく》だって？」

「マグルの作《つく》ったものに魔法《まほう》をかけることに関係《かんけい》があるんだ。つまり、それがマグルの店《みせ》や家庭《かてい》に戻《もど》されたときの問題《もんだい》なんだけど。去年《きょねん》なんか、あるおばあさん魔女《まじょ》が死《し》んで、持《も》ってた紅茶《こうちゃ》セットが古道具屋《ふるどうぐや》に売《う》りに出《だ》されたんだ。どこかのマグルのおばさんがそれを買《か》って、家《いえ》に持《も》って帰《かえ》って、友達《ともだち》にお茶《ちゃ》を出《だ》そうとしたのさ。そしたら、ひどかったなあ——パパは何週間《なんしゅうかん》も残《ざん》業《ぎょう》だったよ」

「いったい何《なに》が起《お》こったの？」

「お茶《ちゃ》のポットが大暴《おおあば》れして、熱湯《ねっとう》をそこいら中《じゅう》に噴《ふ》き出《だ》して、そこにいた男《おとこ》の人《ひと》なんか砂糖《さとう》つまみの道具《どうぐ》で鼻《はな》をつままれて、病院《びょういん》に担《かつ》ぎ込《こ》まれてさ。パパはてんてこまいだったよ。同《おな》じ局《きょく》には、パパともう一人《ひとり》、パーキンズっていう年寄《としよ》りしかいないんだから。二人《ふたり》して記憶《きおく》を消《け》す呪文《じゅもん》とかいろいろもみ消《け》し工作《こうさく》だよ……」

「だけど、君《きみ》のパパって……この車《くるま》とか……」

フレッドが声《こえ》を上《あ》げて笑《わら》った。

「そうさ。親父《おやじ》ったら、マグルのことには何《なん》でも興味津々《きょうみしんしん》で、家《いえ》の納屋《なや》なんか、マグルの物《もの》がいっぱい詰《つ》まってる。親父《おやじ》はみんなバラバラにして、魔法《まほう》をかけて、また組《く》み立《た》てるのさ。もし親父《おやじ》が自分《じぶん》の家《いえ》を抜《ぬ》き打《う》ち調査《ちょうさ》したら、たちまち自分《じぶん》を逮捕《たいほ》しなくちゃ。お袋《ふくろ》はそれが気《き》が気《き》でないのさ」

「大通《おおどお》りが見《み》えたぞ」ジョージがフロントガラスから下《した》をのぞき込《こ》んで言《い》った。「十分《ぷん》で着《つ》くな……よかった。もう夜《よる》が明《あ》けてきたし……」

東《ひがし》の地平線《ちへいせん》がほんのり桃色《ももいろ》に染《そ》まっていた。

フレッドが車《くるま》の高度《こうど》を下《さ》げ、ハリーの目《め》に、畑《はたけ》や木立《こだち》のしげみが黒《くろ》っぽいパッチワークのように見《み》えてきた。

「僕《ぼく》らの家《いえ》は」ジョージが話《はな》しかけた。「オッタリー・セント・キャッチポールっていう村《むら》から少《すこ》しはずれたとこにあるんだ」

空飛《そらと》ぶ車《くるま》は徐々《じょじょ》に高度《こうど》を下《さ》げた。木々《きぎ》の間《あいだ》から、真《ま》っ赤《か》な曙光《しょこう》が射《さ》し込《こ》みはじめた。

「着地成功《ちゃくちせいこう》！」

フレッドの言葉《ことば》とともに、車《くるま》は軽《かる》く地面《じめん》を打《う》ち、一行《いっこう》は着陸《ちゃくりく》した。着陸地点《ちゃくりくちてん》は小《ちい》さな庭《にわ》のボロボロの車庫《しゃこ》の脇《わき》だった。初《はじ》めて、ハリーはロンの家《いえ》を眺《なが》めた。

かつては大《おお》きな石造《いしづく》りの豚小屋《ぶたごや》だったかもしれない。あっちこっちに部屋《へや》をくっつけて、数階《すうかい》建《だ》ての家《いえ》になったように見《み》えた。くねくねと曲《ま》がっているし、まるで魔法《まほう》で支《ささ》えているようだった（きっとそうだ、とハリーは思《おも》った）。赤《あか》い屋根《やね》に煙突《えんとつ》が四、五本《ほん》、ちょこんとのっかっている。入口近《いりぐちちか》くに看板《かんばん》が少《すこ》し傾《かたむ》いて立《た》っていた。「隠《かく》れ穴《あな》」と書《か》いてある。玄関《げんかん》の戸《と》の周《まわ》りに、ゴム長靴《ながぐつ》がごたまぜになって転《ころ》がり、思《おも》いっきりさびついた大鍋《おおなべ》が置《お》いてある。丸々《まるまる》と太《ふと》った茶色《ちゃいろ》の鶏《にわとり》が数羽《すうわ》、庭《にわ》で餌《えさ》をついばんでいた。

「たいしたことないだろ」とロンが言《い》った。

「すっごいよ」ハリーは、プリベット通《どお》りをちらっと思《おも》い浮《う》かべ、幸《しあわ》せな気分《きぶん》で言《い》った。

四人《にん》は車《くるま》を降《お》りた。

「さあ、みんな、そーっと静《しず》かに二階《かい》に行《い》くんだ」フレッドが言《い》った。「母《かあ》さんが朝食《ちょうしょく》ですよって呼《よ》ぶまで待《ま》つ。それから、ロン、おまえが下《した》に跳《と》びはねながら下《お》りて行《い》って言《い》うんだ。『ママ、夜《よる》の間《あいだ》に誰《だれ》が来《き》たと思《おも》う！』そうすりゃハリーを見《み》て母《かあ》さんは大喜《おおよろこ》びで、俺《おれ》たちが車《くるま》を飛《と》ばしたなんてだーれも知《し》らなくてすむ」

「了解《りょうかい》。じゃ、ハリーおいでよ。僕《ぼく》の寝室《しんしつ》は――」

ロンはサーッと青《あお》ざめた。目《め》が一か所《しょ》にくぎづけになっている。あとの三人《にん》が急《いそ》いで振《ふ》り返《かえ》った。

ウィーズリー夫人《ふじん》が、庭《にわ》のむこうから鶏《にわとり》をけ散《ち》らして猛然《もうぜん》と突《つ》き進《すす》んでくる。小柄《こがら》な丸《まる》っこい、やさしそうな顔《かお》の女性《じょせい》なのに、鋭《するど》い牙《きば》をむいたサーベルタイガーにそっくりなのは、なかなか見《み》ものだった。

「アチャ！」とフレッド。

「こりゃ、ダメだ」とジョージ。

ウィーズリー夫人《ふじん》は四人《にん》の前《まえ》でぴたりと止《と》まった。両手《りょうて》を腰《こし》に当《あ》てて、バツの悪《わる》そうな顔《かお》を一つ一つずいーっとにらみつけた。花柄《はながら》のエプロンのポケットから魔法《まほう》の杖《つえ》がのぞいている。

「それで？」と一言《ひとこと》。

「おはよう、ママ」ジョージが、自分《じぶん》ではほがらかに愛想《あいそ》よく挨拶《あいさつ》したつもりだった。

「母《かあ》さんがどんなに心配《しんぱい》したか、あなたたち、わかってるの？」ウィーズリー夫人《ふじん》の低《ひく》い声《こえ》はすごみが効《き》いていた。

「ママ、ごめんなさい。でも、僕《ぼく》たちどうしても――」

三人《にん》の息子《むすこ》はみんな母親《ははおや》より背《せ》が高《たか》かったが、母親《ははおや》の怒《いか》りが爆発《ばくはつ》すると、三人《にん》とも縮《ちぢ》こまった。

「ベッドはからっぽ！　メモも置《お》いてない！　車《くるま》は消《き》えてる……事故《じこ》でも起《お》こしたのかもしれない……心配《しんぱい》で心配《しんぱい》でいても立《た》ってもいられなかったわ……わかってるの？　……こんなことは初《はじ》めてだわ……お父《とう》さまがお帰《かえ》りになったら覚悟《かくご》なさい。ビルやチャーリーやパーシーは、こんな苦労《くろう》はかけなかったのに……」

「完璧《かんぺき》・パーフェクト・パーシー」フレッドがつぶやいた。

「**パーシーの爪《つめ》のあかでもせんじて飲《の》みなさい！**」ウィーズリー夫人《ふじん》はフレッドの胸《むね》に指《ゆび》を突《つ》きつけてどなった。「あなたたち死《し》んでしまったかもしれないのよ。姿《すがた》を見《み》られたかもしれないのよ。お父《とう》さまがお仕事《しごと》を失《うしな》うことになったかもしれないのよ――」

この調子《ちょうし》がまるで何時間《なんじかん》も続《つづ》くかのようだった。ウィーズリー夫人《ふじん》は声《こえ》がかれるまでどなり続《つづ》け、それからふとハリーのほうに向《む》きなおった。ハリーはたじたじと、あとずさりした。

「まあ、ハリー、よく来《き》てくださったわねえ。家《いえ》へ入《はい》って、朝食《ちょうしょく》をどうぞ」

ウィーズリー夫人《ふじん》はそう言《い》うと、くるりと向《む》きを変《か》えて家《いえ》のほうに歩《ある》きだした。ハリーはどうしようかとロンをちらりと見《み》たが、ロンが大丈夫《だいじょうぶ》というようにうなずいたので、あとについていった。

台所《だいどころ》は小《ちい》さく、かなり狭苦《せまくる》しかった。しっかり洗《あら》い込《こ》まれた木《き》のテーブルと椅子《いす》が、真《ま》ん中《なか》に置《お》かれている。ハリーは椅子《いす》の端《はし》っこに腰《こし》かけて周《まわ》りを見渡《みわた》した。魔法使《まほうつか》いの家《いえ》に入《はい》ったのは初《はじ》めてだった。

ハリーの反対側《はんたいがわ》の壁《かべ》に掛《か》かっている時計《とけい》には針《はり》が一本《ぽん》しかなく、数字《すうじ》が一つも書《か》かれていない。そのかわり、「お茶《ちゃ》をいれる時間《じかん》」「鶏《にわとり》に餌《えさ》をやる時間《じかん》」「遅刻《ちこく》よ」などと書《か》き込《こ》まれていた。暖炉《だんろ》の上《うえ》には本《ほん》が三段重《だんがさ》ねに積《つ》まれている。『自家製魔法《じかせいまほう》チーズのつくり方《かた》』『お菓子《かし》をつくる楽《たの》しい呪文《じゅもん》』『一分間《ぷんかん》でごちそうを――まさに魔法《まほう》だ！』などの本《ほん》がある。流《なが》しの脇《わき》に置《お》かれた古《ふる》ぼけたラジオから、放送《ほうそう》が聞《き》こえてきた。ハリーの耳《みみ》がたしかなら、こう言《い》っている。「次《つぎ》は『魔《ま》女《じょ》の時間《じかん》』です。人気歌手《にんきかしゅ》の魔女《まじょ》セレスティナ・ワーベックをお迎《むか》えしてお送《おく》りします」

ウィーズリー夫人《ふじん》は、あちこちガチャガチャいわせながら、行《い》き当《あ》たりばったり気味《ぎみ》に朝食《ちょうしょく》を作《つく》っていた。息子《むすこ》たちには怒《いか》りのまなざしを投《な》げつけ、フライパンにソーセージを投《な》げ入《い》れた。ときどき低《ひく》い声《こえ》で「おまえたちときたら、**いったい何《なに》を考《かんが》えてるやら**」とか、「こんなこと、**絶《ぜっ》**

対《たい》、思《おも》ってもみなかったわ」と、ブツブツ言《い》った。

「あなたのことは責《せ》めていませんよ」

ウィーズリー夫人《ふじん》はフライパンを傾《かたむ》けて、ハリーのお皿《さら》に八本《ぽん》も九本《ほん》もソーセージをすべり込《こ》ませながら念《ねん》を押《お》した。

「アーサーと二人《ふたり》であなたのことを心配《しんぱい》していたの。昨夜《さくや》も、金曜日《きんようび》までにあなたからロンへの返事《へんじ》が来《こ》なかったら、私《わたし》たちがあなたを迎《むか》えにいこうって話《はなし》をしていたぐらいよ。でもねえ」

今度《こんど》は目玉《めだま》焼《や》きが三個《こ》もハリーの皿《さら》に入《い》れられた。

「不正使用《ふせいしよう》の車《くるま》で国中《くにじゅう》の空《そら》の半分《はんぶん》も飛《と》んでくるなんて――誰《だれ》かに見《み》られてもおかしくないでしょう――」

彼女《かのじょ》があたりまえのように、流《なが》しに向《む》かって杖《つえ》を一《ひと》振《ふ》りすると、中《なか》で勝手《かって》に皿洗《さらあら》いが始《はじ》まった。カチャカチャと軽《かる》い音《おと》が聞《き》こえてきた。

「ママ、曇《くも》り空《ぞら》だったよ！」とフレッド。

「物《もの》を食《た》べてるときはおしゃべりしないこと！」ウィーズリー夫人《ふじん》が一喝《いっかつ》した。

「ママ、連中《れんちゅう》はハリーを餓死《がし》させるとこだったんだよ！」とジョージ。

「おまえもおだまり！」とウィーズリー夫人《ふじん》がどなった。そのあとハリーのためにパンを切《き》って、バターを塗《ぬ》りはじめると、前《まえ》よりやわらいだ表情《ひょうじょう》になった。

その時《とき》、みんなの気《き》をそらすことが起《お》こった。ネグリジェ姿《すがた》の小《ちい》さな赤毛《あかげ》の女《おんな》の子《こ》が、台所《だいどころ》に現《あらわ》れたと思《おも》うと、「キャッ」と小《ちい》さな悲鳴《ひめい》を上《あ》げて、また走《はし》り去《さ》ってしまったのだ。

「ジニーだ」ロンが小声《こごえ》でハリーにささやいた。「妹《いもうと》だよ。夏休《なつやす》み中《じゅう》ずっと、君《きみ》のことばっかり話《はな》してた」

「ああ、ハリー、君《きみ》のサインを欲《ほ》しがるぜ」フレッドがニヤッとしたが、母親《ははおや》と目《め》が合《あ》うと、とたんにうつむいて、あとは黙々《もくもく》と朝食《ちょうしょく》を食《た》べた。四つの皿《さら》が空《から》になるまで——あっという間《ま》に空《から》になったが——あとは誰《だれ》も一言《ひとこと》もしゃべらなかった。

「なんだかつかれたぜ」

フレッドがやっとナイフとフォークを置《お》き、あくびをした。

「僕《ぼく》、ベッドに行《い》って……」

「行《い》きませんよ」ウィーズリー夫人《ふじん》の一言《ひとこと》が飛《と》んできた。

「夜中起《よなかお》きていたのは自分《じぶん》が悪《わる》いんです。庭《にわ》に出《で》て庭小人《にわこびと》を駆除《くじょ》しなさい。また手《て》に負《お》えないぐらい増《ふ》えています」

「ママ、そんな——」

「おまえたち二人《ふたり》もです」夫人《ふじん》はロンとジョージをぎろっとにらみつけた。

「ハリー。あなたは上《うえ》に行《い》って、お休《やす》みなさいな。あのしょうもない車《くるま》を飛《と》ばせてくれって、あなたが頼《たの》んだわけじゃないんですもの」

「僕《ぼく》、ロンの手伝《てつだ》いをします。庭小人駆除《にわこびとくじょ》って見《み》たことがありませんし――」

ばっちり目《め》が覚《さ》めていたハリーは、急《いそ》いでそう言《い》った。

「まあ、やさしい子《こ》ね。でも、つまらない仕事《しごと》なのよ」とウィーズリー夫人《ふじん》が言《い》った。

「さて、ロックハートがどんなことを書《か》いているか見《み》てみましょう」

ウィーズリー夫人《ふじん》は暖炉《だんろ》の上《うえ》の本《ほん》の山《やま》から、分厚《ぶあつ》い本《ほん》を引《ひ》っ張《ぱ》り出《だ》した。

「ママ、僕《ぼく》たち、庭小人《にわこびと》の駆除《くじょ》のやり方《かた》ぐらい知《し》ってるよ」ジョージがうなった。

ハリーは本《ほん》の背表紙《せびょうし》を見《み》て、そこにでかでかと書《か》かれている豪華《ごうか》な金文字《きんもじ》の書名《しょめい》を読《よ》みとった。

『ギルデロイ・ロックハートのガイドブック――一般家庭《いっぱんかてい》の害虫《がいちゅう》』

表紙《ひょうし》には大《おお》きな写真《しゃしん》が見《み》える。波打《なみう》つブロンド、輝《かがや》くブルーの瞳《ひとみ》の、とてもハンサムな魔法使《まほうつか》いだ。魔法界《まほうかい》ではあたりまえのことだが、写真《しゃしん》は動《うご》いていた。表紙《ひょうし》の魔法使《まほうつか》い――ギルデロイ・ロックハートなんだろうな、とハリーは思《おも》った――は、いたずらっぽいウィンクを投《な》げ続《つづ》けている。ウィーズリー夫人《ふじん》は写真《しゃしん》に向《む》かってニッコリした。

「あぁ、彼《かれ》ってすばらしいわ。家庭《かてい》の害虫《がいちゅう》についてほんとによくご存《ぞん》じ。この本《ほん》、とてもいい本《ほん》だわ……」

「ママったら、彼《かれ》にお熱《ねつ》なんだよ」フレッドはわざと聞《き》こえるようなささやき声《ごえ》で言《い》った。

「フレッド、バカなことを言《い》うんじゃないわよ」

ウィーズリー夫人《ふじん》は、ほほをほんのり紅《あか》らめていた。

「いいでしょう。ロックハートよりよく知《し》っていると言《い》うのなら、庭《にわ》に出《で》て、お手並《てな》みを見《み》せていただきましょうか。あとで私《わたし》が点検《てんけん》に行《い》ったとき、庭小人《にわこびと》が一匹《ぴき》でも残《のこ》ってたら、そのときに後悔《こうかい》しても知《し》りませんよ」

あくびをしながら、ブツクサ言《い》いながら、ウィーズリー三兄弟《きょうだい》はだらだらと外《そと》に出《で》た。ハリーはそのあとに従《したが》った。広《ひろ》い庭《にわ》で、ハリーにはこれこそが庭《にわ》だと思《おも》えた。ダーズリー一家《いっか》はきっと気《き》に入《い》らないだろう――雑草《ざっそう》が生《お》いしげり、芝生《しばふ》は伸《の》びほうだいだった。しかし、壁《かべ》の周《まわ》りは曲《ま》がりくねった木《き》でぐるりと囲《かこ》まれ、花壇《かだん》という花壇《かだん》には、ハリーが見《み》たこともないような植物《しょくぶつ》があふれるばかりにしげっていたし、大《おお》きな緑色《みどりいろ》の池《いけ》はカエルでいっぱいだった。

「マグルの庭《にわ》にも飾《かざ》り用《よう》の小人《こびと》が置《お》いてあるの、知《し》ってるだろ」ハリーは芝生《しばふ》を横切《よこぎ》りながらロンに言《い》った。

「あぁ、マグルが庭小人《にわこびと》だと思《おも》っているやつは見《み》たことがある」

ロンは腰《こし》を曲《ま》げて芍薬《しゃくやく》のしげみに首《くび》を突《つ》っ込《こ》みながら応《こた》えた。

「太《ふと》ったサンタクロースの小《ちい》さいのが釣《つ》りざおを持《も》ってるような感《かん》じだったな」

突然《とつぜん》ドタバタと荒《あら》っぽい音《おと》がして芍薬《しゃくやく》のしげみが震《ふる》え、ロンが身《み》を起《お》こした。

「これぞ」ロンが重々《おもおも》しく言《い》った。「ほんとの庭小人《にわこびと》なのだ」

「放《はな》せ！　放《はな》しやがれ！」小人《こびと》はキーキーわめいた。

なるほど、サンタクロースとは似《に》ても似《に》つかない。小《ちい》さく、ごわごわした感《かん》じで、ジャガイモそっくりのデコボコした大《おお》きなハゲ頭《あたま》だ。硬《かた》い小《ちい》さな足《あし》でロンをけとばそうと暴《あば》れるので、ロンは腕《うで》を伸《の》ばして小人《こびと》をつかんでいた。それから足首《あしくび》をつかんで小人《こびと》を逆《さか》さまにぶら下《さ》げた。

「こうやらないといけないんだ」

ロンは小人《こびと》を頭《あたま》の上《うえ》に持《も》ち上《あ》げて――「放《はな》せ！」小人《こびと》がわめいた――投《な》げ縄《なわ》を投《な》げるように大《おお》きく円《えん》を描《えが》いて小人《こびと》を振《ふ》り回《まわ》しはじめた。ハリーがショックを受《う》けたような顔《かお》をしているので、ロンが説明《せつめい》した。「小人《こびと》を傷《きず》つけるわけじゃないんだ――ただ、完全《かんぜん》に目《め》を回《まわ》させて、巣穴《すあな》に戻《もど》る道《みち》がわかんないようにするんだ」

ロンが小人《こびと》の足首《あしくび》から手《て》を放《はな》すと、小人《こびと》は宙《ちゅう》を飛《と》んで、五、六メートル先《さき》の垣根《かきね》の外側《そとがわ》の草《くさ》むらにドサッと落《お》ちた。

「それっぽっちか！」フレッドが言《い》った。「俺《おれ》なんかあの木《き》の切《き》り株《かぶ》まで飛《と》ばしてみせるぜ」

ハリーもたちまち小人《こびと》がかわいそうだと思《おも》わないようになった。捕獲第《ほかくだい》一号《ごう》を垣根《かきね》のむこうにそっと落《お》としてやろうとしたとたん、ハリーの弱気《よわき》を感《かん》じ取《と》った小人《こびと》がかみそりのような歯《は》をハリーの指《ゆび》に食《く》い込《こ》ませたのだ。ハリーは振《ふ》り払《はら》おうとしてさんざんてこずり、ついに――。

「ひゃー、ハリー、十五、六メートルは飛《と》んだぜ……」

宙《ちゅう》を舞《ま》う庭小人《にわこびと》でたちまち空《そら》が埋《う》め尽《つ》くされた。

「な？　連中《れんちゅう》はあんまり賢《かしこ》くないだろ」

一度《いちど》に五、六匹《ぴき》を取《と》り押《お》さえながらジョージが言《い》った。

「庭小人駆除《にわこびとくじょ》が始《はじ》まったとわかると、連中《れんちゅう》は寄《よ》ってたかって見物《けんぶつ》に来《く》るんだよ。巣穴《すあな》の中《なか》でじっとしているほうが安全《あんぜん》だって、いいかげんわかってもいいころなのにさ」

やがて、外《そと》の草《くさ》むらに落《お》ちた庭小人《にわこびと》の群《む》れが、あちこちにだらだらと列《れつ》を作《つく》り、小《ちい》さな背中《せなか》を丸《まる》めて歩《ある》きだした。

「また戻《もど》ってくるさ」

小人《こびと》たちが草《くさ》むらのむこうの垣根《かきね》の中《なか》へと姿《すがた》をくらますのを見《み》ながらロンが言《い》った。

「連中《れんちゅう》はここが気《き》に入《い》ってるんだから……パパったら連中《れんちゅう》に甘《あま》いんだ。おもしろいやつらだと思《おも》ってるらしくて……」

ちょうどその時《とき》、玄関《げんかん》のドアがバタンと音《おと》を立《た》てた。

「うわさをすれば、だ！」ジョージが言《い》った。「親父《おやじ》が帰《かえ》ってきた！」

四人《にん》は大急《おおいそ》ぎで庭《にわ》を横切《よこぎ》り、家《いえ》にかけ戻《もど》った。

ウィーズリー氏《し》は台所《だいどころ》の椅子《いす》にドサッと倒《たお》れ込《こ》み、めがねをはずし、目《め》をつむっていた。細身《ほそみ》でハゲていたが、わずかに残《のこ》っている髪《かみ》は子供《こども》たちとまったく同《おな》じ赤毛《あかげ》だった。ゆったりと長《なが》い緑《みどり》のローブはほこりっぽく、旅《たび》づかれしていた。

「ひどい夜《よる》だったよ」

子供《こども》たちが周《まわ》りに座《すわ》ると、ウィーズリー氏《し》はお茶《ちゃ》のポットをまさぐりながらつぶやいた。

「九件《けん》も抜《ぬ》き打《う》ち調査《ちょうさ》したよ。九件《けん》もだぞ！　マンダンガス・フレッチャーのやつめ、私《わたし》がちょっと後《うし》ろを向《む》いたすきに呪《のろ》いをかけようとし……」

ウィーズリー氏《し》はお茶《ちゃ》をゆっくり一口《ひとくち》飲《の》むと、フーッとため息《いき》をついた。

「パパ、何《なん》かおもしろい物見《ものみ》つけた？」とフレッドが急《せ》き込《こ》んで聞《き》いた。

「私《わたし》が押収《おうしゅう》したのはせいぜい、縮《ちぢ》む鍵《かぎ》が数個《すうこ》と、かみつくやかんが一個《こ》だけだった」ウィーズリー氏《し》はあくびをした。

「かなりすごいのも一つあったが、私《わたし》の管轄《かんかつ》じゃなかった。モートレイクが引《ひ》っ張《ぱ》られて、なにやらひどく奇妙《きみょう》なイタチのことで尋問《じんもん》を受《う》けることになったが、ありゃ、実験的呪文委員会《じっけんてきじゅもんいいんかい》の管轄《かんかつ》だ。やれやれ……」

「鍵《かぎ》なんか縮《ちぢ》むようにして、何《なん》になるの？」ジョージが聞《き》いた。

「マグルをからかう餌《えさ》だよ」ウィーズリー氏《し》がまたため息《いき》をついた。「マグルに鍵《かぎ》を売《う》って、いざ鍵《かぎ》を使《つか》うときには縮《ちぢ》んで鍵《かぎ》が見《み》つからないようにしてしまうんだ……もちろん、犯人《はんにん》を挙《あ》げることは至極難《しごくむずか》しい。マグルは鍵《かぎ》が縮《ちぢ》んだなんて誰《だれ》も認《みと》めないし——連中《れんちゅう》は鍵《かぎ》をなくしたって言《い》い張《は》るんだ。まったくおめでたいよ。魔法《まほう》を鼻先《はなさき》に突《つ》きつけられたって徹底的《てっていてき》に無視《むし》しようとするんだから……。しかし、我々魔法使《われわれまほうつか》いの仲間《なかま》が呪文《じゅもん》をかけた物《もの》ときたら、まったくとほうもない物《もの》が——」

「たとえば車《くるま》なんか？」

ウィーズリー夫人《ふじん》が登場《とうじょう》した。長《なが》い火《ひ》かき棒《ぼう》を刀《かたな》のように握《にぎ》っている。ウィーズリー氏《し》の目《め》がパッチリ開《ひら》いた。奥《おく》さんをバツの悪《わる》そうな目《め》で見《み》た。

「モリー、母《かあ》さんや。く、くるまとは？」

「ええ、アーサー、そのくるまです」ウィーズリー夫人《ふじん》の目《め》はらんらんだ。「ある魔法使《まほうつか》いが、さびついたオンボロ車《くるま》を買《か》って、奥《おく》さんには仕組《しく》みを調《しら》べるので分解《ぶんかい》するとか何《なん》とか言《い》って、実《じつ》は呪文《じゅもん》をかけて車《くるま》が飛《と》べるようにした、というお話《はなし》がありますわ」

ウィーズリー氏《し》は目《め》をパチパチしばたたいた。

「ねえ、母《かあ》さん。わかってもらえると思《おも》うが、それをやった人《ひと》は法律《ほうりつ》の許《ゆる》す範囲《はんい》でやっているんで。ただ、えー、その人《ひと》はむしろ、エヘン、奥《おく》さんに、なんだ、それ、ホントのことを……。法《ほう》律《りつ》というのは知《し》ってのとおり、抜《ぬ》け穴《あな》があって……その車《くるま》を飛《と》ばすつもりがなければ、その車《くるま》がたとえ飛《と》ぶ能力《のうりょく》を持《も》っていたとしても、それだけでは——」

「アーサー・ウィーズリー。あなたが法律《ほうりつ》を作《つく》ったときに、しっかりと抜《ぬ》け穴《あな》を書《か》き込《こ》んだんでしょう！」ウィーズリー夫人《ふじん》が声《こえ》を張《は》り上《あ》げた。

「あなたが、納屋《なや》いっぱいのマグルのがらくたにいたずらしたいから、だから、そうしたんでしょう！　申《もう》し上《あ》げますが、ハリーが今朝到着《けさとうちゃく》しましたよ。あなたが飛《と》ばすおつもりがないと言《い》った車《くるま》でね！」

「ハリー？」ウィーズリー氏《し》はポカンとした。「どのハリーだね？」

ぐるりと見渡《みわた》してハリーを見《み》つけると、ウィーズリー氏《し》は飛《と》び上《あ》がった。

「なんとまあ、ハリー・ポッター君《くん》かい？　よく来《き》てくれた。ロンがいつも君《きみ》のことを――」

「あなたの息子《むすこ》たちが、昨夜《さくや》ハリーの家《いえ》まで車《くるま》を飛《と》ばしてまた戻《もど》ってきたんです！」

ウィーズリー夫人《ふじん》はどなり続《つづ》けた。

「何《なに》かおっしゃりたいことはありませんの。え？」

「やったのか？」ウィーズリー氏《し》はうずうずしていた。「うまくいったのか？　つ、つまりだ――」

ウィーズリー夫人《ふじん》の目《め》から火花《ひばな》が飛《と》び散《ち》るのを見《み》て、ウィーズリー氏《し》は口《くち》ごもった。

「そ、それは、おまえたち、イカン――そりゃ、絶対《ぜったい》イカン……」

「二人《ふたり》にやらせとけばいい」

ウィーズリー夫人《ふじん》が大《おお》きな食用《しょくよう》ガエルのようにふくれ上《あ》がったのを見《み》て、ロンがハリーにささやいた。

「来《こ》いよ。僕《ぼく》の部屋《へや》を見《み》せよう」

二人《ふたり》は台所《だいどころ》を抜《ぬ》け出《だ》し、狭《せま》い廊下《ろうか》を通《とお》ってデコボコの階段《かいだん》にたどり着《つ》いた。階段《かいだん》はジグザグと上《うえ》のほうに伸《の》びていた。三番目《ばんめ》の踊《おど》り場《ば》のドアが半開《はんびら》きになっていて、中《なか》から明《あか》るいとび色《いろ》の目《め》が二つ、ハリーを見《み》つめていた。ハリーがちらっと見《み》るか見《み》ないうちにドアはピシャッと閉《と》じてしまった。

「ジニーだ」ロンが言《い》った。「妹《いもうと》がこんなにシャイなのもおかしいんだよ。いつもならおしゃべりばかりしてるのに――」

それから二つ三つ踊《おど》り場《ば》を過《す》ぎて、ペンキのはげかけたドアにたどり着《つ》いた。小《ちい》さな看板《かんばん》が掛《か》かり、「ロナルドの部屋《へや》」と書《か》いてあった。

中《なか》に入《はい》ると、切妻《きりづま》の斜《なな》め天井《てんじょう》に頭《あたま》がぶつかりそうだった。ハリーは目《め》をしばたたいた。まるで炉《ろ》の中《なか》に入《はい》り込《こ》んだように、ロンの部屋《へや》の中《なか》はほとんど何《なに》もかも、ベッドカバー、壁《かべ》、天井《てんじょう》までも、燃《も》えるようなオレンジ色《いろ》だった。よく見《み》ると、粗末《そまつ》な壁紙《かべがみ》を隅《すみ》から隅《すみ》までびっしりと埋《う》め尽《つ》くして、ポスターが貼《は》ってある。どのポスターにも七人《にん》の魔法使《まほうつか》いの男女《だんじょ》が、鮮《あざ》やかなオレンジ色《いろ》のユニフォームを着《き》て、箒《ほうき》を手《て》に、元気《げんき》よく手《て》を振《ふ》っていた。

「ごひいきのクィディッチ・チームかい？」

「チャドリー・キャノンズさ」

ロンはオレンジ色《いろ》のベッドカバーを指差《ゆびさ》した。黒々《くろぐろ》と大《おお》きなC《シー》の文字《もじ》が二つと、風《かぜ》を切《き》る砲丸《ほうがん》のぬい取《と》りがしてある。「ランキング九位《い》だ」

呪文《じゅもん》の教科書《きょうかしょ》が、隅《すみ》のほうにぐしゃぐしゃと積《つ》まれ、その脇《わき》のマンガの本《ほん》の山《やま》は、みんな『マッドなマグル、マーチン・ミグズの冒険《ぼうけん》』シリーズだった。ロンの魔法《まほう》の杖《つえ》は窓枠《まどわく》のところに置《お》かれ、その下《した》の水槽《すいそう》の中《なか》にはびっしりとカエルの卵《たまご》がついている。その脇《わき》で、太《ふと》っちょの灰《はい》色《いろ》ネズミ、ロンのペットのスキャバーズが日《ひ》だまりでスースー眠《ねむ》っていた。

床《ゆか》に置《お》かれた「勝手《かって》にシャッフルするトランプ」をまたいで、ハリーは小《ちい》さな窓《まど》から外《そと》を見《み》た。ずっと下《した》のほうに広《ひろ》がる野原《のはら》から、庭小人《にわこびと》の群《む》れが一匹《ぴき》また一匹《ぴき》と垣根《かきね》をくぐってこっそり庭《にわ》に戻《もど》ってくるのが見《み》えた。

振《ふ》り返《かえ》るとロンが、緊張《きんちょう》気味《ぎみ》にハリーを見《み》ていた。ハリーがどう思《おも》っているのか気《き》にしているような顔《かお》だ。

「ちょっと狭《せま》いけど」ロンがあわてて口《くち》を開《ひら》いた。

「君《きみ》のマグルのとこの部屋《へや》みたいじゃないけど。それに、僕《ぼく》の部屋《へや》、屋根裏《やねうら》お化《ば》けの真下《ました》だし。あいつ、しょっちゅうパイプをたたいたり、うめいたりするんだ……」

ハリーは思《おも》いっきりニッコリした。

「僕《ぼく》、こんなすてきな家《いえ》は生《う》まれて初《はじ》めてだ」

ロンは耳元《みみもと》をポッと紅《あか》らめた。

第《だい》4章《しょう》　フローリシュ・アンド・ブロッツ書店《しょてん》

「隠《かく》れ穴《あな》」での生活《せいかつ》はプリベット通《どお》りとは思《おも》いっきりちがっていた。ダーズリー一家《いっか》は何事《なにごと》も四角四面《かくしめん》でないと気《き》に入《い》らなかったが、ウィーズリー家《け》はへんてこで、度肝《どぎも》を抜《ぬ》かれることばかりだった。台所《だいどころ》の暖炉《だんろ》の上《うえ》にある鏡《かがみ》を最初《さいしょ》にのぞき込《こ》んだとき、ハリーはどっきりした。鏡《かがみ》が大声《おおごえ》を上《あ》げたからだ。

「だらしないぞ、シャツをズボンの中《なか》に入《い》れろよ！」

屋根裏《やねうら》お化《ば》けは、家《いえ》の中《なか》が静《しず》か過《す》ぎると思《おも》えばわめくし、パイプを落《お》とすし、フレッドとジョージの部屋《へや》から小《ち い》さな爆発音《ばくはつおん》が上《あ》がっても、みんなあたりまえという顔《かお》をしていた。しかし、ロンの家《いえ》での生活《せいかつ》でハリーが一番不思議《いちばんふしぎ》だと思《おも》ったのは、おしゃべり鏡《かがみ》でも、うるさいお化《ば》けでもなく、みんながハリーを好《す》いているらしいということだった。

ウィーズリーおばさんは、ハリーのソックスがどうのこうのと小《こ》うるさかったし、食事《しょくじ》のたびに無理《むり》やり四回《かい》もおかわりさせようとした。ウィーズリーおじさんは、夕食《ゆうしょく》の席《せき》でハリーを隣《となり》に座《すわ》らせたがり、マグルの生活《せいかつ》について次《つぎ》から次《つぎ》と質問攻《しつもんぜ》めにし、電気《でんき》のプラグはどう使《つか》うのかとか、郵便《ゆうびん》はどんなふうに届《とど》くのかなどを知《し》りたがった。

「おもしろい！」

電話《でんわ》の使《つか》い方《かた》を話《はな》して聞《き》かせると、おじさんは感心《かんしん》した。

「まさに、独創的《どくそうてき》だ。マグルは魔法《まほう》を使《つか》えなくてもなんとかやっていく方法《ほうほう》を、実《じつ》にいろいろ考《かんが》えるものだ」

「隠《かく》れ穴《あな》」に来《き》てから一週間《しゅうかん》ほどたった、ある上天気《じょうてんき》の朝《あさ》、ホグワーツからハリーに手紙《てがみ》が届《とど》いた。

朝食《ちょうしょく》をとりにロンと一緒《いっしょ》に台所《だいどころ》に下《お》りて行《い》くと、ウィーズリー夫婦《ふうふ》とジニーがもうテーブルについていた。ハリーを見《み》たとたん、ジニーはオートミール用《よう》の深皿《ふかざら》を、うっかりひっくり返《かえ》して床《ゆか》に落《お》としてしまい、皿《さら》はカラカラと大《おお》きな音《おと》を立《た》てた。ハリーがジニーのいる部屋《へや》に入《はい》ってくるたびに、どうもジニーは物《もの》をひっくり返《かえ》しがちだった。テーブルの下《した》にもぐって皿《さら》を拾《ひろ》い、またテーブルの上《うえ》に顔《かお》を出《だ》したときには、ジニーは真《ま》っ赤《か》な夕日《ゆうひ》のような顔《かお》をしていた。ハリーはなにも気《き》がつかないふりをしてテーブルにつき、ウィーズリーおばさんが出《だ》してくれたトーストをかじった。

「学校《がっこう》からの手紙《てがみ》だ」

ウィーズリーおじさんが、ハリーとロンにまったく同《おな》じような封筒《ふうとう》を渡《わた》した。黄色味《きいろみ》がかった羊皮紙《ようひし》の上《うえ》に、緑色《みどりいろ》のインクで宛名《あてな》が書《か》いてあった。

「ハリー、ダンブルドアは、君《きみ》がここにいることをもうご存《ぞん》じだ――何一《なに》つ見逃《みのが》さない方《かた》だよ、あの方《かた》は。ほら、おまえたち二人《ふたり》にも来《き》てるぞ」

パジャマ姿《すがた》のフレッドとジョージが、目《め》の覚《さ》めきっていない足取《あしど》りで台所《だいどころ》に入《はい》ってきたところだった。

みんなが手紙《てがみ》を読《よ》む間《あいだ》、台所《だいどころ》はしばらく静《しず》かになった。ハリーへの手紙《てがみ》には、去年《きょねん》と同《おな》じく九月一日《がつついたち》にキングズ・クロス駅《えき》の九と四分《よんぶん》の三番線《ばんせん》からホグワーツ特急《とっきゅう》に乗《の》るようにと書《か》いてあった。新学期用《しんがっきよう》の新《あたら》しい教科書《きょうかしょ》のリストも入《はい》っていた。

二年生《ねんせい》は次《つぎ》の本《ほん》を準備《じゅんび》すること。
『基本呪文集《きほんじゅもんしゅう》（二学年用《がくねんよう》）』　ミランダ・ゴズホーク著《ちょ》
『泣《な》き妖怪《ようかい》バンシーとのナウな休日《きゅうじつ》』　ギルデロイ・ロックハート著《ちょ》

『グールお化《ば》けとのクールな散策《さんさく》』　ギルデロイ・ロックハート著《ちょ》
『鬼婆《おにばば》とのオツな休暇《きゅうか》』　ギルデロイ・ロックハート著《ちょ》
『トロールとのとろい旅《たび》』　ギルデロイ・ロックハート著《ちょ》
『バンパイアとバッチリ船旅《ふなたび》』　ギルデロイ・ロックハート著《ちょ》
『狼男《おおかみおとこ》との大《おお》いなる山歩《やまある》き』　ギルデロイ・ロックハート著《ちょ》
『雪男《ゆきおとこ》とゆっくり一年《ねん》』　ギルデロイ・ロックハート著《ちょ》

フレッドは自分《じぶん》のリストを読《よ》み終《お》えて、ハリーのをのぞき込《こ》んだ。

「君《きみ》のもロックハートの本《ほん》のオンパレードだ！『闇《やみ》の魔術《まじゅつ》に対《たい》する防衛術《ぼうえいじゅつ》』の新《あたら》しい先生《せんせい》はロックハートのファンだぜ――きっと魔女《まじょ》だ」

ここでフレッドの目《め》と母親《ははおや》の目《め》が合《あ》った。フレッドはあわててママレードを塗《ぬ》りたくった。

「この一式《いっしき》は安《やす》くないぞ」ジョージが両親《りょうしん》のほうをちらりと見《み》た。「ロックハートの本《ほん》はなにしろ高《たか》いんだ……」

「まあ、なんとかなるわ」

そう言《い》いながら、おばさんは少《すこ》し心配《しんぱい》そうな顔《かお》をした。

「たぶん、ジニーの物《もの》はお古《ふる》ですませられると思《おも》うし……」

「あぁ、君《きみ》も今年《ことし》ホグワーツ入学《にゅうがく》なの？」ハリーがジニーに聞《き》いた。

ジニーはうなずきながら、真《ま》っ赤《か》な髪《かみ》の根元《ねもと》のところまで顔《かお》を真《ま》っ赤《か》にし、バターの入《はい》った皿《さら》にひじを突《つ》っ込《こ》んだ。幸運《こううん》にもそれを見《み》たのはハリーだけだった。ちょうどロンの兄《あに》のパーシーが台所《だいどころ》に入《はい》ってきたからだ。ちゃんと着替《きが》えて、手編《てあ》みのタンクトップに監督生《かんとくせい》バッジをつけていた。

「みなさん、おはよう。いい天気《てんき》ですね」パーシーがさわやかに挨拶《あいさつ》した。

パーシーはたった一つ空《あ》いていた椅子《いす》に座《すわ》ったが、とたんにはじけるように立《た》ち上《あ》がり、尻《しり》の下《した》から、ぼろぼろ毛《け》の抜《ぬ》けた灰色《はいいろ》の毛《け》ばたき――少《すく》なくともハリーにはそう思《おも》えた――を引《ひ》っ張《ぱ》り出《だ》した。毛《け》ばたきは息《いき》をしていた。

「エロール！」

ロンがよれよれのふくろうをパーシーから引《ひ》き取《と》り、翼《つばさ》の下《した》から手紙《てがみ》を取《と》り出《だ》した。「やっと来《き》た――エロールじいさん、ハーマイオニーからの返事《へんじ》を持《も》ってきたよ。ハリーをダーズリーのところから助《たす》け出《だ》すつもりだって、手紙《てがみ》を出《だ》したんだ」

ロンは勝手口《かってぐち》の内側《うちがわ》にある止《と》まり木《ぎ》までエロールを運《はこ》んで行《い》って、止《と》まらせようとしたが、エロールはポトリと床《ゆか》に落《お》ちてしまった。

「悲劇的《ひげきてき》だよな」とつぶやきながら、ロンはエロールを食器《しょっき》の水切《みずき》り棚《だな》の上《うえ》にのせてやった。それから封筒《ふうとう》をビリッと破《やぶ》り、手紙《てがみ》を読《よ》み上《あ》げた。

ロン、ハリー（そこにいる？）

お元気《げんき》ですか。すべてうまくいって、ハリーが無事《ぶじ》なことを願《ねが》っています。それに、ロン、あなたが彼《かれ》を救《すく》い出《だ》すとき、違法《いほう》なことをしなかったことを願《ねが》っています。そんなことをしたら、ハリーも困《こま》ったことになりますからね。私《わたし》はほんとうに心配《しんぱい》していたのよ。ハリーが無事《ぶじ》なら、お願《ねが》いだからすぐに知《し》らせてね。だけど、別《べつ》なふくろうを使《つか》ったほうがいいかもしれません。もう一回配達《かいはいたつ》させたら、あなたのふくろうは、それでもうおしまいになってしまうかもしれないもの。

私《わたし》はもちろん、勉強《べんきょう》でとても忙《いそが》しくしています。

「マジかよ、おい」ロンが恐怖《きょうふ》の声《こえ》を上《あ》げた。「休《やす》み中《ちゅう》だぜ！」

——私《わたし》たち、水曜日《すいようび》に新《あたら》しい教科書《きょうかしょ》を買《か》いにロンドンに行《い》きます。ダイアゴン横丁《よこちょう》でお会《あ》いしませんか？

近況《きんきょう》をなるべく早《はや》く知《し》らせてね。

ではまた。

ハーマイオニー

「ちょうどいいわ。私《わたし》たちも出《で》かけて、あなたたちの分《ぶん》をそろえましょう」ウィーズリーおばさんがテーブルを片《かた》づけながら言《い》った。

「今日《きょう》はみんなどういうご予定《よてい》？」

ハリー、ロン、フレッド、ジョージは、丘《おか》の上《うえ》にあるウィーズリー家《け》の小《ちい》さな牧場《まきば》に出《で》かける予定《よてい》だった。その草《くさ》むらは周《まわ》りを木立《こだち》で囲《かこ》まれ、下《した》の村《むら》からは見《み》えないようになっていた。つまり、あまり高《たか》く飛《と》びさえしなければクィディッチの練習《れんしゅう》ができるというわけだ。本物《ほんもの》のボールを使《つか》うわけにはいかない。もしもボールが逃《に》げ出《だ》して村《むら》のほうに飛《と》んでいったら、説明《せつめい》のしようがないからだ。かわりに、四人《にん》はリンゴでキャッチボールをした。みんなで、かわりばんこにハリーのニンバス２０００に乗《の》ってみたが、ニンバス２０００はやっぱり圧巻《あっかん》だった。ロンの中古《ちゅうこ》の箒《ほうき》「流れ星《シューティング・スター》」は、そばを飛《と》んでいる蝶《ちょう》にさえ追《お》い抜《ぬ》かれた。

五分後《ふんご》、四人《にん》は箒《ほうき》を担《かつ》ぎ、丘《おか》に向《む》かって行進《こうしん》していた。パーシーも一緒《いっしょ》に来《こ》ないかと誘《さそ》ったが、忙《いそが》しいと断《ことわ》られた。ハリーは食事《しょくじ》のときしかパーシーを見《み》たことがなかった。あとはずっと、部《へ》屋《や》に閉《と》じこもりきりだった。

「パーシーのやつ、いったい何《なに》を考《かんが》えてるんだか」フレッドが眉《まゆ》をひそめながら言《い》った。

「あいつらしくないんだ。君《きみ》が到着《とうちゃく》する前《まえ》の日《ひ》に、統一試験《とういつしけん》の結果《けっか》が届《とど》いたんだけど、なんと、パーシーは十二学科《がっか》とも全部《ぜんぶ》パスして、『十二ふくろう』だったのに、ニコリともしないんだぜ」

「『ふくろう』って、十五歳《さい》になったら受《う》ける試験《しけん》で、普通《ふつう》（Ｏ《オー》）魔法《まほう》（Ｗ《ダブリュー》）レベル（Ｌ《エル》）試験《しけん》、つまり頭文字《かしらもじ》を取《と》ってＯ・Ｗ・Ｌ《ふくろう》のことさ」

ハリーがわかっていない顔《かお》をしたので、ジョージが説明《せつめい》した。

「ビルも十二だったな。へたすると、この家《いえ》からもう一人首席《ひとりしゅせき》が出《で》てしまうぞ。俺《おれ》はそんな恥《はじ》には耐《た》えられないぜ」

ビルはウィーズリー家《け》の長男《ちょうなん》だった。ビルも次男《じなん》のチャーリーもホグワーツを卒業《そつぎょう》している。ハリーは、二人《ふたり》にまだ会《あ》ったことはなかったが、チャーリーがルーマニアにいてドラゴンの研究《けんきゅう》をしていること、ビルがエジプトにいて魔法使《まほうつか》いの銀行《ぎんこう》、グリンゴッツで働《はたら》いていることは知《し》っていた。

「パパもママもどうやって学用品《がくようひん》をそろえるお金《かね》を工面《くめん》するのかな」

しばらくしてからジョージが言《い》った。

「ロックハートの本《ほん》を五人分《にんぶん》もだぜ！　ジニーだってローブやら杖《つえ》やら必要《ひつよう》だし……」

ハリーはだまっていた。少《すこ》し居心地《いごこち》が悪《わる》い思《おも》いがした。ロンドンにあるグリンゴッツの地下金庫《ちかきんこ》に、ハリーの両親《りょうしん》が残《のこ》してくれたかなりの財産《ざいさん》が預《あず》けられていた。もちろん、魔法界《まほうかい》だけでしか通用《つうよう》しない財産《ざいさん》だ。ガリオンだのシックルだのクヌートだの、マグルの店《みせ》で使《つか》えはしない。グリンゴッツ銀行《ぎんこう》のことを、ハリーは一度《いちど》もダーズリー一家《いっか》に話《はな》してはいない。ダーズリーたちは魔法《まほう》と名《な》がつくものは、何《なに》もかも恐《おそ》れていたが、山積《やまづ》みの金貨《きんか》ともなれば話《はなし》は別《べつ》だろうから。

ウィーズリーおばさんは、水曜日《すいようび》の朝早《あさはや》くにみんなを起《お》こした。ベーコン・サンドイッチを一人《ひとり》あたり六個《こ》ずつ、一気《いっき》に飲《の》み込《こ》んで、みんなコートを着込《きこ》んだ。ウィーズリーおばさんが、暖炉《だんろ》の上《うえ》から植木鉢《うえきばち》を取《と》って中《なか》をのぞき込《こ》んだ。

「アーサー、だいぶ少《すく》なくなってるわ」おばさんがため息《いき》をついた。「今日《きょう》、買《か》い足《た》しておかないとね……さぁて、お客様《きゃくさま》からどうぞ！　ハリー、お先《さき》にどうぞ！」

おばさんが鉢《はち》を差《さ》し出《だ》した。

みんながハリーを見《み》つめ、ハリーはみんなを見《み》つめ返《かえ》した。

「な、何《なに》すればいいの？」ハリーは焦《あせ》った。

「ハリーは煙突飛行粉《フルーパウダー》を使《つか》ったことがないんだ」ロンが突然気《とつぜんき》づいた。「ごめん、ハリー、僕《ぼく》、忘《わす》れてた」

「一度《いちど》も？」ウィーズリーおじさんが言《い》った。「じゃ、去年《きょねん》は、どうやってダイアゴン横丁《よこちょう》まで学用品《がくようひん》を買《か》いに行《い》ったのかね？」

「地下鉄《ちかてつ》に乗《の》りました」

「ほう？」ウィーズリーおじさんは身《み》を乗《の》り出《だ》した。「エ・ス・カ・ペ・ー・タ・ーとかがあるのかね？　それはどうやって――」

「アーサー、その話《はなし》はあとにして。ハリー、煙突飛行《えんとつひこう》って、それよりずっと速《はや》いのよ。だけど、一度《いちど》も使《つか》ったことがないとはねぇ」

「ハリーは大丈夫《だいじょうぶ》だよ、ママ。ハリー、俺《おれ》たちのを見《み》てろよ」とフレッドが言《い》った。

フレッドは鉢《はち》からキラキラ光《ひか》る粉《こな》を一《ひと》つまみ取《と》り出《だ》すと、暖炉《だんろ》の火《ひ》に近《ちか》づき、炎《ほのお》に粉《こな》を振《ふ》りかけた。

ゴーッという音《おと》とともに炎《ほのお》はエメラルドグリーンに変《か》わり、フレッドの背丈《せたけ》より高《たか》く燃《も》え上《あ》がった。フレッドはその中《なか》に入《はい》り、「ダイアゴン横丁《よこちょう》」と叫《さけ》ぶとフッと消《き》えた。

「ハリー、はっきり発音《はつおん》しないとだめよ」

ウィーズリーおばさんが注意《ちゅうい》した。ジョージが鉢《はち》に手《て》を突《つ》っ込《こ》んだ。

「それに、まちがいなく正《ただ》しい火格子《ひごうし》から出《で》ることね」

「正《ただ》しい何《なん》ですか？」

ハリーは心《こころ》もとなさそうに尋《たず》ねた。ちょうど燃《も》え上《あ》がった炎《ほのお》が、ジョージをヒュッとかき消《け》したときだった。

「あのね、魔法使《まほうつか》いの暖炉《だんろ》といっても、ほんとうにいろいろあるのよ。ね？　でもはっきり発音《はつおん》さえすれば――」

「ハリーは大丈夫《だいじょうぶ》だよ、モリー。うるさく言《い》わなくとも」

ウィーズリーおじさんが煙突飛行粉《フルーパウダー》をつまみながら言《い》った。

「でも、あなた。ハリーが迷子《まいご》になったら、おじ様《さま》とおば様《さま》に何《なん》と申《もう》し開《ひら》きできます？」

「あの人《ひと》たちはそんなこと気《き》にしません。僕《ぼく》が煙突《えんとつ》の中《なか》で迷子《まいご》になったら、ダドリーなんか、きっと最高《さいこう》に笑《わら》えるって喜《よろこ》びます。心配《しんぱい》しないでください」ハリーはうけ合《あ》った。

「そう……それなら……アーサーの次《つぎ》にいらっしゃいな。いいこと、炎《ほのお》の中《なか》に入《はい》ったら、どこに行《い》くかを言《い》うのよ――」

「ひじは引《ひ》っ込《こ》めておけよ」ロンが注意《ちゅうい》した。

「それに目《め》は閉《と》じてね。すすが――」ウィーズリーおばさんだ。

「もぞもぞ動《うご》くなよ。動《うご》くと、とんでもない暖炉《だんろ》に落《お》ちるかもしれないから――」とロン。

「だけどあわてないでね。あんまり急《いそ》いで外《そと》に出《で》ないで、フレッドとジョージの姿《すがた》が見《み》えるまで待《ま》つのよ」

なんだかんだを必死《ひっし》に頭《あたま》にたたき込《こ》んで、ハリーは煙突飛行粉《フルーパウダー》を一つまみ取《と》り、暖炉《だんろ》の前《まえ》に進《すす》み出《で》た。深呼吸《しんこきゅう》して、粉《こな》を炎《ほのお》に投《な》げ入《い》れ、ずいと中《なか》に入《はい》った。炎《ほのお》は温《あたた》かいそよ風《かぜ》のようだった。

ハリーは口《くち》を開《ひら》いた。とたんにいやというほど熱《あつ》い灰《はい》を吸《す》い込《こ》んだ。

「ダ、ダイア、ゴン横丁《よこちょう》」むせながら言《い》った。

まるで巨大《きょだい》な穴《あな》に渦《うず》を巻《ま》いて吸《す》い込《こ》まれていくようだった。高速《こうそく》で回転《かいてん》しているらしい……耳《みみ》が聞《き》こえなくなるかと思《おも》うほどのごう音《おん》がする。ハリーは目《め》を開《ひら》いていようと努力《どりょく》したが、緑色《みどりいろ》の炎《ほのお》の渦《うず》で気分《きぶん》が悪《わる》くなった……何《なに》か硬《かた》い物《もの》がひじにぶつかったので、ハリーはしっかりとひじを引《ひ》いた。回《まわ》る……回《まわ》る……今度《こんど》は冷《つめ》たい手《て》でほおを打《う》たれるような感《かん》じがした……めがね越《ご》しに目《め》を細《ほそ》めて見《み》ると、輪郭《りんかく》のぼやけた暖炉《だんろ》が次々《つぎつぎ》と目《め》の前《まえ》を通《とお》り過《す》ぎ、そのむこう側《がわ》の部屋《へや》がちらっちらっと見《み》えた……ベーコンサンドイッチが胃袋《いぶくろ》の中《なか》でひっくり返《かえ》っている……ハリーはまた目《め》を閉《と》じた。止《と》まってくれるといいのに――突然《とつぜん》、ハリーは前《まえ》のめりに倒《たお》れた。冷《つめ》たい石《いし》に顔《かお》を打《う》って、めがねが壊《こわ》れるのがわかった。

くらくら、ずきずきしながら、すすだらけでハリーはそろそろと立《た》ち上《あ》がり、壊《こわ》れためがねを目《め》にかざした。ハリーのほかには誰《だれ》もいない。でも、いったいここはどこなのか、さっぱりわからなかった。わかったことといえば、ハリーは石《いし》の暖炉《だんろ》の中《なか》に突《つ》っ立《た》っていたし、その暖炉《だんろ》は、大《おお》きな魔法使《まほうつか》いの店《みせ》の薄明《うすあ》かりの中《なか》にあった――売《う》っているものはどう見《み》ても、ホグワーツ校《こう》のリストにはのりそうにもない物《もの》ばかりだ。

手前《てまえ》のショーケースには、クッションにのせられたしなびた手《て》、血《ち》に染《そ》まったトランプ、それに義眼《ぎがん》がぎろりと目《め》をむいていた。壁《かべ》からは邪悪《じゃあく》な表情《ひょうじょう》の仮面《かめん》が見下《みお》ろし、カウンターには人骨《じんこつ》がばら積《づ》みになっている。天井《てんじょう》からはさびついたとげだらけの道具《どうぐ》がぶら下《さ》がっていた。もっと悪《わる》いことに、ほこりで汚《よご》れたウィンドウの外《そと》に見《み》える、暗《くら》い狭《せま》い通《とお》りは、絶対《ぜったい》にダイアゴン横丁《よこちょう》ではなかった。

一刻《いっこく》も早《はや》くここを出《で》たほうがいい。暖炉《だんろ》の床《ゆか》にぶつけた鼻《はな》がまだずきずきしていたが、ハリーはすばやくこっそりと出口《でぐち》に向《む》かった。が、途中《とちゅう》まで来《き》たとき、ガラス戸《ど》のむこう側《がわ》に二つの人影《ひとかげ》が見《み》えた。その一人《ひとり》は――こんなときに最悪《さいあく》の出会《であ》い。めがねは壊《こわ》れ、すすだらけで、迷子《まいご》になったハリーが最《もっと》も会《あ》いたくない人物《じんぶつ》――ドラコ・マルフォイだった。

ハリーは急《いそ》いで周《まわ》りを見回《みまわ》し、左《ひだり》のほうにあった大《おお》きな黒《くろ》いキャビネット棚《だな》の中《なか》に飛《と》び込《こ》んで身《み》を隠《かく》した。扉《とびら》を閉《し》め、のぞき用《よう》のすきまを細《ほそ》く開《あ》けた。ほんの数秒後《すうびょうご》、ベルがガラガラと鳴《な》り、マルフォイが入《はい》ってきた。

そのあとに続《つづ》いて入《はい》ってきたのは父親《ちちおや》にちがいない。息子《むすこ》と同《おな》じ血《ち》の気《け》のない顔《かお》、とがったあご、息子《むすこ》と瓜二《うりふた》つの冷《つめ》たい灰色《はいいろ》の目《め》をしている。陳列《ちんれつ》の商品《しょうひん》になにげなく目《め》をやりながら店《みせ》の奥《おく》まで入《はい》ってきたマルフォイ氏《し》は、カウンターのベルを押《お》してから息子《むすこ》に向《む》かって言《い》った。

「ドラコ、いっさいさわるんじゃないぞ」

義眼《ぎがん》に手《て》を伸《の》ばしていたドラコは「何《なに》かプレゼントを買《か》ってくれるんだと思《おも》ったのに」と言《い》った。

「競技用《きょうぎよう》の箒《ほうき》を買《か》ってやると言《い》ったんだ」父親《ちちおや》はカウンターを指《ゆび》でトントンたたきながら言《い》った。「寮《りょう》の選手《せんしゅ》に選《えら》ばれなきゃ、そんなの意味《いみ》ないだろ？」

マルフォイはすねて不機嫌《ふきげん》な顔《かお》をした。

「ハリー・ポッターなんか、去年《きょねん》ニンバス２０００をもらったんだ。グリフィンドールの寮《りょう》チームでプレーできるように、ダンブルドアから特別許可《とくべつきょか》ももらった。あいつ、そんなにうまくもないのに。単《たん》に有名《ゆうめい》だからなんだ……額《ひたい》にバカな傷《きず》があるから有名《ゆうめい》なんだ」

ドラコ・マルフォイはかがんで、どくろの陳列棚《ちんれつだな》をしげしげ眺《なが》めた。

「……どいつもこいつもハリーがかっこいいって思《おも》ってる。額《ひたい》に傷《きず》、手《て》に箒《ほうき》のすてきなポッター――」

「同《おな》じことをもう何十回《なんじっかい》と聞《き》かされた」

マルフォイ氏《し》が、押《お》さえつけるような目《め》で息子《むすこ》を見《み》た。

「しかし、言《い》っておくが、ハリー・ポッターが好《す》きではないようなそぶりを見《み》せるのは、何《なん》と言《い》うか――賢明《けんめい》――ではないぞ。特《とく》に今《いま》は、大多数《だいたすう》の者《もの》が彼《かれ》を、闇《やみ》の帝王《ていおう》を消《け》したヒーローとしてあつかっているのだから――。やぁ、ボージン君《くん》」

猫背《ねこぜ》の男《おとこ》が脂《あぶら》っこい髪《かみ》をなでつけながらカウンターのむこうに現《あらわ》れた。

「マルフォイ様《さま》、また、おいでいただきましてうれしゅうございます」

ボージン氏《し》は髪《かみ》の毛《け》と同《おな》じく脂《あぶら》っこい声《こえ》を出《だ》した。

「恭悦至極《きょうえつしごく》でございます――そして若様《わかさま》まで――光栄《こうえい》でございます。手前《てまえ》どもに何《なに》かご用《よう》で？

本日入荷《ほんじつにゅうか》したばかりの品《しな》をお目《め》にかけなければ。お値段《ねだん》のほうは、お勉強《べんきょう》させていただき……」

「ボージン君《くん》、今日《きょう》は買《か》いにきたのではなく、売《う》りにきたのだよ」とマルフォイ氏《し》が言《い》った。

「へ、売《う》りに？」ボージン氏《し》の顔《かお》からフッと笑《わら》いが薄《うす》らいだ。

「当然聞《とうぜんき》きおよんでいると思《おも》うが、魔法省《まほうしょう》が、抜《ぬ》き打《う》ちの立入調査《たちいりちょうさ》を仕掛《しか》けることが多《おお》くなった」マルフォイ氏《し》は話《はな》しながら内《うち》ポケットから羊皮紙《ようひし》の巻《ま》き紙《がみ》を取《と》り出《だ》し、ボージン氏《し》が読《よ》めるように広《ひろ》げた。

「私《わたし》も少《すこ》しばかりの――アー――物品《ぶっぴん》を家《いえ》に持《も》っておるので、もし役所《やくしょ》の訪問《ほうもん》でも受《う》けた場合《ばあい》、都合《つごう》の悪《わる》い思《おも》いをするかもしれない……」

ボージン氏《し》は鼻《はな》めがねをかけ、リストを読《よ》んだ。

「魔法省《まほうしょう》があなた様《さま》にご迷惑《めいわく》をおかけするとは、考《かんが》えられませんが。ねえ、だんな様《さま》？」

マルフォイ氏《し》の口元《くちもと》がニヤリとした。

「まだ訪問《ほうもん》はない。マルフォイ家《け》の名前《なまえ》は、まだそれなりの尊敬《そんけい》を勝《か》ち得《え》ている。しかし、役所《やくしょ》はとみに小《こ》うるさくなっている。マグル保護法《ほごほう》の制定《せいてい》のうわさもある――あの、しらみったかりの、マグルびいきのアーサー・ウィーズリーのバカ者《もの》が、糸《いと》を引《ひ》いているにちがいない――」

ハリーは熱《あつ》い怒《いか》りが込《こ》み上《あ》げてくるのを感《かん》じた。

「――となれば、見《み》てわかるように、これらの毒物《どくぶつ》の中《なか》には、一見《いっけん》その手《て》の物《もの》のように見《み》える物《もの》が――」

「万事心得《ばんじこころえ》ておりますとも、だんな様《さま》。ちょっと拝見《はいけん》を……」

「あれを買《か》ってくれる？」

ドラコがクッションに置《お》かれたしなびた手《て》を指差《ゆびさ》して、二人《ふたり》の会話《かいわ》をさえぎった。

「あぁ、『輝《かがや》きの手《て》』でございますね！」

ボージン氏《し》はリストを放《ほう》り出《だ》してドラコのほうにせかせかかけ寄《よ》った。

「ろうそくを差《さ》し込《こ》んでいただきますと、手《て》を持《も》っている者《もの》だけにしか見《み》えない灯《あか》りがともります。泥棒《どろぼう》、強盗《ごうとう》には最高《さいこう》の味方《みかた》でございまして。お坊《ぼっ》ちゃまは、お目《め》が高《たか》くていらっしゃる！」

「ボージン、私《わたし》の息子《むすこ》は泥棒《どろぼう》、強盗《ごうとう》よりはましなものになってほしいが」

マルフォイ氏《し》は冷《つめ》たく言《い》った。ボージン氏《し》はあわてて、「とんでもない。そんなつもりでは、だんな様《さま》」と言《い》った。

「ただし、この息子《むすこ》の成績《せいせき》が上《あ》がらないようなら」マルフォイ氏《し》の声《こえ》が一段《いちだん》と冷《つめ》たくなった。「行《い》き着《つ》く先《さき》は、せいぜいそんなところかもしれん」

「僕《ぼく》の責任《せきにん》じゃない」ドラコが言《い》い返《かえ》した。「先生《せんせい》がみんなひいきをするんだ。あのハーマイオニー・グレンジャーが――」

「私《わたし》はむしろ、魔法《まほう》の家系《かけい》でもなんでもない小娘《こむすめ》に、全科目《ぜんかもく》の試験《しけん》で負《ま》けているおまえが、恥《は》じ入《い》ってしかるべきだと思《おも》うが」

「やーい！」ハリーは声《こえ》を殺《ころ》して言《い》った。ドラコが恥《はじ》と怒《いか》りのまじった顔《かお》をしているのが小気味《こきみ》よかった。

「このごろはどこでも同《おな》じでございます」ボージン氏《し》が脂《あぶら》っこい声《こえ》で言《い》った。「魔法使《まほうつか》いの血筋《ちすじ》など、どこでも安《やす》くあつかわれるようになってしまいまして――」

「私《わたし》はちがうぞ」

マルフォイ氏《し》は細長《ほそなが》い鼻《はな》の穴《あな》をふくらませた。

「もちろんでございますとも、だんな様《さま》。手前《てまえ》もでございますよ」

ボージン氏《し》は深々《ふかぶか》とおじぎをした。

「それなれば、私《わたし》のリストに話《はなし》を戻《もど》そう」マルフォイ氏《し》はびしっと言《い》った。「ボージン、私《わたし》は少《すこ》し急《いそ》いでるのでね。今日《きょう》はほかでも大事《だいじ》な用件《ようけん》があるのだよ」

二人《ふたり》は交渉《こうしょう》を始《はじ》めた。ドラコが商品《しょうひん》を眺《なが》めながら、だんだんハリーの隠《かく》れているところに近《ちか》づいてくるので、ハリーは気《き》が気《き》ではなかった。ドラコは、絞首刑用《こうしゅけいよう》の長《なが》いロープの束《たば》の前《まえ》で立《た》ち止《と》まって、しげしげ眺《なが》め、豪華《ごうか》なオパールのネックレスの前《まえ》に立《た》てかけてある説明書《せつめいしょ》を読《よ》んで、ニヤニヤした。

ご注意《ちゅうい》――手《て》を触《ふ》れないこと
呪《のろ》われたネックレス――これまでに十九人《にん》の持《も》ち主《ぬし》のマグルの命《いのち》を奪《うば》った

ドラコは向《む》きを変《か》え、ちょうど目《め》の前《まえ》にあるキャビネット棚《だな》に目《め》をとめた。前《まえ》に進《すす》み……取《と》っ手《て》をつかもうと手《て》を伸《の》ばした……。

「決《き》まりだ」カウンターの前《まえ》でマルフォイ氏《し》が言《い》った。「ドラコ、行《い》くぞ！」

ドラコが向《む》きを変《か》えたので、ハリーは額《ひたい》の冷《ひ》や汗《あせ》をそでぬぐった。

「ボージン君《くん》、おじゃましたな。明日《あす》、館《やかた》のほうに物《もの》を取《と》りにきてくれるだろうね」

ドアが閉《し》まったとたん、ボージン氏《し》のとろとろとした脂《あぶら》っこさが消《け》し飛《と》んだ。

「ごきげんよう、マルフォイ閣下《かっか》さまさま。うわさが本当《ほんとう》なら、あなた様《さま》がお売《う》りになったのは、そのお館《やかた》とやらにお隠《かく》しになっている物《もの》の半分《はんぶん》にもなりませんわ……」

ブツブツと暗《くら》い声《こえ》でつぶやきながら、ボージン氏《し》は奥《おく》に引《ひ》っ込《こ》んだ。ハリーは、戻《もど》ってこないかどうか一瞬《いっしゅん》待《ま》って、それから、できるだけ音《おと》を立《た》てずにキャビネット棚《だな》からすべり出《で》て、ショーケースの脇《わき》を通《とお》り抜《ぬ》け、店《みせ》の外《そと》に出《で》た。

壊《こわ》れためがねを鼻《はな》の上《うえ》でしっかり押《お》さえながら、ハリーは周《まわ》りを見回《みまわ》した。うさんくさい横丁《よこちょう》だった。闇《やみ》の魔術《まじゅつ》に関《かん》する物《もの》しか売《う》っていないような店《みせ》が軒《のき》を連《つら》ねている。今《いま》ハリーが出《で》てきた店《みせ》、「ボージン・アンド・バークス」が一番大《いちばんおお》きな店《みせ》らしい。そのむかい側《がわ》の店《みせ》のショーウィンドウには、気味《きみ》の悪《わる》い、縮《ちぢ》んだ生首《なまくび》が飾《かざ》られ、二軒先《けんさき》には大《おお》きなおりがあって、巨大《きょだい》な黒《くろ》クモが何匹《なんびき》もガサゴソしていた。みすぼらしいなりの魔法使《まほうつか》いが二人《ふたり》、店《みせ》の入口《いりぐち》の薄暗《うすくら》がりの中《なか》からハリーをじっと見《み》て、互《たが》いになにやらボソボソ言《い》っている。ハリーはザワッとしてそこを離《はな》れた。めがねを鼻《はな》の上《うえ》にまっすぐのっかるように手《て》で押《お》さえながら、なんとかここから出《で》る道《みち》を見《み》つけなければと、ハリーは藁《わら》にもすがる思《おも》いで歩《ある》いた。

毒《どく》ろうそくの店《みせ》の軒先《のきさき》に掛《か》かった古《ふる》ぼけた木《き》の看板《かんばん》が、通《とお》りの名《な》を教《おし》えてくれた。

夜《ノクターンよこちょう》の闇横丁

何《なん》のヒントにもならない。聞《き》いたことがない場所《ばしょ》だ。ウィーズリー家《け》の暖炉《だんろ》の炎《ほのお》の中《なか》で、口《くち》いっぱいに灰《はい》を吸《す》い込《こ》んだままで発音《はつおん》したので、きちんと通《とお》りの名前《なまえ》を言《い》えなかったのだろう。落《お》ち着《つ》け、と自分《じぶん》に言《い》い聞《き》かせながら、ハリーはどうしたらよいか考《かんが》えた。

「坊《ぼう》や、迷子《まいご》になったんじゃなかろうね？」

すぐ耳元《みみもと》で声《こえ》がして、ハリーは跳《と》び上《あ》がった。

老婆《ろうば》が、盆《ぼん》を持《も》ってハリーの前《まえ》に立《た》っていた。気味《きみ》の悪《わる》い、人間《にんげん》の生爪《なまづめ》のような物《もの》が盆《ぼん》に積《つ》まれている。老婆《ろうば》はハリーを横目《よこめ》で見《み》ながら、黄色《きいろ》い歯《は》をむき出《だ》した。ハリーはあとずさりした。

「いえ、大丈夫《だいじょうぶ》です。ただ――」

「**ハリー！**　おまえさん、こんなとこで何《なに》しちょるんか？」

ハリーは心《こころ》が躍《おど》った。老婆《ろうば》は跳《と》び上《あ》がった。山積《やまづ》みの生爪《なまづめ》が、老婆《ろうば》の足元《あしもと》にバラバラと滝《たき》のように落《お》ちた。ホグワーツの森番《もりばん》、ハグリッドの巨大《きょだい》な姿《すがた》に向《む》かって、老婆《ろうば》は悪態《あくたい》をついた。

ハグリッドが、ごわごわした巨大《きょだい》なひげの中《なか》から、コガネムシのような真《ま》っ黒《くろ》な目《め》を輝《かがや》かせて、二人《ふたり》のほうに大股《おおまた》で近《ちか》づいてきた。

「ハグリッド！」ハリーはホッと気《き》が抜《ぬ》けて声《こえ》がかすれた。「僕《ぼく》、迷子《まいご》になって……煙突飛行粉《フルーパウダー》が……」

ハグリッドはハリーのえり首《くび》をつかんで、老魔女《ろうまじょ》から引《ひ》き離《はな》した。はずみで盆《ぼん》が魔女《まじょ》の手《て》から吹《ふ》っ飛《と》んだ。魔女《まじょ》のかん高《だか》い悲鳴《ひめい》が、二人《ふたり》のあとを追《お》いかけて、くねくねした横丁《よこちょう》を通《とお》り、明《あか》るい陽《ひ》の光《ひかり》の中《なか》に出《で》るまでついてきた。

遠《とお》くにハリーの見知《みし》った、純白《じゅんぱく》の大理石《だいりせき》の建物《たてもの》が見《み》えた。グリンゴッツ銀行《ぎんこう》だ。ハグリッドは、ハリーを一足飛《いっそくと》びにダイアゴン横丁《よこちょう》に連《つ》れてきてくれたのだ。

「ひどい格好《かっこう》をしちょるもんだ！」

ハグリッドはぶっきらぼうにそう言《い》うと、ハリーのすすを払《はら》った。あまりの力《ちから》で払《はら》うので、ハリーはすんでのところで、薬問屋《くすりどんや》の前《まえ》にあるドラゴンのフンの樽《たる》の中《なか》に突《つ》っ込《こ》むところだった。

「夜の闇横丁《ノクターンよこちょう》なんぞ、どうしてまたうろうろしとったか――ハリーよ、あそこは危《あぶ》ねえとこだ――あんなとこにいるのを、誰《だれ》かに見《み》られでもしてみろ――」

「僕《ぼく》もそれはわかったんだけど」

ハリーはハグリッドがまたすす払《はら》いをしようとしたので、ヒョイとかわしながら言《い》った。

「言《い》っただろ、迷子《まいご》になったって――ハグリッドはいったい何《なに》してたの？」

「俺《おれ》は『肉食《にくしょく》ナメクジの駆除剤《くじょざい》』を探《さが》しとった」ハグリッドはうなった。「やつら、学校《がっこう》のキャベツを食《く》い荒《あ》らしとる。おまえさん、一人《ひとり》じゃなかろ？」

「僕《ぼく》、ウィーズリーさんのとこに泊《と》まってるんだけど、はぐれちゃった。捜《さが》さなくちゃ」

二人《ふたり》は一緒《いっしょ》に歩《ある》きはじめた。

「俺《おれ》の手紙《てがみ》に返事《へんじ》をくれなんだのはどうしてかい？」

ハリーはハグリッドに並《なら》んで小走《こばし》りしていた――ハグリッドのブーツが大股《おおまた》に一歩踏《ぽふ》み出《だ》すたびに、ハリーは三歩歩《ぽある》かなければならなかった――。ハリーはドビーのことや、ダーズリーが何《なに》をしたかを話《はな》して聞《き》かせた。

「くされマグルめ。俺《おれ》がそのことを知《し》っちょったらなぁ」ハグリッドは歯《は》がみした。

「ハリー！　ハリー！　ここよ！」

ハリーが目《め》を上《あ》げると、グリンゴッツの白《しろ》い階段《かいだん》の一番上《いちばんうえ》に、ハーマイオニー・グレンジャーが立《た》っていた。ふさふさした栗色《くりいろ》の髪《かみ》を後《うし》ろになびかせながら、ハーマイオニーは二人《ふたり》のそばにかけ下《お》りてきた。

「めがねをどうしちゃったの？　ハグリッド、こんにちは……ああ、また二人《ふたり》に会《あ》えて、私《わたし》とってもうれしい……ハリー、グリンゴッツに行《い》くところなの？」

「ウィーズリーさんたちを見《み》つけてからだけど」

「おまえさん、そう長《なが》く待《ま》たんでもええぞ」ハグリッドがニッコリした。

ハリーとハーマイオニーが見回《みまわ》すと、人混《ひとご》みでごった返《がえ》した通《とお》りを、ロン、フレッド、ジョージ、パーシー、ウィーズリーおじさんがかけてくるのが見《み》えた。

「ハリー」ウィーズリーおじさんがあえぎながら話《はな》しかけた。

「せいぜい一つむこうの火格子《ひごうし》まで行《い》き過《す》ぎたくらいであればと願《ねが》っていたんだよ……」

おじさんはハゲた額《ひたい》に光《ひか》る汗《あせ》をぬぐった。

「モリーは半狂乱《はんきょうらん》だったよ――今《いま》こっちへ来《く》るがね」

「どっから出《で》たんだい？」とロンが聞《き》いた。

「夜の闇横丁《ノクターンよこちょう》」ハグリッドが暗《くら》い顔《かお》をした。

「すっげぇ！」フレッドとジョージが同時《どうじ》に叫《さけ》んだ。

「僕《ぼく》たち、そこに行《い》くのを許《ゆる》してもらったことないよ」ロンがうらやましそうに言《い》った。

「そりゃあ、そのほうがずーっとええ」ハグリッドがうめくように言《い》った。

今度《こんど》はウィーズリーおばさんが跳《と》びはねるように走《はし》ってくるのが見《み》えた。片手《かたて》にぶら下《さ》げたハンドバッグが右《みぎ》に左《ひだり》に大《おお》きく揺《ゆ》れ、もう一方《いっぽう》の手《て》にはジニーが、やっとの思《おも》いでぶら下《さ》がっている。

「あぁ、ハリー——おぉ、ハリー——とんでもないところに行《い》ったんじゃないかと思《おも》うと……」

息《いき》を切《き》らしながら、おばさんはハンドバッグから大《おお》きなはたきを取《と》り出《だ》し、ハグリッドがたたき出《だ》し切《き》れなかったすすを払《はら》いはじめた。ウィーズリーおじさんが壊《こわ》れためがねを取《と》り上《あ》げ、杖《つえ》で軽《かる》くひとたたきすると、めがねは新品同様《しんぴんどうよう》になった。

「さあ、もう行《い》かにゃならん」ハグリッドが言《い》った。

その手《て》をウィーズリーおばさんがしっかり握《にぎ》りしめていた——「夜の闇横丁《ノクターンよこちょう》！　ハグリッド、あなたがハリーを見《み》つけてくださらなかったら！」——。

「みんな、ホグワーツで、またな！」

ハグリッドは大股《おおまた》で去《さ》っていった。人波《ひとなみ》の中《なか》で、ひときわ高《たか》く、頭《あたま》と肩《かた》がそびえていた。

「『ボージン・アンド・バークス』の店《みせ》で誰《だれ》に会《あ》ったと思《おも》う？」

グリンゴッツの階段《かいだん》を上《のぼ》りながら、ハリーがロンとハーマイオニーに問《と》いかけた。

「ドラコ・マルフォイと父親《ちちおや》なんだ」

「ルシウス・マルフォイは、何《なに》か買《か》ったのかね？」後《うし》ろからウィーズリーおじさんが厳《きび》しい声《こえ》を上《あ》げた。

「いいえ、売《う》ってました」

「それじゃ、心配《しんぱい》になったわけだ」ウィーズリーおじさんが真顔《まがお》で満足《まんぞく》げに言《い》った。

「あぁ、ルシウス・マルフォイのしっぽをつかみたいものだ……」

「アーサー、気《き》をつけないと」

ウィーズリーおばさんが厳《きび》しく言《い》った。ちょうど、小鬼《ゴブリン》がおじぎをして、銀行《ぎんこう》の中《なか》に一行《いっこう》を招《しょう》じ入《い》れるところだった。

「あの家族《かぞく》はやっかいよ。無理《むり》して火傷《やけど》しないように」

「何《なに》かね、私《わたし》がルシウス・マルフォイにかなわないとでも？」

ウィーズリーおじさんはむっとしたが、ハーマイオニーの両親《りょうしん》がいるのに気《き》づくと、たちまちそちらに気《き》を取《と》られた。壮大《そうだい》な大理石《だいりせき》のホールの端《はし》から端《はし》まで伸《の》びるカウンターのそばに、二人《ふたり》は不安《ふあん》そうにたたずんで、ハーマイオニーが紹介《しょうかい》してくれるのを待《ま》っていた。

「なんと、マグルのお二人《ふたり》がここに！」

ウィーズリーおじさんがうれしそうに呼《よ》びかけた。

「一緒《いっしょ》に一杯《ぱい》いかがですか！　そこに持《も》っていらっしゃるのは何《なん》ですか？　あぁ、マグルのお金《かね》を換《か》えていらっしゃるのですか。モリー、見《み》てごらん！」

おじさんはグレンジャー氏《し》の持《も》っている十ポンド紙幣《しへい》を指差《ゆびさ》して興奮《こうふん》していた。

「あとで、ここで会《あ》おう」ロンはハーマイオニーにそう呼《よ》びかけ、ウィーズリー一家《いっか》とハリーは一緒《いっしょ》に小鬼《ゴブリン》に連《つ》れられて、地下《ちか》の金庫《きんこ》へと向《む》かった。

金庫《きんこ》に行《い》くには、小鬼《ゴブリン》の運転《うんてん》する小《ち》さなトロッコに乗《の》って、地下《ちか》トンネルのミニ線路《せんろ》の上《うえ》を矢《や》のように走《はし》るのだ。ハリーは、ウィーズリー家《け》の金庫《きんこ》までは猛《もう》スピードで走《はし》る旅《たび》を楽《たの》しんだが、金庫《きんこ》が開《ひら》かれたときは、「夜の闇横丁《ノクターンよこちょう》」に着《つ》いたときより、もっとずっと気《き》がめいった。シックル銀貨《ぎんか》がほんの一握《ひとにぎ》りと、ガリオン金貨《きんか》が一枚《まい》しかなかったのだ。ウィーズリーおばさんは隅《すみ》っこのほうまでかき集《あつ》め、ありったけ全部《ぜんぶ》をハンドバッグに入《い》れた。みんなが自分《じぶん》の金庫《きんこ》に来《き》たとき、ハリーはもっと申《もう》し訳《わけ》なく思《おも》った。金庫《きんこ》の中身《なかみ》がなるべくみんなに見《み》えないようにしながら、ハリーは急《いそ》いでコインをつかみ取《と》り、革《かわ》の袋《ふくろ》に押《お》し込《こ》んだ。

出口《でぐち》の大理石《だいりせき》の階段《かいだん》まで戻《もど》ってからは、みんな別行動《べっこうどう》を取《と》った。パーシーは新《あたら》しい羽根《はね》ペンがいるともそも言《い》い、フレッドとジョージはホグワーツの悪友《あくゆう》、リー・ジョーダンを見《み》つけた。ウィーズリーおばさんはジニーと二人《ふたり》で中古《ちゅうこ》の制服《せいふく》を買《か》いに行《い》くことになった。ウィーズリーおじさんはグレンジャー夫妻《ふさい》に、「もれ鍋《なべ》」でぜひ一緒《いっしょ》に飲《の》もうと誘《さそ》った。

「一時間後《じかんご》にみんなフローリシュ・アンド・ブロッツ書店《しょてん》で落《お》ち合《あ》いましょう。教科書《きょうかしょ》を買《か》わなくちゃ」

ウィーズリーおばさんはそう言《い》うと、ジニーを連《つ》れて歩《ある》きだした。

「それに、『夜の闇横丁《ノクターンよこちょう》』には一歩《ぽ》も入《はい》ってはいけませんよ」

どこかへずらかろうとする双子《ふたご》の背中《せなか》に向《む》かっておばさんは叫《さけ》んだ。

ハリーは、ロン、ハーマイオニーと三人《にん》で曲《ま》がりくねった石畳《いしだたみ》の道《みち》を散歩《さんぽ》した。ハリーのポケットの中《なか》で、袋《ふくろ》いっぱいの金《きん》、銀《ぎん》、銅貨《どうか》がチャラチャラと陽気《ようき》な音《おと》を立《た》て、使《つか》ってくれと騒《さわ》いでいるようだった。ハリーは、イチゴとピーナッツバターの大《おお》きなアイスクリームを三つ買《か》い、三人《にん》で楽《たの》しくペロペロなめながら路地《ろじ》を歩《ある》き回《まわ》って、すてきなウィンドウ・ショッピングをした。ロンは「高級《こうきゅう》クィディッチ用具店《ようぐてん》」のウィンドウでチャドリー・キャノンズのユニフォーム一《ひと》そろいを見《み》つけ、食《く》い入《い》るように見《み》つめて動《うご》かなくなったが、ハーマイオニーはインクと羊皮紙《ようひし》を買《か》うのに、二人《ふたり》を隣《となり》の店《みせ》まで無理《むり》やり引《ひ》きずって行《い》った。

「ギャンボル・アンド・ジェイプスいたずら専門店《せんもんてん》」でフレッド、ジョージ、リー・ジョーダンの三人組《にんぐみ》に出会《であ》った。手持《ても》ちが少《すく》なくなったからと、「ドクター・フィリバスターの長々花火《ながながはなび》――火《ひ》なしで火《ひ》がつくヒヤヒヤ花火《はなび》」を買《か》いだめしていた。ちっぽけな雑貨屋《ざっかや》では、折《お》れた杖《つえ》やら目盛《めも》りの狂《くる》った台秤《だいばかり》、魔法薬《まほうやく》のしみだらけのマントなどを売《う》っていたが、そこでパーシーを見《み》つけた。『権力《けんりょく》を手《て》にした監督生《かんとくせい》たち』という小《ちい》さな恐《おそ》ろしくつまらない本《ほん》を、恐《おそ》ろしく没頭《ぼっとう》して読《よ》んでいた。

「ホグワーツの監督生《かんとくせい》たちと卒業後《そつぎょうご》の出世《しゅっせ》の研究《けんきゅう》」ロンが裏表紙《うらびょうし》に書《か》かれた言葉《ことば》を読《よ》み上《あ》げた。

「こりゃ、すンばらしい……」

「あっちへ行《い》け」パーシーがかみつくように言《い》った。

「そりゃ、パーシーは野心家《やしんか》だよ。将来《しょうらい》の計画《けいかく》はばっちりさ……魔法大臣《まほうだいじん》になりたいんだ……」

ロンがハリーとハーマイオニーに低《ひく》い声《こえ》で教《おし》え、三人《にん》は、パーシーを一人《ひとり》そこに残《のこ》して店《みせ》を出《で》た。

一時間後《じかんご》、フローリシュ・アンド・ブロッツ書店《しょてん》に向《む》かった。書店《しょてん》に向《む》かっていたのは、けっして三人《にん》だけではなかったが、そばまで来《き》てみると、驚《おどろ》いたことに黒山《くろやま》の人《ひと》だかりで、表《おもて》で押《お》し合《あ》いへし合《あ》いしながら中《なか》に入《はい》ろうとしていた。その理由《りゆう》は、上階《じょうかい》の窓《まど》に掛《か》かった大《おお》きな横断幕《おうだんまく》に、デカデカと書《か》かれていた。

サイン会《かい》
ギルデロイ・ロックハート
自伝《じでん》『私《わたし》はマジックだ』
本日午後《ほんじつごご》十二時《じ》三十分《ぶん》〜十六時《じ》三十分《ぶん》

「本物《ほんもの》の彼《かれ》に会《あ》えるわ！」

ハーマイオニーが黄色《きいろ》い声《こえ》を上《あ》げた。

「だって、彼《かれ》って、リストにある教科書《きょうかしょ》をほとんど全部書《ぜんぶか》いてるじゃない！」

人《ひと》だかりはほとんどがウィーズリー夫人《ふじん》ぐらいの年齢《ねんれい》の魔女《まじょ》ばかりだった。ドアのところに当《とう》惑《わく》した顔《かお》で魔法使《まほうつか》いが一人立《ひとりた》っていた。

「奥様方《おくさまがた》、お静《しず》かに願《ねが》います……押《お》さないでください……本《ほん》にお気《き》をつけ願《ねが》います……」

ハリー、ロン、ハーマイオニーは人垣《ひとがき》を押《お》し分《わ》けて中《なか》に入《はい》った。長《なが》い列《れつ》は店《みせ》の奥《おく》まで続《つづ》き、その先《さき》でギルデロイ・ロックハートがサインをしていた。三人《にん》は急《いそ》いで『泣《な》き妖怪《ようかい》バンシーとのナウな休日《きゅうじつ》』を一冊《さつ》ずつ引《ひ》っつかみ、ウィーズリー一家《いっか》とグレンジャー夫妻《ふさい》が並《なら》んでいるところにこっそり割《わ》り込《こ》んだ。

「まあ、よかった。来《き》たのね」ウィーズリーおばさんは息《いき》をはずませ、何度《なんど》も髪《かみ》をなでつけていた。「もうすぐ彼《かれ》に会《あ》えるわ……」

ギルデロイ・ロックハートの姿《すがた》がだんだん見《み》えてきた。座《すわ》っている机《つくえ》の周《まわ》りには、自分自身《じぶんじしん》の大《おお》きな写真《しゃしん》がぐるりと貼《は》られ、人垣《ひとがき》に向《む》かって写真《しゃしん》がいっせいにウィンクし、輝《かがや》くような白《しろ》い歯《は》を見《み》せびらかしていた。本物《ほんもの》のロックハートは、瞳《ひとみ》の色《いろ》にぴったりの忘《わす》れな草色《ぐさいろ》のローブを着《き》ていた。波打《なみう》つ髪《かみ》に、魔法使《まほうつか》いの三角帽《さんかくぼう》を小粋《こいき》な角度《かくど》でかぶっている。

気《き》の短《みじか》そうな小男《こおとこ》がその周《まわ》りを踊《おど》り回《まわ》って、大《おお》きな黒《くろ》いカメラで写真《しゃしん》を撮《と》っていた。目《め》のくらむようなフラッシュをたくたびに、ポッポッと紫《むらさき》の煙《けむり》が上《あ》がった。

「そこ、どいて」カメラマンがアングルをよくするためにあとずさりし、ロンに向《む》かって低《ひく》くうなるように言《い》った。

「日刊予言者新聞《にっかんよげんしゃしんぶん》の写真《しゃしん》だから」

「それがどうしたってんだ」ロンはカメラマンに踏《ふ》まれた足《あし》をさすりながら言《い》った。

それが聞《き》こえて、ギルデロイ・ロックハートが顔《かお》を上《あ》げた。まずロンを見《み》て――それからハリーを見《み》た。じっと見《み》つめた。それから勢《いきお》いよく立《た》ち上《あ》がり、叫《さけ》んだ。

「もしや、ハリー・ポッターでは？」

興奮《こうふん》したささやき声《ごえ》が上《あ》がり、人垣《ひとがき》がパッと割《わ》れて道《みち》を開《あ》けた。ロックハートが列《れつ》に飛《と》び込《こ》み、ハリーの腕《うで》をつかみ、正面《しょうめん》に引《ひ》き出《だ》した。人垣《ひとがき》がいっせいに拍手《はくしゅ》した。ロックハートがハリーと握手《あくしゅ》しているポーズをカメラマンが写《うつ》そうとして、ウィーズリー一家《いっか》の頭上《ずじょう》に厚《あつ》い雲《くも》が漂《ただよ》うほどシャッターを切《き》りまくり、ハリーは顔《かお》がほてった。

「ハリー、ニッコリ笑《わら》って！」ロックハートが輝《かがや》くような歯《は》を見《み》せながら言《い》った。

「一緒《いっしょ》に写《うつ》れば、君《きみ》と私《わたくし》とで一面大見出《めんおおみだ》し記事《きじ》ですよ」

やっと手《て》を放《はな》してもらったときには、ハリーの指《ゆび》はしびれて感覚《かんかく》がなくなっていた。ウィーズリー一家《いっか》のところへこっそり戻《もど》ろうとしたが、ロックハートはハリーの肩《かた》に腕《うで》を回《まわ》して、がっちりと自分《じぶん》のそばにしめつけた。

「みなさん」

ロックハートは声《こえ》を張《は》り上《あ》げ、手《て》で、ご静粛《せいしゅく》にという合図《あいず》をした。

「なんと記念《きねん》すべき瞬間《しゅんかん》でしょう！　私《わたくし》がここしばらく伏《ふ》せていたことを発表《はっぴょう》するのに、これほどふさわしい瞬間《しゅんかん》はまたとありますまい！」

「ハリー君《くん》が、フローリシュ・アンド・ブロッツ書店《しょてん》に本日足《ほんじつあし》を踏《ふ》み入《い》れたとき、この若者《わかもの》は私《わたくし》の自伝《じでん》を買《か》うことだけを欲《ほっ》していたわけであります――それを今《いま》、喜《よろこ》んで彼《かれ》にプレゼントいたします。無料《むりょう》で――」人垣《ひとがき》がまた拍手《はくしゅ》した。「――この彼《かれ》が思《おも》いもつかなかったことではありますが――」

ロックハートの演説《えんぜつ》は続《つづ》いた。ハリーの肩《かた》を揺《ゆ》すったので、めがねが鼻《はな》の下《した》までずり落《お》ちてしまった。

「まもなく彼《かれ》は、私《わたくし》の本《ほん》『私《わたし》はマジックだ』ばかりでなく、もっともっとよいものをもらえるでしょう。彼《かれ》もそのクラスメートも、実《じつ》は、『私《わたし》はマジックだ』の実物《じつぶつ》を手《て》にすることになるのです。みなさん、ここに、大《おお》いなる喜《よろこ》びと、誇《ほこ》りを持《も》って発表《はっぴょう》いたします。この九月《がつ》から、私《わたくし》はホグワーツ魔法魔術学校《まほうまじゅつがっこう》にて、『闇《やみ》の魔術《まじゅつ》に対《たい》する防衛術《ぼうえいじゅつ》』の担当教授職《たんとうきょうじゅしょく》をお引《ひ》き受《う》けすることになりました！」

人垣《ひとがき》がワーッと沸《わ》き、拍手《はくしゅ》し、ハリーはギルデロイ・ロックハートの全著書《ぜんちょしょ》をプレゼントされていた。重《おも》みでよろけながら、ハリーはなんとかスポットライトの当《あ》たる場所《ばしょ》から抜《ぬ》け出《だ》し、部《へ》屋《や》の隅《すみ》に逃《のが》れた。そこにはジニーが、買《か》ってもらったばかりの大鍋《おおなべ》のそばに立《た》っていた。

「これ、あげる」

ハリーはジニーに向《む》かってそうつぶやくと、本《ほん》の山《やま》をジニーの鍋《なべ》の中《なか》に入《い》れた。

「僕《ぼく》のは自分《じぶん》で買《か》うから――」

「いい気持《きも》ちだったろうねえ、ポッター？」

ハリーには誰《だれ》の声《こえ》かすぐにわかった。身《み》を起《お》こすと、いつもの薄《うす》ら笑《わら》いを浮《う》かべているドラコ・マルフォイと真正面《ましょうめん》から顔《かお》が合《あ》った。

「有名人《ゆうめいじん》のハリー・ポッター。ちょっと書店《しょてん》に行《い》くのでさえ、一面大見出《めんおおみだ》し記事《きじ》かい？」

「ほっといてよ。ハリーが望《のぞ》んだことじゃないわ！」

ジニーが言《い》った。ハリーの前《まえ》でジニーが口《くち》をきいたのは初《はじ》めてだった。ジニーはマルフォイをはったとにらみつけていた。

「ポッター、ガールフレンドができたじゃないか！」

マルフォイがねちっこく言《い》った。ジニーは真《ま》っ赤《か》になった。その時《とき》、ロンとハーマイオニーがロックハートの本《ほん》を一山《ひとやま》ずつしっかり抱《かか》えて、人混《ひとご》みをかき分《わ》けて現《あらわ》れた。

「なんだ、君《きみ》か」

ロンは靴《くつ》の底《そこ》にべっとりとくっついた不快《ふかい》な物《もの》を見《み》るような顔《かお》でマルフォイを見《み》た。

「ハリーがここにいるので驚《おどろ》いたっていうわけか、え？」

「ウィーズリー、君《きみ》がこの店《みせ》にいるのを見《み》てもっと驚《おどろ》いたよ」マルフォイが言《い》い返《かえ》した。「そんなにたくさん買《か》い込《こ》んで、君《きみ》の両親《りょうしん》はこれから一か月《げつ》は飲《の》まず食《く》わずだろうね」

ロンがジニーと同《おな》じぐらい真《ま》っ赤《か》になった。ロンもジニーの鍋《なべ》の中《なか》に本《ほん》を入《い》れ、マルフォイにかかっていこうとしたが、ハリーとハーマイオニーがロンの上着《うわぎ》の背中《せなか》をしっかりつかまえた。

「ロン！」

ウィーズリーおじさんが、フレッドとジョージと一緒《いっしょ》にこちらに来《こ》ようと人混《ひとご》みと格闘《かくとう》しながら呼《よ》びかけた。

「何《なに》してるんだ？　ここはひどいもんだ。早《はや》く外《そと》に出《で》よう」

「これは、これは、これは――アーサー・ウィーズリー」

マルフォイ氏《し》だった。ドラコの肩《かた》に手《て》を置《お》き、ドラコとそっくり同《おな》じ薄《うす》ら笑《わら》いを浮《う》かべて立《た》っていた。

「ルシウス」ウィーズリー氏《し》は首《くび》だけ傾《かたむ》けてそっけない挨拶《あいさつ》をした。

「お役所《やくしょ》はお忙《いそが》しいらしいですな。あれだけ何回《なんかい》も抜《ぬ》き打《う》ち調査《ちょうさ》を……残業代《ざんぎょうだい》は当然払《とうぜんはら》ってもらっているのでしょうな？」

マルフォイ氏《し》はジニーの大鍋《おおなべ》に手《て》を突《つ》っ込《こ》み、豪華《ごうか》なロックハートの本《ほん》の中《なか》から、使《つか》い古《ふる》しのすり切《き》れた本《ほん》を一冊《さつ》引《ひ》っ張《ぱ》り出《だ》した。『変身術入門《へんしんじゅつにゅうもん》』だ。

「どうもそうではないらしい。なんと、役所《やくしょ》が満足《まんぞく》に給料《きゅうりょう》も支払《しはら》わないのでは、わざわざ魔法使《まほうつか》いの面汚《つらよご》しになるかいがないですねぇ？」

ウィーズリー氏《し》はロンやジニーよりももっと深々《ふかぶか》と真《ま》っ赤《か》になった。

「マルフォイ、魔法使《まほうつか》いの面汚《つらよご》しがどういう意味《いみ》かについて、私《わたし》たちは意見《いけん》がちがうようだが」

「さようですな」

マルフォイ氏《し》の薄灰色《うすはいいろ》の目《め》が、心配《しんぱい》そうになりゆきを見《み》ているグレンジャー夫妻《ふさい》のほうに移《うつ》った。

「ウィーズリー、こんな連中《れんちゅう》とつき合《あ》ってるようでは……君《きみ》の家族《かぞく》はもう落《お》ちるところまで落《お》ちたと思《おも》っていたんですがねぇ――」

ジニーの大鍋《おおなべ》が宙《ちゅう》を飛《と》び、ドサッと金属《きんぞく》の落《お》ちる音《おと》がした――ウィーズリー氏《し》がマルフォイ氏《し》に跳《と》びかかり、その背中《せなか》を本棚《ほんだな》にたたきつけた。分厚《ぶあつ》い呪文《じゅもん》の本《ほん》が数十冊《すうじっさつ》、みんなの頭《あたま》にドサドサと落《お》ちてきた。

「やっつけろ、パパ！」フレッドかジョージかが叫《さけ》んだ。

「アーサー、ダメ、やめて！」ウィーズリー夫人《ふじん》が悲鳴《ひめい》を上《あ》げた。

人垣《ひとがき》がサーッとあとずさりし、はずみでまたまた本棚《ほんだな》にぶつかった。

「お客様《きゃくさま》、どうかおやめを――どうか！」店員《てんいん》が叫《さけ》んだ。そこへ、ひときわ大《おお》きな声《こえ》がした。

「やめんかい、おっさんたち、やめんかい――」

ハグリッドが本《ほん》の山《やま》をかき分《わ》け、かき分《わ》けやってきた。あっという間《ま》にハグリッドはウィーズリー氏《し》とマルフォイ氏《し》を引《ひ》き離《はな》した。ウィーズリー氏《し》は唇《くちびる》を切《き》り、マルフォイ氏《し》の目《め》は『毒《どく》キノコ百科《ひゃっか》』でぶたれた痕《あと》があった。マルフォイ氏《し》の手《て》にはまだ、ジニーの変身術《へんしんじゅつ》の古本《ふるほん》が握《にぎ》られていた。目《め》をあやしくギラギラ光《ひか》らせて、それをジニーのほうに突《つ》き出《だ》しながら、マルフォイ氏《し》が捨《す》てゼリフを言《い》った。

「ほら、チビ——君《きみ》の本《ほん》だ——君《きみ》の父親《ちちおや》にしてみればこれが精一杯《せいいっぱい》だろう——」

ハグリッドの手《て》を振《ふ》りほどき、ドラコに目《め》で合図《あいず》して、マルフォイ氏《し》はサッと店《みせ》から出《で》ていった。

「アーサー、あいつのことはほっとかんかい」

ハグリッドは、ウィーズリー氏《し》のローブを元《もと》どおりに整《ととの》えてやろうとして、ウィーズリー氏《し》を吊《つ》るし上《あ》げそうになりながら言《い》った。

「骨《ほね》のずいまでくさっとる。家族全員《かぞくぜんいん》がそうだ。みんな知《し》っちょる。マルフォイ家《け》のやつらの言《い》うこたぁ、聞《き》く価値《かち》がねえ。そろって根性《こんじょう》曲《ま》がりだ。そうなんだ。さあ、みんな——さっさと出《で》んかい」

店員《てんいん》は一家《いっか》が外《そと》に出《で》るのを止《と》めたそうだったが、自分《じぶん》がハグリッドの腰《こし》までさえ背《せ》が届《とど》かないのを見《み》て考《かんが》えなおしたらしい。外《そと》に出《で》て、みんなは急《いそ》いで歩《ある》いた。グレンジャー夫妻《ふさい》は恐《おそ》ろしさに震《ふる》え、ウィーズリー夫人《ふじん》は怒《いか》りに震《ふる》えていた。

「子供《こども》たちに、なんてよいお手本《てほん》を見《み》せてくれたものですこと……公衆《こうしゅう》の面前《めんぜん》で取《と》っ組《く》み合《あ》いなんて……ギルデロイ・ロックハートがいったいどう思《おも》ったか……」

「あいつ、喜《よろこ》んでたぜ」フレッドが言《い》った。「店《みせ》を出《で》るときあいつが言《い》ってたこと、聞《き》かなかったの？　あの『日刊予言者新聞《にっかんよげんしゃしんぶん》』のやつに、けんかのことを記事《きじ》にしてくれないかって頼《たの》んでたよ。――なんでも、宣伝《せんでん》になるからって言《い》ってたな」

何《なに》やかやあって、一行《いっこう》はしょんぼりと「もれ鍋《なべ》」の暖炉《だんろ》に向《む》かった。そこから煙突飛行粉《フルーパウダー》で、ハリーと、ウィーズリー一家《いっか》と、買《か》い物一式《ものいっしき》が「隠《かく》れ穴《あな》」に帰《かえ》ることになった。グレンジャー一家《いっか》は、そこから反対側《はんたいがわ》のマグルの世界《せかい》に戻《もど》るので、みんなはお別《わか》れを言《い》い合《あ》った。ウィーズリー氏《し》は、バス停《てい》とはどんなふうに使《つか》うものなのか、質問《しつもん》しかかったが、奥《おく》さんの顔《かお》を見《み》てすぐにやめた。

ハリーはめがねをはずし、ポケットにしっかりしまい、それから煙突飛行粉《フルーパウダー》をつまんだ。やっぱり、この旅行《りょこう》のやり方《かた》は、ハリーには苦手《にがて》だった。

第《だい》5章《しょう》 暴《あば》れ柳《やなぎ》

夏休《なつやす》みはあまりにもあっけなく終《お》わった。ハリーはたしかにホグワーツに戻《もど》る日《ひ》を楽《たの》しみにしてはいたが、「隠《かく》れ穴《あな》」での一か月《げつ》ほど幸《しあわ》せな時間《じかん》はなかった。ダーズリー一家《いっか》のことや、この次《つぎ》にプリベット通《どお》りに戻《もど》ったとき、どんな「歓迎《かんげい》」を受《う》けるかなどを考《かんが》えると、ロンがねたましいぐらいだった。

最後《さいご》の夜《よる》、ウィーズリーおばさんは魔法《まほう》で豪華《ごうか》な夕食《ゆうしょく》を作《つく》ってくれた。ハリーの大好物《だいこうぶつ》は全部《ぜんぶ》あったし、最後《さいご》は、よだれの出《で》そうな糖蜜《とうみつ》のかかったケーキだった。フレッドとジョージは、その夜《よる》のしめくくりに「ドクター・フィリバスターの長々花火《ながながはなび》」を仕掛《しか》け、台所《だいどころ》をいっぱいに埋《う》めた赤《あか》や青《あお》の星《ほし》が、少《すく》なくとも三十分《ぷん》は天井《てんじょう》と壁《かべ》の間《あいだ》をポーンポーンと跳《は》ね回《まわ》った。そして最後《さいご》に熱《あつ》いココアをマグカップでたっぷり飲《の》み、みんな眠《ねむ》りについた。

翌朝《よくあさ》、出《で》かけるまでにかなりの時間《じかん》がかかった。鶏《にわとり》の時《とき》の声《こえ》でみんな早起《はやお》きしたのに、なぜか、やることがたくさんあった。ウィーズリーおばさんは、ソックスや羽根《はね》ペンがもっとたくさんあったはずだと、あちこち探《さが》し回《まわ》ってご機嫌斜《きげんなな》めだったし、みんな手《て》に食《た》べかけのトーストを持《も》ったまま、半分《はんぶん》パジャマのまま、階段《かいだん》のあちこちで何度《なんど》もぶつかり合《あ》っていた。ウィーズリーおじさんは、ジニーのトランクを車《くるま》に乗《の》せるのに、庭《にわ》を横切《よこぎ》る途中《とちゅう》、鶏《にわとり》につまずいて、危《あや》うく首《くび》の骨《ほね》を折《お》るところだった。

八人《にん》の乗客《じょうきゃく》と大《おお》きなトランク六個《こ》、ふくろう二羽《わ》、ネズミ一匹《ぴき》を全部《ぜんぶ》、どうやって小型《こがた》のフォード・アングリアに詰《つ》め込《こ》むのか、ハリーには見当《けんとう》もつかなかった。もっとも、ウィーズリーおじさんが細工《さいく》した、特別《とくべつ》の仕掛《しか》けを知《し》らなかったからなのだが――。

「モリーには内緒《ないしょ》だよ」

おじさんはハリーにそうささやきながら、車《くるま》のトランクを開《ひら》き、全部《ぜんぶ》のトランクがらくらく入《はい》るように魔法《まほう》で広《ひろ》げたところを見《み》せてくれた。

やっとみんなが車《くるま》に乗《の》り込《こ》むと、ウィーズリーおばさんは後《うし》ろの席《せき》を振《ふ》り返《かえ》り、ハリー、ロン、フレッド、ジョージ、パーシーが全員並《ぜんいんなら》んで心地《ここち》よさそうに収《おさ》まっているのを見《み》て、感心したように言った。

「マグルって、私《わたし》たちが考《かんが》えているよりずーっといろんなことを知《し》ってるのね。そう思《おも》わないこと？」

おばさんとジニーが座《すわ》っている前《まえ》の席《せき》は、公園《こうえん》のベンチのような形《かたち》に引《ひ》き伸《の》ばされていた。

「だって、外《そと》から見《み》ただけじゃ、中《なか》がこんなに広《ひろ》いなんてわからないもの。ねえ？」

ウィーズリーおじさんがエンジンをかけた。車《くるま》はゴロンゴロンと庭《にわ》から外《そと》へ出《で》た。ハリーは振《ふ》り返《かえ》って、最後《さいご》にもう一目《ひとめ》だけ家《いえ》を見《み》るつもりだった。またいつ来《こ》られるのだろう、と思《おも》う間《ま》もなく、車《くるま》は引《ひ》き返《かえ》した。ジョージがフィリバスター花火《はなび》の箱《はこ》を忘《わす》れたのだ。

五分後《ふんご》、まだ庭《にわ》から出《で》ないうちに車《くるま》は急停車《きゅうていしゃ》した。フレッドが箒《ほうき》を取《と》りに走《はし》って行《い》った。やっと高速道路《こうそくどうろ》にたどり着《つ》くころにジニーが金切《かなき》り声《ごえ》を上《あ》げた。日記《にっき》を忘《わす》れたと言《い》う。ジニーが戻《もど》ってきて、車《くるま》にはい登《のぼ》ったころには、遅《おく》れに遅《おく》れて、みんなのいらいらが高《たか》まってきた。

ウィーズリーおじさんは、時計《とけい》をちらりと見《み》て、それからおばさんの顔《かお》をちらりと見《み》た。

「モリー母《かあ》さんや――」

「アーサー、ダメ！」

「誰《だれ》にも見《み》えないから。この小《ちい》さなボタンは私《わたし》が取《と》りつけた『透明《とうめい》ブースター』なんだが――空《そら》高《たか》く上《あ》がるまで、車《くるま》は透明《とうめい》で見《み》えなくなる――そうしたら、雲《くも》の上《うえ》を飛《と》ぶ。十分《ぷん》もあれば到着《とうちゃく》だし、だーれにもわかりゃしないから……」

「ダメって言《い》ったでしょ、アーサー。昼日中《ひるひなか》はダメ」

キングズ・クロス駅《えき》に着《つ》いたのは十一時《じ》十五分前《ふんまえ》だった。ウィーズリーおじさんが飛《と》び出《だ》して、道路《どうろ》のむこうにあるカートを数台持《すうだいも》ってきた。トランクをのせ、みんな大急《おおいそ》ぎで駅《えき》の構内《こうない》に入《はい》った。

ハリーは去年《きょねん》もホグワーツ特急《とっきゅう》に乗《の》った。難《むずか》しかったのは、マグルの目《め》には見《み》えない九と四分《よんぶん》の三番線《ばんせん》のホームにどうやって行《い》くかだ。九番線《ばんせん》と十番線《ばんせん》の間《あいだ》にある、堅《かた》い柵《さく》を通《とお》り抜《ぬ》けて歩《ある》いて行《い》けばよかったのだ。痛《いた》くはないのだが、消《き》えるところをマグルに気《き》づかれないように、慎《しん》重《ちょう》に通《とお》り抜《ぬ》けなければならなかった。

「パーシー、先《さき》に」

おばさんが心配《しんぱい》そうに、頭上《ずじょう》の大時計《おおどけい》を見《み》ながら言《い》った。障壁《しょうへき》をなにげなく通《とお》り抜《ぬ》けて消《き》えるのに、あと五分《ふん》しかないことを針《はり》が示《しめ》していた。

パーシーはきびきびと前進《ぜんしん》し、消《き》えた。ウィーズリーおじさんが次《つぎ》で、フレッドとジョージがそれに続《つづ》いた。

「私《わたし》がジニーを連《つ》れていきますからね。二人《ふたり》ですぐにいらっしゃいよ」

ジニーの手《て》を引《ひ》っ張《ぱ》りながらおばさんはハリーとロンにそう言《い》うと、行《い》ってしまった。瞬《まばた》きする間《ま》に二人《ふたり》とも消《き》えた。

「一緒《いっしょ》に行こう。一分《ぷん》しかない」ロンが言《い》った。

ハリーはヘドウィグのかごがトランクの上《うえ》に、しっかりくくりつけられていることをたしかめ、カートの方向《ほうこう》を変《か》えて柵《さく》のほうに向《む》けた。ハリーは自信《じしん》たっぷりだった。煙突飛行粉《フルーパウダー》を使《つか》うときの気持《きも》ちの悪《わる》さに比《くら》べればなんでもない。二人《ふたり》はカートの取《と》っ手《て》の下《した》にかがみ込《こ》み、柵《さく》をめがけて歩《ある》いた。スピードが上《あ》がった。一メートル前《まえ》からはかけ出《だ》した。そして――、

ガッツーン！

二つのカートが柵《さく》にぶつかり、後《うし》ろに跳《は》ね返《かえ》った。ロンのトランクが大《おお》きな音《おと》を立《た》てて転《ころ》がり落《お》ちた。ハリーはもんどり打《う》って転《ころ》がり、ヘドウィグのかごがピカピカの床《ゆか》の上《うえ》で跳《は》ねた。ヘドウィグは転《ころ》がりながら怒《おこ》ってギャーギャー鳴《な》いた。周《まわ》りの人《ひと》はじろじろ見《み》たし、近《ちか》くにいた駅員《えきいん》は「君《きみ》たち、一体全体何《いったいぜんたいなに》をやってるんだね？」と叫《さけ》んだ。

「カートが言《い》うことを聞《き》かなくて」

脇腹《わきばら》を押《お》さえて立《た》ち上《あ》がり、ハリーがあえぎながら答《こた》えた。ロンはヘドウィグを拾《ひろ》い上《あ》げに走《はし》っていった。ヘドウィグがあんまり大騒《おおさわ》ぎするので、周《まわ》りの人垣《ひとがき》から動物虐待《どうぶつぎゃくたい》だと、ブツブツ文句《もんく》を言《い》う声《こえ》が聞《き》こえてきたのだ。

「なんで通《とお》れなかったんだろう？」ハリーがヒソヒソ声《ごえ》でロンに聞《き》いた。

「さあ――」

ロンがあたりをきょろきょろ見回《みまわ》すと、物見高《ものみだか》い見物客《けんぶつきゃく》がまだ十数人《じゅうすうにん》いた。

「僕《ぼく》たち汽車《きしゃ》に遅《おく》れる。どうして入口《いりぐち》が閉《と》じちゃったのかわからないよ」ロンがささやいた。

ハリーは頭上《ずじょう》の大時計《おおどけい》を見上《みあ》げてみずおちが痛《いた》くなった。

十秒前《びょうまえ》……九秒前《びょうまえ》……。

ハリーは慎重《しんちょう》にカートを前進《ぜんしん》させ、柵《さく》にくっつけ、全力《ぜんりょく》で押《お》してみた。鉄柵《てっさく》は相変《あいか》わらず堅《かた》かった。

三秒《びょう》……二秒《びょう》……一秒《びょう》……。

「行《い》っちゃったよ」ロンはぼうぜんとしていた。

「汽車《きしゃ》が出《で》ちゃった。パパもママもこっち側《がわ》に戻《もど》ってこられなかったらどうしよう？　マグルのお金《かね》、少《すこ》し持《も》ってる？」

ハリーは力《ちから》なく笑《わら》った。

「ダーズリーからは、かれこれ六年間《ねんかん》、お小遣《こづか》いなんかもらったことがないよ」

ロンは冷《つめ》たい柵《さく》に耳《みみ》を押《お》し当《あ》てた。

「なーんにも聞《き》こえない」ロンは緊張《きんちょう》していた。「どうする？　パパとママが戻《もど》ってくるまでどのぐらいかかるかわからないし」

見回《みまわ》すと、まだ見《み》ている人《ひと》がいる。たぶん、ヘドウィグがギャーギャーわめき続《つづ》けているせいだ。

「ここを出《で》たほうがよさそうだ。車《くるま》のそばで待《ま》とう。ここは人目《ひとめ》につき過《す》ぎるし——」とハリーが言《い》った。

「ハリー！」ロンが目《め》を輝《かがや》かせた。「車《くるま》だよ！」

「車《くるま》がどうかした？」

「ホグワーツまで車《くるま》で飛《と》んで行《い》けるよ」

「でも、それは——」

「僕《ぼく》たち、困《こま》ってる。そうだろ？　それに、学校《がっこう》に行《い》かなくちゃならない。そうだろ？　それなら、半人前《はんにんまえ》の魔法使《まほうつか》いでも、ほんとうに緊急事態《きんきゅうじたい》だから、魔法《まほう》を使《つか》ってもいいんだよ。何《なん》とかの制限《せいげん》に関《かん》する第《だい》十九条《じょう》とか何《なん》とか……」

ハリーの心《こころ》の中《なか》で、パニックが興奮《こうふん》に変《か》わった。

「君《きみ》、車《くるま》を飛《と》ばせるの？」

「任《まか》せとけって」

出口《でぐち》に向《む》かってカートを押《お》しながらロンが言《い》った。

「さあ、出《で》かけよう。急《いそ》げばホグワーツ特急《とっきゅう》に追《お》いつくかもしれない」

二人《ふたり》は物見高《ものみだか》いマグルの中《なか》を突《つ》き抜《ぬ》け、駅《えき》の外《そと》に出《で》て、脇道《わきみち》に停《と》めてある中古《ちゅうこ》のフォード・アングリアまで戻《もど》った。

ロンは、洞穴《ほらあな》のような車《くるま》のトランクを、杖《つえ》でいろいろたたいて鍵《かぎ》を開《あ》け、フーフー言《い》いながら荷物《にもつ》を押《お》し入《い》れ、ヘドウィグを後《うし》ろの席《せき》に乗《の》せ、自分《じぶん》は運転席《うんてんせき》に乗《の》り込《こ》んだ。

「誰《だれ》も見《み》てないかどうか、たしかめて」

杖《つえ》でエンジンをかけながらロンが言《い》った。

ハリーはウィンドウから首《くび》を突《つ》き出《だ》した。前方《ぜんぽう》の表通《おもてどお》りは車《くるま》がゴーゴーと走《はし》っていたが、こちらの路地《ろじ》には誰《だれ》もいなかった。

「オッケー」ハリーが合図《あいず》した。

ロンは計器盤《けいきばん》の小《ちい》さな銀色《ぎんいろ》のボタンを押《お》した。乗《の》っている車《くるま》が消《き》えた――自分《じぶん》たちも消《き》えた。

ハリーは体《からだ》の下《した》でシートが振動《しんどう》しているのを感《かん》じたし、エンジンの音《おと》も聞《き》こえたし、手《て》をひざの上《うえ》に置《お》いていることも、めがねが鼻《はな》の上《うえ》に乗《の》っかっていることも感《かん》じていたが、見《み》える物《もの》といえば車《くるま》がびっしりと駐車《ちゅうしゃ》しているごみごみした道路《どうろ》だけで、その地上《ちじょう》一メートルあたりに、自分《じぶん》の二つの目玉《めだま》だけが浮《う》かんでいるかのようだった。

「行《い》こうぜ」

右《みぎ》のほうからロンの声《こえ》だけが聞《き》こえた。

車《くるま》は上昇《じょうしょう》し、地面《じめん》や車《くるま》の両側《りょうがわ》の汚《よご》れたビルが見《み》る見《み》る下《した》に落《お》ちていくようだった。数秒後《すうびょうご》、ロンドン全体《ぜんたい》が、煙《けむ》り輝《かがや》きながら眼下《がんか》に広《ひろ》がった。

その時《とき》、ポンと音《おと》がして車《くるま》とハリーとロンが再《ふたた》び現《あらわ》れた。

「ウ、ワッ」ロンが透明《とうめい》ブースターをたたいた。「いかれてる――」

二人《ふたり》してボタンを拳《こぶし》でドンドンとたたいた。車《くるま》が消《き》えた。と、またポワーッと現《あらわ》れた。

「つかまってろ！」

ロンはそう叫《さけ》ぶとアクセルを強《つよ》く踏《ふ》んだ。車《くるま》はまっすぐに、低《ひく》くかかった綿雲《わたぐも》の中《なか》に突《つ》っ込《こ》み、あたり一面《めん》が霧《きり》に包《つつ》まれた。

「さて、どうするんだい？」

ハリーは周《まわ》り中《じゅう》から濃《こ》い雲《くも》の塊《かたまり》が押《お》し寄《よ》せてくるので目《め》をパチパチさせながら聞《き》いた。

「どっちの方向《ほうこう》に進《すす》んだらいいのか、汽車《きしゃ》を見《み》つけないとわからない」

ロンが言《い》った。

「もう一度《いちど》、ちょっとだけおりよう――急《いそ》いで――」

二人《ふたり》はまた雲《くも》の下《した》におりて、座席《ざせき》に座《すわ》ったまま体《からだ》をよじり、目《め》を凝《こ》らして地上《ちじょう》のほうを見《み》た。

「見《み》つけた！」ハリーが叫《さけ》んだ。「まっすぐ前方《ぜんぽう》――あそこ！」

ホグワーツ特急《とっきゅう》は紅《くれない》の蛇《へび》のようにくねくねと二人《ふたり》の眼下《がんか》を走《はし》っていた。

「進路《しんろ》は北《きた》だ」

ロンが計器盤《けいきばん》のコンパスで確認《かくにん》した。

「オーケーだ。これからは三十分《ぷん》ごとぐらいにチェックすればいい。つかまって……」

車《くるま》はまた雲《くも》の波《なみ》を突《つ》き抜《ぬ》けて上昇《じょうしょう》した。一分後《ぷんご》、二人《ふたり》は焼《や》けるような太陽《たいよう》の光《ひかり》の中《なか》に飛《と》び出《だ》した。

別世界《べっせかい》だった。車《くるま》のタイヤはふわふわした雲《くも》の海《うみ》をかき、まばゆい白熱《はくねつ》の太陽《たいよう》の下《した》に、どこまでも明《あか》るいブルーの空《そら》が広《ひろ》がっていた。

「あとは飛行機《ひこうき》だけ気《き》にしてりゃいいな」とロンが言《い》った。

二人《ふたり》は顔《かお》を見合《みあ》わせて笑《わら》った。しばらくの間《あいだ》、笑《わら》いが止《と》まらなかった。

まるですばらしい夢《ゆめ》の中《なか》に飛《と》び込《こ》んだようだった。旅《たび》をするならこの方法《ほうほう》以外《いがい》にありえないよ、とハリーは思《おも》った。

――白雪《しらゆき》のような雲《くも》の渦《うず》や塔《とう》を抜《ぬ》け、車《くるま》いっぱいの明《あか》るい暖《あたた》かい陽《ひ》の光《ひかり》、計器盤《けいきばん》の下《した》の小物入《こものい》れにはヌガーがいっぱい。それに、ホグワーツの城《しろ》の広々《ひろびろ》とした芝生《しばふ》に、はなばなしくスイーッと着陸《ちゃくりく》したときのフレッドやジョージのうらやましそうな顔《かお》が見《み》えるようだ。

北《きた》へ北《きた》へと飛《と》びながら、二人《ふたり》は定期的《ていきてき》に汽車《きしゃ》の位置《いち》をチェックした。雲《くも》の下《した》にもぐるたびに、ちがった景色《けしき》が見《み》えた。ロンドンはあっという間《ま》に過《す》ぎ去《さ》り、すっきりとした緑《みどり》の畑《はたけ》が広《ひろ》がり、それも広大《こうだい》な紫《むらさき》がかった荒野《こうや》に変《か》わり、おもちゃのような小《ちい》さな教会《きょうかい》を囲《かこ》んだ村々《むらむら》が見《み》え、色《いろ》とりどりのアリのような車《くるま》が忙《いそが》しく走《はし》り回《まわ》っている大《おお》きな都市《とし》も見《み》えた。

何事《なにごと》もなく数時間《すうじかん》が過《す》ぎると、さすがにハリーもあきてきた。ヌガーのおかげでのどがカラカラになってきたのに、飲《の》む物《もの》がなかった。ロンもハリーもセーターを脱《ぬ》ぎ捨《す》てたが、ハリーのTシャツは座席《ざせき》の背《せ》にべったり張《は》りつき、めがねは汗《あせ》で鼻《はな》からずり落《お》ちてばかりいた。おもしろいと思《おも》っていた雲《くも》の形《かたち》も、もうどうでもよくなり、ハリーは、ずうっと下《した》を走《はし》っている汽車《きしゃ》の中《なか》をなつかしく思《おも》い出《だ》していた。丸《まる》まっちい魔女《まじょ》のおばさんが押《お》してくるカートには、ひんやりと冷《つめ》たいかぼちゃジュースがあるのに……。いったいどうして、九と四分《よんぶん》の三番線《ばんせん》に行《い》けなかったんだろう？

「まさか、もうそんなに遠《とお》くないよな？」

それから何時間《なんじかん》もたち、太陽《たいよう》が雲海《うんかい》を茜色《あかねいろ》に染《そ》めて、そのかなたに沈《しず》みはじめたとき、ロンがかすれ声《ごえ》で言《い》った。

「そろそろまた汽車《きしゃ》をチェックしようか？」

汽車《きしゃ》は雪《ゆき》をかぶった山間《やまあい》をくねりながら、まだ真下《ました》を走《はし》っていた。雲《くも》の傘《かさ》で覆《おお》われた下《した》の世界《せかい》はずっと暗《くら》くなっていた。

ロンはアクセルを踏《ふ》み込《こ》み、また上昇《じょうしょう》しようとした。その時《とき》、エンジンがかん高《だか》い音《おと》を出《だ》しはじめた。

二人《ふたり》は不安《ふあん》げに顔《かお》を見合《みあ》わせた。

「きっとつかれただけだ。こんなに遠《とお》くまで来《き》たのは初《はじ》めてだし……」ロンが言《い》った。

空《そら》が確実《かくじつ》にだんだん暗《くら》くなり、車《くるま》のカンカンという音《おと》がだんだん大《おお》きくなっても、二人《ふたり》とも気《き》がつかないふりをした。漆黒《しっこく》の中《なか》に、星《ほし》がぽつりぽつりときらめきはじめた。ワイパーが恨《うら》めしげにふらふらしはじめたのを無視《むし》しながら、ハリーはまたセーターを着込《きこ》んだ。

「もう遠《とお》くはない」ロンはハリーにというより車《くるま》に向《む》かってそう言《い》った。「もう、そう遠《とお》くはないから」ロンは心配《しんぱい》そうに計器盤《けいきばん》を軽《かる》くたたいた。

しばらくしてもう一度《いちど》雲《くも》の下《した》に出《で》たとき、何《なに》か見覚《みおぼ》えのある目印《めじるし》はないかと、二人《ふたり》は暗闇《くらやみ》の中《なか》で目《め》を凝《こ》らした。

「あそこだ！」ハリーの大声《おおごえ》でロンもヘドウィグも跳《と》び上《あ》がった。「真正面《ましょうめん》だ！」

湖《みずうみ》のむこう、暗《くら》い地平線《ちへいせん》に浮《う》かぶ影《かげ》は、崖《がけ》の上《うえ》にそびえ立《た》つホグワーツ城《じょう》の大小《だいしょう》さまざまな尖塔《せんとう》だ。

しかし、車《くるま》は震《ふる》え、失速《しっそく》しだした。

「がんばれ」ロンがハンドルを揺《ゆ》すりながら、なだめるように言《い》った。

「もうすぐだから、がんばれよ――」

エンジンがうめいた。ボンネットから蒸気《じょうき》がいく筋《すじ》もシューシュー噴《ふ》き出《だ》している。車《くるま》が湖《みずうみ》のほうに流《なが》されていき、ハリーは思《おも》わず座席《ざせき》の端《はし》をしっかり握《にぎ》りしめていた。

車《くるま》がグラグラッといやな揺《ゆ》れ方《かた》をした。ハリーが窓《まど》の外《そと》をちらっと見《み》ると、一キロほど下《した》に黒々《くろぐろ》と鏡《かがみ》のようになめらかな湖面《こめん》が見《み》えた。ロンは指《ゆび》の節《ふし》が白《しろ》くなるほどギュッとハンドルを握《にぎ》りしめていた。車《くるま》がまたグラッと揺《ゆ》れた。

「がんばれったら」ロンが歯《は》を食《く》いしばった。

湖《みずうみ》の上《うえ》に来《き》た……城《しろ》は目《め》の前《まえ》だ……ロンが足《あし》を踏《ふ》ん張《ば》った。

ガタン、ブスブスッと大《おお》きな音《おと》を立《た》てて、エンジンが完全《かんぜん》に死《し》んだ。

「ウ、ワッ」しんとした中《なか》でロンの声《こえ》だけが聞《き》こえた。

車《くるま》が鼻先《はなさき》から突《つ》っ込《こ》んだ。スピードを上《あ》げながら落《お》ちていく。城《しろ》の固《かた》い壁《かべ》にまっすぐ向《む》かっていく。

「ダメエエエエエ！」

ハンドルを左右《さゆう》に揺《ゆ》すりながらロンが叫《さけ》んだ。車《くるま》が弓《ゆみ》なりにカーブを描《えが》いて、ほんの数《すう》センチのところで黒《くろ》い石壁《いしかべ》からそれ、黒《くろ》い温室《おんしつ》の上《うえ》に舞《ま》い上《あ》がり、野菜畑《やさいばたけ》を越《こ》えて黒《くろ》い芝生《しばふ》の上《うえ》へと、刻々《こくこく》と高度《こうど》を失《うしな》いつつ向《む》かっていった。

ロンは完全《かんぜん》にハンドルを放《はな》し、尻《しり》ポケットから杖《つえ》を取《と》り出《だ》した。

「止《と》まれ！　止《と》まれ！」

ロンは計器盤《けいきばん》やウィンドウをバンバンたたきながら叫《さけ》んだが、車《くるま》は落下《らっか》し続《つづ》け、地面《じめん》が見《み》る見《み》る近《ちか》づいてきた……。

「あの木《き》に気《き》をつけて！」

ハリーは叫《さけ》びながらハンドルに飛《と》びつこうとしたが、遅過《おそす》ぎた。

グワッシャン！

金属《きんぞく》と木《き》がぶつかる耳《みみ》をつんざくような音《おと》とともに、車《くるま》は太《ふと》い木《き》の幹《みき》に衝突《しょうとつ》し、地面《じめん》に落下《らっか》して激《はげ》しく揺《ゆ》れた。ひしゃげた車《くるま》のボンネットの中《なか》から、蒸気《じょうき》がうねるように噴《ふ》き出《だ》している。ヘドウィグは怖《こわ》がってギャーギャー鳴《な》き、ハリーは額《ひたい》をフロントガラスにぶつけて、ゴルフボール大《だい》のこぶがずきずきうずいた。右《みぎ》のほうでロンが絶望《ぜつぼう》したような低《ひく》いうめき声《ごえ》を上《あ》げた。

「大丈夫《だいじょうぶ》かい？」ハリーがあわてて聞《き》いた。

「杖《つえ》が」ロンの声《こえ》が震《ふる》えている。「僕《ぼく》の杖《つえ》、見《み》て」

ほとんど真《ま》っ二《ぷた》つに折《お》れていた。杖《つえ》の先端《せんたん》が、裂《さ》けた木片《もくへん》にすがってかろうじてだらりとぶら下《さ》がっている。

ハリーは、学校《がっこう》に行《い》けばきっと直《なお》してくれるよ、と言《い》いかけたが、一言《ひとこと》も言《い》わずに口《くち》をつぐまなければならなかった。しゃべりかけたとたん、ハリーの座《すわ》っている側《がわ》の車《くるま》の脇腹《わきばら》に、闘牛《とうぎゅう》の牛《うし》が突《つ》っ込《こ》んできたようなパンチが飛《と》んできたのだ。ハリーはロンのほうに横《よこ》ざまに突《つ》き飛《と》ばされた。同時《どうじ》に、車《くるま》の屋根《やね》に同《おな》じぐらい強力《きょうりょく》なヘビーブローがかかった。

「何事《なにごと》だ？——」

ウィンドウから外《そと》をのぞいたロンが息《いき》をのんだ。ハリーが振《ふ》り返《かえ》ると、ちょうど、大《おお》ニシキヘビのような太《ふと》い枝《えだ》が、窓《まど》めがけて一撃《いちげき》を食《く》らわせるところだった。ぶつかった木《き》が二人《ふたり》を襲《おそ》っている。幹《みき》を「く」の字《じ》に曲《ま》げ、節《ふし》くれだった大枝《おおえだ》で、ところかまわず車《くるま》になぐりかかってきた。

「ウワワア！」

ねじれた枝《えだ》のパンチでドアがへこみ、ロンが叫《さけ》んだ。小枝《こえだ》の拳《こぶし》で雨《あめ》あられとブローを浴《あ》びせられたフロントガラスはビリビリ震《ふる》え、巨大《きょだい》ハンマーのような太《ふと》い大枝《おおえだ》が、狂暴《きょうぼう》に屋根《やね》を打《う》ってへこませている——。

「逃《に》げろ！」

ロンが叫《さけ》びながら体《からだ》ごとドアにぶつかっていったが、次《つぎ》の瞬間《しゅんかん》、枝《えだ》の猛烈《もうれつ》なアッパーカットを食《く》らい、吹《ふ》っ飛《と》ばされてハリーのひざに逆戻《ぎゃくもど》りしてきた。

「もうダメだ！」

屋根《やね》が落《お》ち込《こ》んできて、ロンがうめいた。すると、急《きゅう》に車《くるま》のフロアが揺《ゆ》れはじめた——エンジンが生《い》き返《かえ》った。

「バックだ！」ハリーが叫《さけ》んだ。

車《くるま》はシュッとバックした。木《き》は攻撃《こうげき》をやめない。車《くるま》が急《いそ》いで木《き》から離《はな》れようとすると、木《き》の根《ね》元《もと》がきしみ、根《ね》こそぎ地面《じめん》を離《はな》れそうに伸《の》び上《あ》がって追《お》い討《う》ちをかけてきた。

「まったく」ロンがあえぎながら言《い》った。「やばかったぜ。車《くるま》よ、よくやった」

しかし、車《くるま》のほうはこれ以上《いじょう》たくさんだとばかり、ガチャ、ガチャと二回短《かいみじか》い音《おと》を立《た》てて、ドアをパカッと開《ひら》いた。ハリーは座席《ざせき》が横《よこ》に傾《かたむ》くのを感《かん》じた。気《き》づいたときには、ハリーは湿《しめ》った地面《じめん》の上《うえ》にぶざまに伸《の》びていた。ドサッという大《おお》きな音《おと》は、車《くるま》のトランクから荷物《にもつ》が吐《は》き出《だ》された音《おと》らしい。ヘドウィグのかごが宙《ちゅう》に舞《ま》い、戸《と》がバッと開《ひら》いた。ヘドウィグはかごから飛《と》び出《だ》し、ギーギーと怒《おこ》ったように大声《おおごえ》で鳴《な》きながら、城《しろ》を目指《めざ》して、振《ふ》り返《かえ》りもせずに飛《と》んでいってしまった。デコボコ車《ぐるま》は、傷《きず》だらけで湯気《ゆげ》をシューシュー噴《ふ》きながら、暗闇《くらやみ》の中《なか》にゴロゴロと走《はし》り去《さ》っていった。テールランプが怒《おこ》ったようにギラついていた。

「戻《もど》ってくれ！」

折《お》れた杖《つえ》を振《ふ》り回《まわ》し、ロンが車《くるま》の後《うし》ろから叫《さけ》んだ。

「パパに殺《ころ》されちゃうよ！」

しかし、車《くるま》は最後《さいご》にプッと排気《はいき》ガスを噴《ふ》いて、見《み》えなくなってしまった。

「僕《ぼく》たちって信《しん》じられないぐらいついてないぜ」

かがんで、ネズミのスキャバーズを拾《ひろ》い上《あ》げながら、ロンが情《なさ》けなさそうに言《い》った。

「よりによって、大当《おおあ》たりだよ。当《あ》たり返《かえ》しをする木《き》に当《あ》たるなんてさ」

ロンはちらっと振《ふ》り返《かえ》って巨木《きょぼく》を見《み》た。まだ枝《えだ》を振《ふ》り回《まわ》して威嚇《いかく》していた。

「行《い》こう。学校《がっこう》にたどり着《つ》かなくちゃ」ハリーがつかれはてた声《こえ》で言《い》った。

想像《そうぞう》していたような凱旋《がいせん》とは大《おお》ちがいだった。痛《いた》いやら、寒《さむ》いやら、傷《きず》だらけの二人《ふたり》はトランクの端《はし》をつかんで引《ひ》きずりながら、城《しろ》の正面《しょうめん》のがっしりした樫《かし》の扉《とびら》を目指《めざ》し、草《くさ》のしげった斜面《しゃめん》を登《のぼ》りはじめた。

「もう新学期《しんがっき》の歓迎会《かんげいかい》は始《はじ》まってると思《おも》うな」

扉《とびら》の前《まえ》の階段下《かいだんした》で、トランクをドサッと下《お》ろし、ロンはそう言《い》いながら、こっそり横《よこ》のほうに移動《いどう》して明《あか》るく輝《かがや》く窓《まど》をのぞき込《こ》んだ。

「あっ、ハリー、来《き》て。見《み》てごらんよ——『組分《くみわ》け帽子《ぼうし》』だ！」

ハリーがかけ寄《よ》り、二人《ふたり》で大広間《おおひろま》をのぞき込《こ》んだ。

四つの長《なが》テーブルの周《まわ》りにびっしりとみんなが座《すわ》り、その上《うえ》に数《かぞ》えきれないほどのろうそくが宙《ちゅう》に浮《う》かんで、金《きん》の皿《さら》やゴブレットをキラキラ輝《かがや》かせていた。天井《てんじょう》はいつものように魔法《まほう》で本物《ほんもの》の空《そら》を映《うつ》し、星《ほし》が瞬《またた》いていた。

ホグワーツ生《せい》の黒《くろ》いとんがり帽子《ぼうし》が立《た》ち並《なら》ぶそのすきまから、おずおずと行列《ぎょうれつ》して大広間《おおひろま》に入《はい》ってくる一年生《ねんせい》の長《なが》い列《れつ》が見《み》えた。ジニーはすぐに見《み》つかった。ウィーズリー家《け》の燃《も》えるような赤毛《あかげ》が目立《めだ》つからだ。新入生《しんにゅうせい》の前《まえ》で、かの有名《ゆうめい》な組分《くみわ》け帽子《ぼうし》を丸《まる》い椅子《いす》の上《うえ》に置《お》いているのは、魔女《まじょ》のマクゴナガル先生《せんせい》だ。めがねをかけ、髪《かみ》を後《うし》ろできつくたばねて髷《まげ》にしている。

継《つ》ぎはぎだらけで、すり切《き》れ、薄汚《うすよご》れた年代物《ねんだいもの》のこの古帽子《ふるぼうし》が、毎年新入生《まいとししんにゅうせい》をホグワーツの四つの寮《りょう》に組分《くみわ》けする（グリフィンドール、ハッフルパフ、レイブンクロー、スリザリン）。ちょうど一年前《ねんまえ》、帽子《ぼうし》をかぶったときのことをハリーはありありと覚《おぼ》えている。耳《みみ》のそばで低《ひく》い声《こえ》で帽子《ぼうし》がつぶやいている間《あいだ》、ハリーは石《いし》のようにこわばって帽子《ぼうし》の判決《はんけつ》を待《ま》っていた。スリザリンに入《い》れられるのではないかと、一瞬《いっしゅん》ハリーは恐《おそ》ろしい思《おも》いがした。スリザリンの卒業生《そつぎょうせい》の中《なか》から、ほかのどの寮《りょう》より多《おお》くの闇《やみ》の魔法使《まほうつか》い、魔女《まじょ》が出《で》ている――結局《けっきょく》、ハリーはグリフィンドールに入《はい》った。ロン、ハーマイオニー、ウィーズリー兄弟《きょうだい》もみな同《おな》じ寮《りょう》だ。一年生《ねんせい》のとき、ハリーとロンの活躍《かつやく》で、グリフィンドールはスリザリンを七年《ねん》ぶりに破《やぶ》って、寮対抗杯《りょうたいこうはい》を勝《か》ち取《と》った。

薄茶色《うすちゃいろ》の髪《かみ》をした小《ちい》さな男《おとこ》の子《こ》の名前《なまえ》が呼《よ》び上《あ》げられ、前《まえ》に進《すす》み出《で》て帽子《ぼうし》をかぶった。ハリーはその子《こ》からダンブルドア校長《こうちょう》のほうへと目《め》を移《うつ》した。校長先生《こうちょうせんせい》は教職員《きょうしょくいん》のテーブルに座《すわ》り、長《なが》い白《しろ》ひげと半月《はんげつ》めがねをろうそくの灯《あか》りでキラキラさせながら、組分《くみわ》けを眺《なが》めていた。そこから数人先《すうにんさき》の席《せき》に、ギルデロイ・ロックハートが淡《あわ》い水色《みずいろ》のローブを着《き》て座《すわ》っているのが見《み》えた。一番端《いちばんはし》でひげもじゃの大男《おおおとこ》、ハグリッドが、ゴブレットでグビグビ飲《の》んでいた。

「ちょっと待《ま》って……教職員《きょうしょくいん》テーブルの席《せき》が一つあいてる……スネイプは？」

ハリーがロンにささやいた。
セブルス・スネイプ教授《きょうじゅ》はハリーの一番苦手《いちばんにがて》な先生《せんせい》だ。逆《ぎゃく》にハリーはスネイプの最《もっと》も嫌《きら》ってい
る生徒《せいと》だった。冷血《れいけつ》で、毒舌《どくぜつ》で、自分《じぶん》の寮《りょう》（スリザリン）の寮生《りょうせい》は別《べつ》として、それ以外《いがい》はみんな
から嫌《きら》われているスネイプは、魔法薬学《まほうやくがく》を教《おし》えていた。
「もしかして病気《びょうき》じゃないのか！」ロンがうれしそうに言《い》った。
「もしかしたらやめたかもしれない。だって、またしても『闇《やみ》の魔術《まじゅつ》に対《たい》する防衛術《ぼうえいじゅつ》』の教授《きょうじゅ》の
座《ざ》を逃《のが》したから！」ハリーが言《い》った。
「もしかしたらクビになったかも！」ロンの声《こえ》に熱《ねつ》がこもった。
「つまりだ、みんなあの人《ひと》をいやがってるし――」
「もしかしたら」
二人《ふたり》のすぐ背後《はいご》でひどく冷《つめ》たい声《こえ》がした。
「その人《ひと》は、君《きみ》たち二人《ふたり》が学校《がっこう》の汽車《きしゃ》に乗《の》っていなかった理由《りゆう》をおうかがいしようかと、お待《ま》ち
申《もう》し上《あ》げているかもしれないですな」
ハリーがくるっと振《ふ》り向《む》くと――出《で》た！　冷《つめ》たい風《かぜ》に黒《くろ》いローブをはためかせて、セブルス・
スネイプその人《ひと》が立《た》っていた。脂《あぶら》っこい黒《くろ》い髪《かみ》を肩《かた》まで伸《の》ばし、やせた体《からだ》、土気色《つちけいろ》の顔《かお》に鉤鼻《かぎばな》の

その人《ひと》は、口元《くちもと》に笑《え》みを浮《う》かべていた。そのほくそ笑《え》みを見《み》ただけで、ハリーとロンには、どんなにひどい目《め》にあうかがよくわかった。

「ついてきなさい」スネイプが言《い》った。

二人《ふたり》は顔《かお》を見合《みあ》わせる勇気《ゆうき》もなく、スネイプのあとに従《したが》って階段《かいだん》を上《あ》がり、松明《たいまつ》に照《て》らされたがらんとした玄関《げんかん》ホールに入《はい》った。大広間《おおひろま》からおいしそうな匂《にお》いが漂《ただよ》ってきた。しかし、スネイプは二人《ふたり》を、暖《あたた》かな明《あか》るい場所《ばしょ》から遠《とお》ざかるほうへ、地下牢《ちかろう》に下《お》りる狭《せま》い石段《いしだん》へといざなった。

「入《はい》りたまえ！」

冷《つめ》たい階段《かいだん》の中《なか》ほどで、スネイプはドアを開《あ》け、その中《なか》を指差《ゆびさ》した。

二人《ふたり》は震《ふる》えながらスネイプの研究室《けんきゅうしつ》に入《はい》った。薄暗《うすくら》がりの壁《かべ》の棚《たな》の上《うえ》には、大《おお》きなガラス容器《ようき》が並《なら》べられ、今《いま》のハリーには名前《なまえ》を知《し》りたくもないような、気色《きしょく》の悪《わる》い物《もの》がいろいろ浮《う》いていた。真《ま》っ暗《くら》な暖炉《だんろ》には火《ひ》の気《け》もない。スネイプはドアを閉《し》め、二人《ふたり》のほうに向《む》きなおった。

「なるほど」

スネイプは猫《ねこ》なで声《こえ》を出《だ》した。

「有名《ゆうめい》なハリー・ポッターと、忠実《ちゅうじつ》なご学友《がくゆう》のウィーズリーは、あの汽車《きしゃ》ではご不満《ふまん》だった。ドーンとご到着《とうちゃく》になりたい。お二人《ふたり》さん、それがお望《のぞ》みだったわけか？」

「ちがいます、先生《せんせい》。キングズ・クロス駅《えき》の柵《さく》のせいで、あれが――」

「だまれ！」スネイプは冷《つめ》たく言《い》った。

「あの車《くるま》は、どう片《かた》づけた？」

ロンが絶句《ぜっく》した。スネイプは人《ひと》の心《こころ》を読《よ》めるのでは、とハリーはこれまでも何度《なんど》かそう思《おも》ったことがあった。しかし、わけはすぐわかった。スネイプが今日《きょう》の「夕刊予言者新聞《ゆうかんよげんしゃしんぶん》」をくるくると広《ひろ》げた。

「おまえたちは見《み》られていた」

スネイプは新聞《しんぶん》の見出《みだ》しを示《しめ》して、押《お》し殺《ころ》した声《こえ》で言《い》った。

「空飛《そらと》ぶフォード・アングリア、いぶかるマグル」

スネイプが読《よ》み上《あ》げた。

「ロンドンで、二人《ふたり》のマグルが、郵便局《ゆうびんきょく》のタワーの上《うえ》を中古《ちゅうこ》のアングリアが飛《と》んでいるのを見《み》たと断言《だんげん》した……今日昼《きょうひる》ごろ、ノーフォークのヘティ・ベイリス夫人《ふじん》は、洗濯物《せんたくもの》を干《ほ》しているとき……ピーブルズのアンガス・フリート氏《し》は警察《けいさつ》に通報《つうほう》した……全部《ぜんぶ》で六、七人《にん》のマグルが……。たしか、君《きみ》の父親《ちちおや》はマグル製品不正使用取締局《せいひんふせいしようとりしまりきょく》にお勤《つと》めでしたな？」

スネイプは顔《かお》を上《あ》げてロンに向《む》かって一段《いちだん》と意地悪《いじわる》くほくそ笑《え》んだ。

「なんと、なんと……捕《と》らえてみればわが子《こ》なり……」

ハリーはあの狂暴《きょうぼう》な木《き》の大《おお》きめの枝《えだ》で、胃袋《いぶくろ》を打《う》ちのめされたような気《き》がした。ウィーズリーおじさんがあの車《くるま》に魔法《まほう》をかけたことが誰《だれ》かに知《し》れたら……考《かんが》えてもみなかった……。

「我輩《わがはい》が庭《にわ》を調査《ちょうさ》したところによれば、非常《ひじょう》に貴重《きちょう》な『暴《あば》れ柳《やなぎ》』が、相当《そうとう》な被害《ひがい》を受《う》けたようである」スネイプはねちねち続《つづ》けた。

「あの木《き》より、僕《ぼく》たちのほうがもっと被害《ひがい》を受《う》けました――」ロンが思《おも》わず言《い》った。

「**だまらんか！**」スネイプがバシッと言《い》った。

「まことに残念至極《ざんねんしごく》だが、おまえたちは我輩《わがはい》の寮《りょう》ではないからして、二人《ふたり》の退校処分《たいこうしょぶん》は我輩《わがはい》の決《けっ》定《てい》するところではない。これからその幸運《こううん》な決定権《けっていけん》をもつ人物《じんぶつ》たちを連《つ》れてくる。二人《ふたり》とも、ここで待《ま》て」

ハリーとロンはお互《たが》いに蒼白《そうはく》な顔《かお》を見合《みあ》わせた。ハリーはもう空腹《くうふく》も感《かん》じない。ただ、ひどく吐《は》き気《き》がした。スネイプの机《つくえ》の後《うし》ろにある棚《たな》に置《お》かれた、緑《みどり》の液体《えきたい》にプカプカ浮《う》いている、なんだか大《おお》きくてぬめぬめした得体《えたい》の知《し》れない物《もの》を、ハリーはなるべく見《み》ないようにした。スネイプが、グリフィンドール寮監《りょうかん》のマクゴナガル先生《せんせい》を呼《よ》びに行《い》ったとしたら、それで二人《ふたり》の状況《じょうきょう》がよくなるわけでもない。マクゴナガル先生《せんせい》はスネイプより公正《こうせい》かもしれないが、非常《ひじょう》に厳格《げんかく》なことに変《か》わりはない。

十分後《ぶんご》、スネイプが戻《もど》ってきた。やっぱり、一緒《いっしょ》に来《き》たのはマクゴナガル先生《せんせい》だった。ハリーは、マクゴナガル先生《せんせい》が怒《おこ》ったのをこれまで何度《なんど》か見《み》たことはある。しかし、今度《こんど》ばかりは、先生《せんせい》の唇《くちびる》が、こんなに真一文字《まいちもんじ》にギュッと横《よこ》に伸《の》びることをハリーが忘《わす》れていたのか、それともこんなに怒《おこ》っているのは見《み》たことがないかのどっちかだ。部屋《へや》に入《はい》ってくるなり、先生《せんせい》は杖《つえ》を振《ふ》り上《あ》げた。二人《ふたり》は思《おも》わず身《み》を縮《ちぢ》めた。先生《せんせい》は火《ひ》の気《け》のない暖炉《だんろ》に杖《つえ》を向《む》けただけだった。急《きゅう》に炎《ほのお》が燃《も》え上《あ》がった。

「おかけなさい」その一声《ひとこえ》で、二人《ふたり》はあとずさりして暖炉《だんろ》のそばの椅子《いす》に座《すわ》った。

「ご説明《せつめい》なさい」先生《せんせい》のめがねがギラリと不吉《ふきつ》に光《ひか》っている。

ロンが二人《ふたり》を跳《は》ねつけた駅《えき》の柵《さく》の話《はなし》から話《はな》しはじめた。

「……ですから、僕《ぼく》たち、ほかに方法《ほうほう》がありませんでした。先生《せんせい》、僕《ぼく》たち、汽車《きしゃ》に乗《の》れなかったんです」

「なぜ、ふくろう便《びん》を送《おく》らなかったのですか？　あなたはふくろうをお持《も》ちでしょう？」

マクゴナガル先生《せんせい》はハリーに向《む》かって冷《つめ》たく言《い》った。

ハリーはぼうぜんと口《くち》を開《あ》けて先生《せんせい》の顔《かお》を見《み》つめた。そう言《い》われれば、たしかにそのとおりだ。

「ぼ――僕《ぼく》、思《おも》いつきもしなくて――」

「考《かん》えることもしなかったのでしょうとも」マクゴナガル先生《せんせい》が言《い》った。ドアをノックして、ますます悦《えつ》に入《い》ったスネイプの顔《かお》が現《あらわ》れた。そこにはダンブルドア校長《こうちょう》が立《た》っていた。

ハリーは体中《からだじゅう》の力《ちから》が抜《ぬ》けるような気《き》がした。ダンブルドアはいつもとちがって深刻《しんこく》な表情《ひょうじょう》だった。校長先生《こうちょうせんせい》に鉤鼻越《かぎばなご》しにじっと見下《みお》ろされると、ハリーは急《きゅう》に、今《いま》、ロンと一緒《いっしょ》に「暴《あば》れ柳《やなぎ》」に打《う》ちのめされているほうが、まだましだという気《き》になった。

長《なが》い沈黙《ちんもく》が流《なが》れた。ダンブルドアが、口《くち》を開《ひら》いた。

「どうしてこんなことをしたのか、説明《せつめい》してくれるかの？」

むしろどなってくれたほうが気《き》が楽《らく》だった。ハリーは校長先生《こうちょうせんせい》の失望《しつぼう》したような声《こえ》を聞《き》くと、たまらなかった。なぜかハリーは、ダンブルドアの顔《かお》をまっすぐに見《み》ることができず、ダンブルドアのひざを見《み》つめながら話《はな》した。ハリーはすべてをダンブルドアに話《はな》したが、ウィーズリー氏《し》があの魔法《まほう》のかかった車《くるま》の持《も》ち主《ぬし》だということだけは伏《ふ》せて、ハリーとロンがたまたま駅《えき》の外《そと》に駐車《ちゅうしゃ》してあった空飛《そらと》ぶ車《くるま》を見《み》つけたような言《い》い方《かた》をした。ダンブルドアは、こんな言《い》い方《かた》をしてもお見透《みとお》しだと、ハリーにはわかっていたが、車《くるま》については一言《ひとこと》も追及《ついきゅう》がなかった。ハリーが話《はな》し終《お》わっても、ダンブルドアはめがねの奥《おく》から二人《ふたり》をじっとのぞき続《つづ》けるだけだった。

「僕《ぼく》たち、荷物《にもつ》をまとめます」ロンが観念《かんねん》したような声《こえ》で言《い》った。

「ウィーズリー、どういうつもりですか？」とマクゴナガル先生《せんせい》がガツンと言《い》った。

「でも、僕《ぼく》たちを退校処分《たいこうしょぶん》になさるんでしょう？」とロンが言《い》った。

ハリーは急《いそ》いでダンブルドアの顔《かお》を見《み》た。

「ミスター・ウィーズリー、今日《きょう》というわけではない。しかし、君《きみ》たちのやったことの重大《じゅうだい》さについては、はっきりと二人《ふたり》に言《い》っておかねばのう。今晩二人《こんばんふたり》のご家族《かぞく》に、わしから手紙《てがみ》を書《か》こう。それに、二人《ふたり》には警告《けいこく》しておかねばならんが、今後《こんご》またこのようなことがあれば、わしとしても、二人《ふたり》を退学《たいがく》にせざるをえんのでな」

スネイプはクリスマスがおあずけになったような顔《かお》をした。咳払《せきばら》いをしてスネイプが言《い》った。

「ダンブルドア校長《こうちょう》、この者《もの》たちは『未成年魔法使《みせいねんまほうつか》いの制限事項令《せいげんじこうれい》』を愚弄《ぐろう》し、貴重《きちょう》な古木《こぼく》に甚《じん》大《だい》なる被害《ひがい》を与《あた》えております……このような行為《こうい》はまさしく……」

「セブルス、この少年《しょうねん》たちの処罰《しょばつ》を決《き》めるのはマクゴナガル先生《せんせい》じゃろう」

ダンブルドアは静《しず》かに言《い》った。

「二人《ふたり》はマクゴナガル先生《せんせい》の寮《りょう》の生徒《せいと》じゃから、彼女《かのじょ》の責任《せきにん》じゃ」

ダンブルドアはマクゴナガル先生《せんせい》に向《む》かって話《はな》しかけた。

「ミネルバ、わしは歓迎会《かんげいかい》に戻《もど》らんと。二言《ふたこと》、三言《みこと》、話《はな》さねばならんのでな。さあ行《い》こうかの、セブルス。うまそうなカスタード・タルトがあるんじゃ。わしゃ、あれを一口《ひとくち》食《た》べてみたい」

しぶしぶ、自分《じぶん》の部屋《へや》から連《つ》れ去《さ》られるように出《で》ていきながら、スネイプは、ハリーとロンを毒々《どくどく》しい目《め》つきで見《み》た。あとに残《のこ》された二人《ふたり》を、マクゴナガル先生《せんせい》が、相変《あいか》わらず怒《いか》れる鷲《わし》のような目《め》で見《み》すえていた。

「ウィーズリー、あなたは医務室《いむしつ》に行《い》ったほうがよいでしょう。血《ち》が出《で》ています」

「たいしたことありません」

ロンがあわててそでまぶたの切《き》り傷《きず》をぬぐった。

「先生《せんせい》、僕《ぼく》の妹《いもうと》が組分《くみわ》けされるところを見《み》たいと思《おも》っていたのですが――」

「組分《くみわ》けの儀式《ぎしき》は終《お》わりました。あなたの妹《いもうと》もグリフィンドールです」

「あぁ、よかった」

「グリフィンドールといえば――」マクゴナガル先生《せんせい》の声《こえ》が厳《きび》しくなった。が、ハリーがそれをさえぎった。

「先生《せんせい》、僕《ぼく》たちが車《くるま》に乗《の》ったときは、まだ新学期《しんがっき》は始《はじ》まっていませんでした。ですから――あの、グリフィンドールは、減点《げんてん》されないはずですよね。ちがいますか？」

言《い》い終《お》えて、ハリーは心配《しんぱい》そうに、先生《せんせい》の顔色《かおいろ》をうかがった。

マクゴナガル先生《せんせい》は射《い》るような目《め》を向《む》けたが、ハリーは先生《せんせい》がたしかにほほえみをもらしそうになったと思《おも》った。少《すく》なくとも、先生《せんせい》の唇《くちびる》の真一文字《まいちもんじ》が少《すこ》しゆるんだ。

「グリフィンドールの減点《げんてん》はいたしません」

先生《せんせい》の言葉《ことば》でハリーの気持《きも》ちがずっと楽《らく》になった。

「ただし、二人《ふたり》とも罰則《ばっそく》を受《う》けることになります」

ハリーにとって、これは思《おも》ったよりましな結果《けっか》だった。ダンブルドアがダーズリー家《け》に手紙《てがみ》を書《か》くことなど、ハリーには問題《もんだい》にならなかった。あの人《ひと》たちにしてみれば、「暴《あば》れ柳《やなぎ》」がハリーをペシャンコにしてくれなかったことだけが残念《ざんねん》だろう。

マクゴナガル先生《せんせい》は再《ふたた》び杖《つえ》を振《ふ》り上《あ》げ、スネイプの机《つくえ》に向《む》けて振《ふ》り下《お》ろした。大《おお》きなサンドイッチの皿《さら》、ゴブレットが二つ、冷《つめ》たい魔女《まじょ》かぼちゃジュースのボトルが、ポンと音《おと》を立《た》てて現《あらわ》れた。

「ここでお食《た》べなさい。終《お》わったらまっすぐに寮《りょう》にお帰《かえ》りなさい。私《わたし》も歓迎会《かんげいかい》に戻《もど》らなければなりません」

先生《せんせい》がドアを閉《し》めて行《い》ってしまうと、ロンはヒューッと低《ひく》く長《なが》い口笛《くちぶえ》を吹《ふ》いた。

「もうダメかと思《おも》ったよ」サンドイッチをガバッとつかみながら、ロンが言《い》った。

「僕《ぼく》もだよ」ハリーも一つつかんだ。

「だけど、僕《ぼく》たちって信《しん》じられないぐらいついてないぜ」ロンがチキンとハムをいっぱい詰《つ》め込《こ》んだ口《くち》をもごもごさせて言《い》った。

「フレッドとジョージなんか、あの車《くるま》を五回《かい》も六回《かい》も飛《と》ばしてるのに、あの二人《ふたり》は一度《いちど》だってマグルに見《み》られてないんだ」

ロンはゴクンと飲《の》み込《こ》むと、また大口《おおぐち》を開《あ》けてかぶりついた。

「だけど、どうして柵《さく》を通《とお》り抜《ぬ》けられなかったんだろ?」

ハリーは肩《かた》をちょっとすくめて、わからないというしぐさをした。

「だけど、これからは僕《ぼく》たち慎重《しんちょう》に行動《こうどう》しなくちゃ」

ハリーは冷《つめ》たい魔女《まじょ》かぼちゃジュースを、のどを鳴《な》らして飲《の》みながら言《い》った。

「歓迎会《かんげいかい》に行《い》きたかったなぁ……」

「マクゴナガル先生《せんせい》は、僕《ぼく》たちが目立《めだ》ってはいけないと考《かんが》えたんだ。車《くるま》を飛《と》ばして到着《とうちゃく》したのがかっこいいなんて、みんながそう思《おも》ったらいけないって」ロンが神妙《しんみょう》に言《い》った。

サンドイッチを食《た》べたいだけ食《た》べると（大皿《おおざら》は空《から》になるとまたひとりでにサンドイッチが現《あらわ》れた）、二人《ふたり》はスネイプの研究室《けんきゅうしつ》を出《で》て、通《かよ》いなれた通路《つうろ》をグリフィンドール塔《とう》に向《む》かってとぼとぼと歩《ある》いた。城《しろ》は静《しず》まり返《かえ》っている。歓迎会《かんげいかい》は終《お》わったらしい。ボソボソささやく肖像《しょうぞう》や、ギーギーときしむ鎧《よろい》をいくつか通《とお》り過《す》ぎ、狭《せま》い石段《いしだん》を上《のぼ》り、やっと寮《りょう》への秘密《ひみつ》の入口《いりぐち》が隠《かく》されている廊下《ろうか》にたどり着《つ》いた。ピンクの絹《きぬ》のドレスを着《き》たとても太《ふと》った婦人《レディ》の油絵《あぶらえ》がかかっている。

二人《ふたり》が近《ちか》づくと婦人《レディ》が「合言葉《あいことば》は？」と聞《き》いた。

「えーと──」とハリー。

二人《ふたり》ともまだグリフィンドールの監督生《かんとくせい》に会《あ》っていないので、新学期《しんがっき》の新《あたら》しい合言葉《あいことば》を知《し》らなかった。しかし、すぐに助《たす》け舟《ぶね》がやってきた。後《うし》ろのほうから急《いそ》ぎ足《あし》で誰《だれ》かがやってくる。振《ふ》り返《かえ》るとハーマイオニーがこっちにダッシュしてくる。

「やっと見《み》つけた！　いったいどこに行《い》ってたの？　バカバカしいうわさが流《なが》れて──誰《だれ》かが言《い》ってたけど、あなたたちが空飛《そらと》ぶ車《くるま》で墜落《ついらく》して退校処分《たいこうしょぶん》になったって」

「ああ、退校処分《たいこうしょぶん》にはならなかった」

ハリーはハーマイオニーを安心《あんしん》させた。

「まさか、ほんとに空《そら》を飛《と》んでここに来《き》たの？」

ハーマイオニーはまるでマクゴナガル先生《せんせい》のような厳《きび》しい声《こえ》で言《い》った。

「お説教《せっきょう》はやめろよ」ロンがいらいらして言《い》った。

「新《あたら》しい合言葉《あいことば》、教《おし》えてくれよ」

「『ミミダレミツスイ《ワトルバード》』よ。でも、話《はなし》をそらさないで――」

ハーマイオニーもいらいらと言《い》った。

しかし、彼女《かのじょ》の言葉《ことば》もそこまでだった。太《ふと》った婦人《レディ》の肖像画《しょうぞうが》がパッと開《ひら》くと、突然《とつぜん》ワッと拍手《はくしゅ》の嵐《あらし》だった。グリフィンドールの寮生《りょうせい》は、全員《ぜんいん》まだ起《お》きている様子《ようす》だった。丸《まる》い談話室《だんわしつ》いっぱいにあふれ、傾《かたむ》いたテーブルの上《うえ》や、ふかふかのひじかけ椅子《いす》の上《うえ》に立《た》ち上《あ》がったりして、二人《ふたり》の到着《とうちゃく》を待《ま》っていた。肖像画《しょうぞうが》の穴《あな》のほうに何本《なんぼん》も腕《うで》が伸《の》びてきて、ハリーとロンを部屋《へや》の中《なか》に引《ひ》っ張《ぱ》り入《い》れた。取《と》り残《のこ》されたハーマイオニーは一人《ひとり》で穴《あな》をよじ登《のぼ》ってあとに続《つづ》いた。

「やるなぁ！　感動的《かんどうてき》だぜ！　なんてご登場《とうじょう》だ！　車《くるま》を飛《と》ばして『暴《あば》れ柳《やなぎ》』に突《つ》っ込《こ》むなんて、何年《なんねん》も語《かた》り草《ぐさ》になるぜ！」リー・ジョーダンが叫《さけ》んだ。

「よくやった」

ハリーが一度《いちど》も話《はな》したことがない五年生《ねんせい》が話《はな》しかけてきた。ハリーがたった今《いま》、マラソンで優勝《ゆうしょう》テープを切《き》ったかのように、誰《だれ》かが背中《せなか》をポンポンたたいた。フレッドとジョージが人波《ひとなみ》をかき分《わ》けて前《まえ》のほうにやってきて、口《くち》をそろえて言《い》った。

「オイ、なんで、俺《おれ》たちを呼《よ》び戻《もど》してくれなかったんだよ？」

ロンはきまり悪《わる》そうに笑《わら》いながら顔《かお》を紅潮《こうちょう》させていたが、ハリーは一人《ひとり》だけ不機嫌《ふきげん》な顔《かお》をした生徒《せいと》に気《き》づいた。はしゃいでいる一年生《ねんせい》たちの頭《あたま》のむこうに、パーシーがはっきり見《み》えた。ハリーたちに充分近《じゅうぶんちか》づいてから、叱《しか》りつけようとこっちへ向《む》かってくる。ハリーはロンの脇腹《わきばら》をこづいて、パーシーのほうをあごでしゃくった。ロンはすぐに察《さっ》した。

「ベッドに行《い》かなくちゃ——ちょっとつかれた」

ロンはそう言《い》うと、ハリーと二人《ふたり》で部屋《へや》のむこう側《がわ》のドアに向《む》かった。そこかららせん階段《かいだん》が寝室《しんしつ》へと続《つづ》いている。

「おやすみ」

ハリーは、パーシーと同《おな》じようにしかめっ面《つら》をしているハーマイオニーに呼《よ》びかけた。背中《せなか》をパシパシたたかれながら、二人《ふたり》はなんとか部屋《へや》の反対側《はんたいがわ》にたどり着《つ》き、らせん階段《かいだん》でやっと静《しず》けさを取《と》り戻《もど》した。急《いそ》いで上《うえ》までかけ上《のぼ》り、とうとうなつかしい部屋《へや》の前《まえ》に着《つ》いた。ドアにはもう「二年生《ねんせい》」と書《か》いてあった。中《なか》に入《はい》ると、丸《まる》い部屋《へや》、赤《あか》いベルベットのカーテンがかかった四本柱《ほんばしら》のあるベッドが五つ、細長《ほそなが》い高窓《たかまど》、見《み》なれた光景《こうけい》だった。二人《ふたり》のトランクはもう運《はこ》び込《こ》まれていて、ベッドの端《はし》のほうに置《お》いてあった。

ロンはハリーを見《み》て、バツが悪《わる》そうにニヤッと笑《わら》った。

「僕《ぼく》、あそこで喜《よろこ》んだりなんかしちゃいけないって、わかってたんだけど、でも――」

ドアがパッと開《ひら》いて同室《どうしつ》のグリフィンドール二年生《ねんせい》がなだれ込《こ》んできた。シェーマス・フィネガン、ディーン・トーマス、ネビル・ロングボトムだ。

「**ほんとかよ！**」シェーマスがニッコリした。

「かっこいい」とディーンが言《い》った。

「すごいなあ」ネビルは感動《かんどう》で打《う》ちのめされていた。

ハリーもがまんできなくなった。そしてニヤッと笑《わら》った。

第《だい》6章《しょう》　ギルデロイ・ロックハート

翌日《よくじつ》、ハリーは一度《いちど》もニコリともできなかった。大広間《おおひろま》での朝食《ちょうしょく》から始《はじ》まって、状況《じょうきょう》は悪《わる》くなる一方《いっぽう》だった。四つのテーブルには牛乳《ぎゅうにゅう》入《い》りオートミールの深皿《ふかざら》、ニシンのくんせいの皿《さら》、山《やま》のようなトースト、卵《たまご》とベーコンの皿《さら》が並《なら》べられていた。天井《てんじょう》は空《そら》と同《おな》じに見《み》えるように魔法《まほう》がかけられている（今日《きょう》はどんよりとした灰色《はいいろ》の曇《くも》り空《ぞら》だ）。ハリーとロンは、グリフィンドールのテーブルの、ハーマイオニーの隣《となり》に腰《こし》かけた。

ハーマイオニーはミルクの入《はい》った水差《みずさ》しに『バンパイアとバッチリ船旅《ふなたび》』を立《た》てかけて読《よ》んでいた。「おはよう」というハーマイオニーの言《い》い方《かた》がちょっとつっけんどんだ。ハリーたちが到《とう》着《ちゃく》した方法《ほうほう》がまだ許《ゆる》せないらしい。

ネビルの挨拶《あいさつ》はそれとは反対《はんたい》にうれしそうだった。ネビル・ロングボトムは丸顔《まるがお》で、ドジばかり踏《ふ》んで、ハリーの知《し》るかぎり一番《いちばん》の忘《わす》れん坊《ぼう》だ。

「もうふくろう郵便《ゆうびん》の届《とど》く時間《じかん》だ――ばあちゃんが、僕《ぼく》の忘《わす》れた物《もの》をいくつか送《おく》ってくれると思《おも》うよ」

ハリーがオートミールを食《た》べはじめたとたん、うわさをすればで、頭上《ずじょう》にあわただしい音《おと》がして、百羽《わ》を超《こ》えるふくろうが押《お》し寄《よ》せ、大広間《おおひろま》を旋回《せんかい》して、ペチャクチャ騒《さわ》がしい生徒《せいと》たちの上《うえ》から、手紙《てがみ》やら小包《こづつみ》やらを落《お》とした。大《おお》きなデコボコした小包《こづつみ》がネビルの頭《あたま》に落《お》ちて跳《は》ね返《かえ》った。次《つぎ》の瞬間《しゅんかん》、なにやら大《おお》きな灰色《はいいろ》の塊《かたまり》が、ハーマイオニーのそばの水差《みずさ》しの中《なか》に落《お》ち、周《まわ》りのみんなに、ミルクと羽《はね》のしぶきをまき散《ち》らした。

「**エロール！**」

ロンが足《あし》をつかんで、ぐっしょりになったふくろうを引《ひ》っ張《ぱ》り出《だ》した。エロールは気絶《きぜつ》してテーブルの上《うえ》にボトッと落《お》ちた。足《あし》を上向《うわむ》きに突《つ》き出《だ》し、くちばしにはぬれた赤《あか》い封筒《ふうとう》をくわえている。

「大変《たいへん》だ——」ロンが息《いき》をのんだ。

「大丈夫《だいじょうぶ》よ。まだ生《い》きてるわ」

ハーマイオニーがエロールを指先《ゆびさき》でチョンチョンと軽《かる》くつつきながら言《い》った。

「そうじゃなくて——**あっち**」

ロンは赤《あか》い封筒《ふうとう》のほうを指差《ゆびさ》している。ハリーが見《み》てもごくあたりまえの封筒《ふうとう》だ。しかし、ロンもネビルも、今《いま》にも封筒《ふうとう》が爆発《ばくはつ》しそうな目《め》つきで見《み》ている。

「どうしたの？」ハリーが聞《き》いた。

「ママが――ママったら『吠《ほ》えメール』を僕《ぼく》によこした」ロンが、か細《ぼそ》い声《こえ》で言《い》った。

「ロン、開《あ》けたほうがいいよ」ネビルがこわごわささやいた。

「開《あ》けないともっとひどいことになるよ。僕《ぼく》のばあちゃんも一度《いちど》僕《ぼく》によこしたことがあるんだけど、ほっておいたら……」ネビルはゴクリと生《なま》つばを飲《の》んだ。「ひどかったんだ」

ハリーは石《いし》のようにこわばっているロンたちの顔《かお》から、赤《あか》い封筒《ふうとう》へと目《め》を移《うつ》した。

「『吠《ほ》えメール』って何《なに》？」ハリーが聞《き》いた。

しかし、ロンは赤《あか》い封筒《ふうとう》に全神経《ぜんしんけい》を集中《しゅうちゅう》させていた。封筒《ふうとう》の四隅《よすみ》が煙《けむり》を上《あ》げはじめていた。

「開《あ》けて」ネビルがせかした。「ほんの数分《すうふん》で終《お》わるから……」

ロンは震《ふる》える手《て》を伸《の》ばしてエロールのくちばしから封筒《ふうとう》をそうっとはずし、開封《かいふう》した。ネビルは耳《みみ》に指《ゆび》を突《つ》っ込《こ》んだ。次《つぎ》の瞬間《しゅんかん》、ハリーはその理由《りゆう》がわかった。一瞬《いっしゅん》、封筒《ふうとう》が爆発《ばくはつ》したかと思《おも》った。大広間《おおひろま》いっぱいにほえる声《こえ》で、天井《てんじょう》からほこりがバラバラ落《お》ちてきた。

「……車《くるま》を盗《ぬす》み出《だ》すなんて、退校処分《たいこうしょぶん》になってもあたりまえです。首《くび》を洗《あら》って待《ま》ってらっしゃい。承知《しょうち》しませんからね。車《くるま》がなくなっているのを見《み》て、私《わたし》とお父《とう》さま

がどんな思《おも》いだったか、おまえはちょっとでも考《かんが》えたんですか……」

ウィーズリー夫人《ふじん》のどなり声《ごえ》が、本物《ほんもの》の百倍《ばい》に拡声《かくせい》されて、テーブルの上《うえ》の皿《さら》もスプーンもガチャガチャと揺《ゆ》れ、声《こえ》は石《いし》の壁《かべ》に反響《はんきょう》して鼓膜《こまく》が裂《さ》けそうにワンワンうなった。大広間《おおひろま》にいた全《ぜん》員《いん》があたりを見回《みまわ》し、いったい誰《だれ》が「吠《ほ》えメール」をもらったのだろうと探《さが》していた。ロンは椅《い》子《す》に縮《ちぢ》こまって小《ちい》さくなり、真《ま》っ赤《か》な額《ひたい》だけがテーブルの上《うえ》に出《で》ていた。

「……昨夜《さくや》ダンブルドアからの手紙《てがみ》が来《き》て、お父《とう》さまは恥《は》ずかしさのあまり死《し》んでしまうのでは、と心配《しんぱい》しました。こんなことをする子《こ》に育《そだ》てた覚《おぼ》えはありません。おまえもハリーも、まかりまちがえば死《し》ぬところだった……」

ハリーはいつ自分《じぶん》の名前《なまえ》が飛《と》び出《だ》すかと覚悟《かくご》して、鼓膜《こまく》がずきずきするぐらいの大声《おおごえ》を、必死《ひっし》で聞《き》こえていないふりをしながら聞《き》いていた。

「……まったく愛想《あいそ》が尽《つ》きました。お父《とう》さまは役所《やくしょ》で尋問《じんもん》を受《う》けたのですよ。みんなおまえのせいです。今度《こんど》ちょっとでも規則《きそく》を破《やぶ》ってごらん。私《わたし》たちがおまえをすぐに家《いえ》に引《ひ》っ張《ぱ》って帰《かえ》ります」

耳《みみ》がジーンとなって静《しず》かになった。ロンの手《て》から落《お》ちた赤《あか》い封筒《ふうとう》は、炎《ほのお》となって燃《も》え上《あ》がり、チリチリと灰《はい》になった。ハリーとロンはまるで津波《つなみ》の直撃《ちょくげき》を受《う》けたあとのようにぼうぜんと椅子《いす》にへばりついていた。何人《なんにん》かが笑《わら》い声《ごえ》を上《あ》げ、だんだんとおしゃべりの声《こえ》が戻《もど》ってきた。ハーマイオニーは『バンパイアとバッチリ船旅《ふなたび》』の本《ほん》を閉《と》じ、ロンの頭《あたま》のてっぺんを見下《みお》ろして言《い》った。

「ま、あなたが何《なに》を予想《よそう》していたかは知《し》りませんけど、ロン、あなたは……」

「当然《とうぜん》の報《むく》いを受《う》けたって言《い》いたいんだろ」ロンがかみついた。

ハリーは食《た》べかけのオートミールをむこうに押《お》しやった。申《もう》し訳《わけ》なさで胃《い》が焼《や》けるような思《おも》いだった。ウィーズリーおじさんが役所《やくしょ》で尋問《じんもん》を受《う》けた……。ウィーズリーおじさんとおばさんには夏中《なつじゅう》あんなにお世話《せわ》になったのに……。

考《かんが》え込《こ》んでいる間《ま》はなかった。マクゴナガル先生《せんせい》がグリフィンドールのテーブルを回《まわ》って時間割《じかんわり》を配《くば》りはじめたのだ。ハリーの分《ぶん》を見《み》ると、最初《さいしょ》にハッフルパフと一緒《いっしょ》に薬草学《やくそうがく》の授業《じゅぎょう》を受《う》けることになっている。

ハリー、ロン、ハーマイオニーは一緒《いっしょ》に城《しろ》を出《で》て、野菜畑《やさいばたけ》を横切《よこぎ》り、魔法《まほう》の植物《しょくぶつ》が植《う》えてある温室《おんしつ》へと向《む》かった。吠《ほ》えメールは一つだけよいことをしてくれた。ハーマイオニーが、これで二人《ふたり》は充分《じゅうぶん》に罰《ばつ》を受《う》けたと思《おも》ったらしく、以前《いぜん》のように親《した》しくしてくれるようになったのだ。

温室《おんしつ》の近《ちか》くまで来《く》ると、ほかのクラスメートが外《そと》に立《た》って、スプラウト先生《せんせい》を待《ま》っているのが見《み》えた。三人《にん》がみんなと一緒《いっしょ》になった直後《ちょくご》、先生《せんせい》が芝生《しばふ》を横切《よこぎ》って大股《おおまた》で歩《ある》いてくるのが見《み》えた。

ギルデロイ・ロックハートと一緒《いっしょ》だ。スプラウト先生《せんせい》は腕《うで》いっぱいに包帯《ほうたい》を抱《かか》えていた。遠《とお》くのほうに「暴《あば》れ柳《やなぎ》」が見《み》え、枝《えだ》のあちこちに吊《つ》り包帯《ほうたい》がしてあるのに気《き》がついて、ハリーはまた申《もう》し訳《わけ》なくて心《こころ》が痛《いた》んだ。

スプラウト先生《せんせい》はずんぐりした小《ちい》さな魔女《まじょ》で、髪《かみ》の毛《け》がふわふわ風《かぜ》になびき、その上《うえ》に継《つ》ぎはぎだらけの帽子《ぼうし》をかぶっていた。ほとんどいつも服《ふく》は泥《どろ》だらけで、爪《つめ》を見《み》たらあのペチュニアおばさんは気絶《きぜつ》しただろう。ギルデロイ・ロックハートのほうは、トルコ石色《いしいろ》のローブをなびかせ、金色《きんいろ》に輝《かがや》くブロンドの髪《かみ》に、金色《きんいろ》の縁取《ふちど》りがしてあるトルコ石色《いしいろ》の帽子《ぼうし》を完璧《かんぺき》な位置《いち》にかぶり、どこから見《み》ても文句《もんく》のつけようがなかった。

「やぁ、みなさん！」

ロックハートは集《あつ》まっている生徒《せいと》を見回《みまわ》して、こぼれるように笑《わら》いかけた。

「スプラウト先生《せんせい》に、『暴《あば》れ柳《やなぎ》』の正《ただ》しい治療法《ちりょうほう》をお見《み》せしていましてね。でも、私《わたくし》のほうが先生《せんせい》より薬草学《やくそうがく》の知識《ちしき》があるなんて、誤解《ごかい》されては困《こま》りますよ。たまたま私《わたくし》、旅《たび》の途中《とちゅう》、『暴《あば》れ柳《やなぎ》』というエキゾチックな植物《しょくぶつ》に出《で》あったことがあるだけですから……」

「みんな、今日《きょう》は三号温室《ごうおんしつ》へ！」

スプラウト先生《せんせい》は普段《ふだん》の快活《かいかつ》さはどこへやら、不機嫌《ふきげん》さが見《み》え見《み》えだった。

興味津々《きょうみしんしん》のささやきが流《なが》れた。これまで一号温室《ごうおんしつ》でしか授業《じゅぎょう》がなかった――三号温室《ごうおんしつ》にはもっと不思議《ふしぎ》で危険《きけん》な植物《しょくぶつ》が植《う》わっている。スプラウト先生《せんせい》は大《おお》きな鍵《かぎ》をベルトからはずし、ドアを開《あ》けた。天井《てんじょう》からぶら下《さ》がった、傘《かさ》ほどの大《おお》きさがある巨大《きょだい》な花《はな》の強烈《きょうれつ》な香《かお》りにまじって、湿《しめ》った土《つち》と肥料《ひりょう》の臭《にお》いが、プンとハリーの鼻《はな》をついた。ハリーはロンやハーマイオニーと一緒《いっしょ》に中《なか》に入《はい》ろうとしたが、ロックハートの手《て》がすっと伸《の》びてきた。

「ハリー！　君《きみ》と話《はな》したかった――スプラウト先生《せんせい》、彼《かれ》が二、三分遅《ぶんおく》れてもお気《き》になさいませんね？」

スプラウト先生《せんせい》のしかめっ面《つら》を見《み》れば、「お気《き》になさる」ようだったが、ロックハートはかまわず、「お許《ゆる》しいただけまして」と言《い》うなり、彼女《かのじょ》の鼻先《はなさき》でピシャッとドアを閉《し》めた。

「ハリー」ロックハートは首《くび》を左右《さゆう》に振《ふ》り、そのたびに白《しろ》い歯《は》が太陽《たいよう》を受《う》けて輝《かがや》いた。

「ハリー、ハリー、ハリー」

何《なに》がなんだかさっぱりわからなくて、ハリーは何《なに》も言《い》えなかった。

「私《わたくし》、あの話《はなし》を聞《き》いたとき――もっとも、みんな私《わたくし》が悪《わる》いのですがね、自分《じぶん》を責《せ》めましたよ」

ハリーはいったい何《なん》のことかわからなかった。そう言《い》おうと思《おも》っていると、ロックハートが言《こと》葉《ば》を続《つづ》けた。

「こんなにショックを受《う》けたことは、これまでにないと思《おも》うぐらいでしたよ。ホグワーツまで車《くるま》で飛《と》んでくるなんて！　まぁ、もちろん、なぜ君《きみ》がそんなことをしたのかはすぐにわかりましたが。目立《めだ》ちましたからね。ハリー、ハリー、ハリー」

話《はな》していないときでさえ、すばらしい歯並《はなら》びを一本残《いっぽんのこ》らず見《み》せつけることが、どうやったらできるのか、驚《おどろ》きだった。

「有名《ゆうめい》になるという蜜《みつ》の味《あじ》を、私《わたくし》が教《おし》えてしまった。そうでしょう？『有名虫《ゆうめいむし》』を移《うつ》してしまった。新聞《しんぶん》の一面《めん》に私《わたくし》と一緒《いっしょ》にのってしまって、君《きみ》はまたそうなりたいという思《おも》いをこらえられなかった」

「あの――先生《せんせい》、ちがいます。つまり――」

「ハリー、ハリー、ハリー」

ロックハートは手《て》を伸《の》ばしてハリーの肩《かた》をつかみながら言《い》った。

「わかりますとも。最初《さいしょ》のほんの一口《ひとくち》で、もっと食《た》べたくなる――君《きみ》が、そんな味《あじ》をしめるようになったのは、私《わたくし》のせいだ。どうしても人《ひと》を酔《よ》わせてしまうものでしてね――しかしです、青年《せいねん》よ、目立《めだ》ちたいからといって、車《くるま》を飛《と》ばすというのはいけないですね。落《お》ち着《つ》きなさい。ね？　もっと大《おお》きくなってから、そういうことをする時間《じかん》がたっぷりありますよ。

ええ、ええ、君《きみ》が何《なに》を考《かんが》えているか、私《わたくし》にはわかります！『彼《かれ》はもう国際的《こくさいてき》に有名《ゆうめい》な魔法使《まほうつか》いだから、落《お》ち着《つ》けなんて言《い》ってられるんだ！』ってね。しかしです、私《わたくし》が十二歳《さい》のときには君《きみ》と同《おな》じぐらい無名《むめい》でした。むしろ、君《きみ》よりもずっと無名《むめい》だったかもしれない。つまり、君《きみ》の場合《ばあい》は少《すこ》しは知《し》っている人《ひと》がいるでしょう？『名前《なまえ》を呼《よ》んではいけないあの人《ひと》』とか何《なん》とかで！」

ロックハートはちらっとハリーの額《ひたい》の稲妻形《いなずまがた》の傷《きず》を見《み》た。

「わかってます。わかっていますとも。『週刊魔女《しゅうかんまじょ》』の『チャーミング・スマイル賞《しょう》』に五回《かい》も続《つづ》けて私《わたくし》が選《えら》ばれたのに比《くら》べれば、君《きみ》のはたいしたことではないでしょう――それでも初《はじ》めはそれぐらいでいい。ハリー、初《はじ》めはね」

ロックハートはハリーに思《おも》いっきりウィンクすると、すたすた行《い》ってしまった。ハリーは一瞬《いっしゅん》ぼうぜんとたたずんでいたが、ふと、温室《おんしつ》に入《はい》らなければならないことを思《おも》い出《だ》してドアを開《あ》け、中《なか》にすべり込《こ》んだ。スプラウト先生《せんせい》は温室《おんしつ》の真《ま》ん中《なか》に、架台《かだい》を二つ並《なら》べ、その上《うえ》に板《いた》を置《お》いてベンチを作《つく》り、その後《うし》ろに立《た》っていた。ベンチの上《うえ》に色《いろ》ちがいの耳当《みみあ》てが二十個《こ》ぐらい並《なら》んでいる。ハリーがロンとハーマイオニーの間《あいだ》に立《た》つと、先生《せんせい》が授業《じゅぎょう》を始《はじ》めた。

「今日《きょう》はマンドレイクの植《う》え替《か》えをやります。マンドレイクの特徴《とくちょう》がわかる人《ひと》はいますか？」

みんなが思《おも》ったとおり、一番先《いちばんさき》にハーマイオニーの手《て》が挙《あ》がった。

「マンドレイク、別名《べつめい》マンドラゴラは強力《きょうりょく》な回復薬《かいふくやく》です」

いつものように、ハーマイオニーの答《こた》えはまるで教科書《きょうかしょ》を丸《まる》のみにしたようだった。

「姿形《すがたかたち》を変《か》えられたり、呪《のろ》いをかけられたりした人《ひと》を元《もと》の姿《すがた》に戻《もど》すのに使《つか》われます」

「たいへんよろしい。グリフィンドールに十点《てん》」

スプラウト先生《せんせい》が言《い》った。

「マンドレイクはたいていの解毒剤《げどくざい》の主成分《しゅせいぶん》になります。しかし、危険《きけん》な面《めん》もあります。誰《だれ》かその理由《りゆう》が言《い》える人《ひと》は？」

ハーマイオニーの手《て》が勢《いきお》いよく挙《あ》がった拍子《ひょうし》に、危《あや》うくハリーのめがねを引《ひ》っかけそうになった。

「マンドレイクの泣《な》き声《ごえ》はそれを聞《き》いた者《もの》にとって命取《いのちと》りになります」

よどみない答《こた》えだ。

「そのとおり。もう十点《てん》あげましょう」

スプラウト先生《せんせい》が言《い》った。

「さて、ここにあるマンドレイクはまだ非常《ひじょう》に若《わか》い」

先生《せんせい》が一列《れつ》に並《なら》んだ苗《なえ》の箱《はこ》を指差《ゆびさ》し、生徒《せいと》はよく見《み》ようとしていっせいに前《まえ》のほうに詰《つ》めた。

紫《むらさき》がかった緑色《みどりいろ》の小《ちい》さなふさふさした植物《しょくぶつ》が百個《こ》ぐらい列《れつ》を作《つく》って並《なら》んでいた。特《とく》に変《か》わったところはないじゃないか、とハリーは思《おも》った。ハーマイオニーの言《い》ったマンドレイクの「泣《な》き声《ごえ》」が何《なん》なのかハリーには見当《けんとう》もつかない。

「みんな、耳当《みみあ》てを一つずつ取《と》って」とスプラウト先生《せんせい》。

みんないっせいに耳当《みみあ》てを――ピンクのふわふわした耳当《みみあ》て以外《いがい》を――取《と》ろうともみ合《あ》った。

「私《わたし》が合図《あいず》したら耳当《みみあ》てをつけて、両耳《りょうみみ》を完全《かんぜん》にふさいでください。耳当《みみあ》てを取《と》っても安全《あんぜん》になったら、私《わたし》が親指《おやゆび》を上《うえ》に向《む》けて合図《あいず》します。それでは――耳当《みみあ》て、つけ！」

ハリーは両耳《りょうみみ》を耳当《みみあ》てでパチンとおおった。外《そと》の音《おと》が完全《かんぜん》に聞《き》こえなくなった。スプラウト先生《せんせい》はピンクのふわふわした耳当《みみあ》てをつけ、ローブのそでをまくり上《あ》げ、ふさふさした植物《しょくぶつ》を一本《ぽん》しっかりつかみ、ぐいっと引《ひ》き抜《ぬ》いた。

ハリーは驚《おどろ》いてあっと声《こえ》を上《あ》げたが、声《こえ》は誰《だれ》にも聞《き》こえない。

土《つち》の中《なか》から出《で》てきたのは、植物《しょくぶつ》の根《ね》ではなく、小《ちい》さな、泥《どろ》んこの、ひどく醜《みにく》い男《おとこ》の赤《あか》ん坊《ぼう》だった。葉《は》っぱはその頭《あたま》から生《は》えている。肌《はだ》は薄緑色《うすみどりいろ》でまだらになっている。赤《あか》ん坊《ぼう》は声《こえ》のかぎりに泣《な》きわめいている様子《ようす》だった。

スプラウト先生《せんせい》は、テーブルの下《した》から大《おお》きな鉢《はち》を取《と》り出《だ》し、マンドレイクをその中《なか》に突《つ》っ込《こ》み、ふさふさした葉《は》っぱだけが見《み》えるように、黒《くろ》い、湿《しめ》った堆肥《たいひ》で赤《あか》ん坊《ぼう》を埋《う》め込《こ》んだ。先生《せんせい》は手《て》から泥《どろ》を払《はら》い、親指《おやゆび》を上《うえ》に上《あ》げ、自分《じぶん》の耳当《みみあ》てをはずした。

「このマンドレイクはまだ苗《なえ》ですから、泣《な》き声《ごえ》も命取《いのちと》りではありません」

先生《せんせい》は落《お》ち着《つ》いたもので、ベゴニアに水《みず》をやるのと同《おな》じように、あたりまえのことをしたような口《くち》ぶりだ。

「しかし、苗《なえ》でも、みなさんをまちがいなく数時間気絶《すうじかんきぜつ》させるでしょう。新学期最初《しんがっきさいしょ》の日《ひ》を気《き》を失《うしな》ったまま過《す》ごしたくはないでしょうから、耳当《みみあ》ては作業中《さぎょうちゅう》しっかりと離《はな》さないように。あと片《かた》づけをする時間《じかん》になったら、私《わたし》からそのように合図《あいず》します」

「一つの苗床《なえどこ》に四人《にん》――植《う》え替《か》えの鉢《はち》はここに充分《じゅうぶん》にあります――堆肥《たいひ》の袋《ふくろ》はここです――『毒《どく》触手草《しょくしゅそう》』に気《き》をつけること。歯《は》が生《は》えてきている最中《さいちゅう》ですから」

先生《せんせい》は話《はな》しながらとげだらけの暗赤色《あんせきしょく》の植物《しょくぶつ》をピシャリとたたいた。するとその植物《しょくぶつ》は、先生《せんせい》の肩《かた》の上《うえ》にそろそろと伸《の》ばしていた長《なが》い触手《しょくしゅ》を引《ひ》っ込《こ》めた。

ハリー、ロン、ハーマイオニーのグループに、髪《かみ》の毛《け》がくるくるとカールしたハッフルパフの男《おとこ》の子《こ》が加《くわ》わった。ハリーはその子《こ》に見覚《みおぼ》えがあったが、話《はな》したことはなかった。

「ジャスティン・フィンチ‐フレッチリーです」

男《おとこ》の子《こ》はハリーと握手《あくしゅ》しながら明《あか》るい声《こえ》で自己紹介《じこしょうかい》した。

「君《きみ》のことは知《し》ってますよ、もちろん。有名《ゆうめい》なハリー・ポッターだもの……。それに、君《きみ》はハーマイオニー・グレンジャーでしょう——何《なに》をやっても一番《いちばん》の……（ハーマイオニーも握手《あくしゅ》に応《おう》じながらニッコリした）。それから、ロン・ウィーズリー。あの空飛《そらと》ぶ車《くるま》、君《きみ》のじゃなかった？」

ロンはニコリともしなかった。「吠《ほ》えメール」のことがまだ引《ひ》っかかっていたらしい。

「ロックハートって、たいした人《ひと》ですよね？」

四人《にん》でそれぞれ鉢《はち》に、ドラゴンのフンの堆肥《たいひ》を詰《つ》め込《こ》みながらジャスティンがほがらかに言《い》った。

「ものすごく勇敢《ゆうかん》な人《ひと》です。彼《かれ》の本《ほん》、読《よ》みましたか？　僕《ぼく》でしたら、狼男《おおかみおとこ》に追《お》い詰《つ》められて電《でん》話ボックスに逃《に》げ込《こ》むような目《め》にあったら、恐怖《きょうふ》で死《し》んでしまう。ところが彼《かれ》ときたらクールで——バサッと——すてきだ」

「僕《ぼく》、ほら、あのイートン校《こう》に行《い》くことが決《き》まってましたけど、こっちの学校《がっこう》に来《こ》られて、ほんとにうれしい。もちろん母《はは》はちょっぴりがっかりしてましたけど、ロックハートの本《ほん》を読《よ》ませたら、母《はは》もだんだんわかってきたらしい。つまり家族《かぞく》の中《なか》にちゃんと訓練《くんれん》を受《う》けた魔法使《まほうつか》いがいると、どんなに便利《べんり》かってことが……」

それからは四人《にん》ともあまり話《はな》すチャンスがなくなった。耳当《みみあ》てをつけたし、マンドレイクに集中《しゅうちゅう》しなければならなかったからだ。スプラウト先生《せんせい》のときはずいぶん簡単《かんたん》そうに見《み》えたが、実際《じっさい》にはそうはいかなかった。マンドレイクは土《つち》の中《なか》から出《で》るのをいやがり、いったん出《で》ると元《もと》に戻《もど》りたがらなかった。もがいたり、けったり、とがった小《ちい》さな拳《こぶし》を振《ふ》り回《まわ》したり、ギリギリ歯《は》ぎしりしたりで、ハリーは特《とく》にまるまる太《ふと》ったのを鉢《はち》に押《お》し込《こ》むのに、ゆうに十分《ぷん》はかかった。

授業《じゅぎょう》が終《お》わるころには、ハリーもクラスの誰《だれ》もかれも、汗《あせ》まみれの泥《どろ》だらけで、体《からだ》があちこち痛《いた》んだ。みんなだらだらと城《しろ》まで歩《ある》いて戻《もど》り、サッと汚《よご》れを洗《あら》い落《お》とし、それからグリフィンドール生《せい》は変身術《へんしんじゅつ》のクラスに急《いそ》いだ。

マクゴナガル先生《せんせい》のクラスはいつも大変《たいへん》だったが、今日《きょう》はことさらに難《むずか》しかった。去年《きょねん》一年間《ねんかん》習《なら》ったことが、夏休《なつやす》みの間《あいだ》にハリーの頭《あたま》から溶《と》けて流《なが》れてしまったようだった。コガネムシをボタンに変《か》える課題《かだい》だったのに、ハリーの杖《つえ》をかいくぐって逃《に》げ回《まわ》るコガネムシに、机《つくえ》の上《うえ》でたっぷり運動《うんどう》させてやっただけだった。

ロンのほうがもっとひどかった。スペロテープを借《か》りて杖《つえ》を継《つ》ぎはぎしてみたものの、もう杖《つえ》は修理《しゅうり》できないほどに壊《こわ》れてしまったらしい。とんでもないときにパチパチ鳴《な》ったり、火花《ひばな》を散《ち》らしたりした。ロンがコガネムシを変身《へんしん》させようとするたびに、杖《つえ》は濃《こ》い灰色《はいいろ》の煙《けむり》でもくもくとロンを包《つつ》み込《こ》んだ。煙《けむり》はくさった卵《たまご》の臭《にお》いがした。煙《けむり》で手元《てもと》が見《み》えなくて、ロンはうっかりコガネムシをひじで押《お》しつぶしてしまい、新《あたら》しいのをもう一匹《ぴき》もらわなければならなかった。マクゴナガル先生《せんせい》は、ご機嫌斜《きげんなな》めだった。

昼休《ひるやす》みのベルが鳴《な》り、ハリーはホッとした。脳《のう》みそが、しぼったあとのスポンジのようになった気《き》がした。みんなはぞろぞろと教室《きょうしつ》を出《で》ていったが、ハリーとロンだけが取《と》り残《のこ》され、ロンはかんしゃくを起《お》こして、杖《つえ》をバンバン机《つくえ》にたたきつけていた。

「こいつめ……役立《やくた》たず……コンチキショー」

「家《いえ》に手紙《てがみ》を書《か》いて別《べつ》なのを送《おく》ってもらえば？」

杖《つえ》が連発花火《れんぱつはなび》のようにパンパン鳴《な》るのを聞《き》きながらハリーが言《い》った。

「あぁ、そうすりゃ、また『吠《ほ》えメール』が来《く》るさ。『杖《つえ》が折《お》れたのは、おまえが悪《わる》いからでしょう――』ってね」

今度《こんど》はシューシューいいはじめた杖《つえ》をかばんに押《お》し込《こ》みながら、ロンが答《こた》えた。

昼食《ちゅうしょく》の席《せき》で、ハーマイオニーが変身術《へんしんじゅつ》で作《つく》った完璧《かんぺき》なコートのボタンをいくつも二人《ふたり》に見《み》せつけるので、ロンはますます機嫌《きげん》を悪《わる》くした。

「午後《ごご》の授業《じゅぎょう》は何《なん》だっけ？」ハリーはあわてて話題《わだい》を変《か》えた。

「闇《やみ》の魔術《まじゅつ》に対《たい》する防衛術《ぼうえいじゅつ》よ」ハーマイオニーがすぐ答《こた》えた。

「君《きみ》、ロックハートの授業《じゅぎょう》を全部《ぜんぶ》小《ち》さいハートで囲《かこ》んであるけど、どうして？」ロンがハーマイオニーの時間割《じかんわり》を取《と》り上《あ》げて聞《き》いた。

ハーマイオニーは真《ま》っ赤《か》になって時間割《じかんわり》を引《ひ》ったくり返《かえ》した。

昼食《ちゅうしょく》を終《お》え、三人《にん》は中庭《なかにわ》に出《で》た。曇《くも》り空《ぞら》だった。ハーマイオニーは石段《いしだん》に腰《こし》かけて、『バンパイアとバッチリ船旅《ふなたび》』をまた夢中《むちゅう》になって読《よ》みはじめた。ハリーはロンと立《た》ち話《ばなし》でしばらくクィディッチのことを話《はな》していたが、ふとじっと見《み》つめられているような気《き》がした。目《め》を上《あ》げると、薄茶色《うすちゃいろ》の髪《かみ》をした小《ち》さな少年《しょうねん》が、その場《ば》にくぎづけになったようにじっとハリーを見《み》つめていた。ハリーはこの少年《しょうねん》が昨夜組分《さくやくみわ》け帽子《ぼうし》をかぶったところを見《み》た。少年《しょうねん》はマグルのカメラのような物《もの》をしっかりつかんでいて、ハリーが目《め》を向《む》けたとたん、顔《かお》を真《ま》っ赤《か》にした。

「ハリー、元気《げんき》？　僕《ぼく》——僕《ぼく》、コリン・クリービーといいます」

少年《しょうねん》はおずおずと一歩近《ぽちか》づいて、一息《ひといき》にそう言《い》った。

「僕《ぼく》も、グリフィンドールです。あの——もし、かまわなかったら——写真《しゃしん》を撮《と》ってもいいですか？」

カメラを持《も》ち上《あ》げて、少年《しょうねん》が遠慮《えんりょ》がちに頼《たの》んだ。

「写真《しゃしん》？」ハリーがオウム返《がえ》しに聞《き》いた。

「僕《ぼく》、あなたに会《あ》ったことを証明《しょうめい》したいんです」

コリン・クリービーはまた少《すこ》し近寄《ちかよ》りながら熱《ねっ》ぽく言《い》った。

「僕《ぼく》、あなたのことは何《なん》でも知《し》ってます。みんなに聞《き》きました。『例《れい》のあの人《ひと》』があなたを殺《ころ》そうとしたのに、生《い》き残《のこ》ったとか、『あの人《ひと》』が消《き》えてしまったとか、今《いま》でもあなたの額《ひたい》に稲妻形《いなずまがた》の傷《きず》があるとか（コリンの目《め》がハリーの額《ひたい》の生《は》え際《ぎわ》を探《さぐ》った）。同《おな》じ部屋《へや》の友達《ともだち》が、写真《しゃしん》をちゃんとした薬《くすり》で現像《げんぞう》したら、写真《しゃしん》が動《うご》くって教《おし》えてくれたんです」

コリンは興奮《こうふん》で震《ふる》えながら大《おお》きく息《いき》を吸《す》い込《こ》むと、一気《いっき》に言葉《ことば》を続《つづ》けた。

「この学校《がっこう》って、すばらしい。ねっ？　僕《ぼく》、いろいろ変《へん》なことができたんだけど、ホグワーツから手紙《てがみ》が来《く》るまでは、それが魔法《まほう》だってことを知《し》らなかったんです。僕《ぼく》のパパは牛乳配達《ぎゅうにゅうはいたつ》をしてて、やっぱり信《しん》じられなかった。だから、僕《ぼく》、写真《しゃしん》をたくさん撮《と》って、パパに送《おく》ってあげるんです。もし、あなたのが撮《と》れたら、ほんとにうれしいんだけど——」

コリンは懇願《こんがん》するような目《め》でハリーを見《み》た。

「あなたの友達《ともだち》に撮《と》ってもらえるなら、僕《ぼく》があなたと並《なら》んで立《た》ってもいいですか？　それから、写真《しゃしん》にサインしてくれますか？」

「サイン入《い》り写真《しゃしん》？　ポッター、君《きみ》はサイン入《い》り写真《しゃしん》を配《くば》ってるのかい？」

ドラコ・マルフォイの痛烈《つうれつ》な声《こえ》が中庭《なかにわ》に大《おお》きく響《ひび》き渡《わた》った。いつものように、デカくて狂暴《きょうぼう》そうなクラッブとゴイルを両脇《りょうわき》に従《したが》えて、マルフォイはコリンのすぐ後《うし》ろで立《た》ち止《ど》まった。

「みんな、並《なら》べよ！　ハリー・ポッターがサイン入《い》り写真《しゃしん》を配《くば》るそうだ！」

マルフォイが周《まわ》りに群《むら》がっていた生徒《せいと》たちに大声《おおごえ》で呼《よ》びかけた。

「僕《ぼく》はそんなことしていないぞ。マルフォイ、だまれ！」

ハリーは怒《おこ》って拳《こぶし》を握《にぎ》りしめながら言《い》った。

「君《きみ》、やきもちやいてるんだ」

コリンもクラッブの首《くび》の太《ふと》さぐらいしかない体《からだ》で言《い》い返《かえ》した。

「やいてる？」

マルフォイはもう大声《おおごえ》を出《だ》す必要《ひつよう》はなかった。中庭《なかにわ》にいた生徒《せいと》の半分《はんぶん》が耳《みみ》を傾《かたむ》けていた。

「何《なに》に？　僕《ぼく》は、ありがたいことに、額《ひたい》の真《ま》ん中《なか》に醜《みにく》い傷《きず》なんか必要《ひつよう》ないね。頭《あたま》をかち割《わ》られることで特別《とくべつ》な人間《にんげん》になるなんて、僕《ぼく》はそう思《おも》わないのでね」

クラッブとゴイルはクスクス薄《うす》らばか笑《わら》いをしていた。

「ナメクジでも食《く》らえ、マルフォイ」ロンがけんか腰《ごし》で言《い》った。クラッブは笑《わら》うのをやめ、トチの実《み》のようにゴツゴツとがったげんこつを脅《おど》すようになでさすりはじめた。

「言葉《ことば》に気《き》をつけるんだね、ウィーズリー」マルフォイがせせら笑《わら》った。「これ以上《いじょう》いざこざを起《お》こしたら、君《きみ》のママがお迎《むか》えに来《き》て、学校《がっこう》から連《つ》れて帰《かえ》るよ」

マルフォイは、かん高《だか》い突《つ》き刺《さ》すような声色《こわいろ》で「今度《こんど》ちょっとでも規則《きそく》を破《やぶ》ってごらん——」と言《い》った。

近《ちか》くにいたスリザリンの五年生《ねんせい》の一団《いちだん》が声《こえ》を上《あ》げて笑《わら》った。

「ポッター、ウィーズリーが君《きみ》のサイン入《い》り写真《しゃしん》が欲《ほ》しいってさ」

マルフォイがニヤニヤ笑《わら》いながら言《い》った。

「彼《かれ》の家《いえ》一軒分《けんぶん》よりもっと価値《かち》があるかもしれないな」

ロンはスペロテープだらけの杖《つえ》をサッと取《と》り出《だ》した。が、ハーマイオニーが『バンパイアとバッチリ船旅《ふなたび》』をパチンと閉《と》じて、「気《き》をつけて！」とささやいた。

「いったい何事《なにごと》かな？　いったいどうしたかな？」

ギルデロイ・ロックハートが大股《おおまた》でこちらに歩《ある》いてきた。トルコ石色《いしいろ》のローブをひらりとなびかせている。

「サイン入《い》りの写真《しゃしん》を配《くば》っているのは誰《だれ》かな？」

ハリーが口《くち》を開《あ》けかけたが、ロックハートはそれをさえぎるようにハリーの肩《かた》にサッと腕《うで》を回《まわ》し、陽気《ようき》な大声《おおごえ》を響《ひび》かせた。

「聞《き》くまでもなかった！　ハリー、また会《あ》ったね！」

ロックハートにはがいじめにされ、屈辱感《くつじょくかん》で焼《や》けるような思《おも》いをしながら、ハリーはマルフォイがニヤニヤしながら人垣《ひとがき》の中《なか》にスルリと入《はい》り込《こ》むのを見《み》た。

「さあ、撮《と》りたまえ。クリービー君《くん》」ロックハートがコリンにニッコリほほえんだ。

「二人一緒《ふたりいっしょ》のツーショットだ。最高《さいこう》だと言《い》えるね。しかも、君《きみ》のために二人《ふたり》でサインしよう」

コリンは大《おお》あわてでもたもたとカメラを構《かま》え写真《しゃしん》を撮《と》った。その時《とき》ちょうど午後《ごご》の授業《じゅぎょう》の始《はじ》まりを告《つ》げるベルが鳴《な》った。

「さあ、行《い》きたまえ。みんな急《いそ》いで」

ロックハートはそうみんなに呼《よ》びかけ、自分《じぶん》もハリーを抱《かか》えたまま城《しろ》へと歩《ある》きだした。ハリーははがいじめにされたまま、うまく消《き》え去《さ》る呪文《じゅもん》があればいいのにと思《おも》っていた。

「わかっているとは思《おも》うがね、ハリー」

城《しろ》の脇《わき》のドアから入《はい》りながら、ロックハートがまるで父親《ちちおや》のような言《い》い方《かた》をした。

「あのお若《わか》いクリービー君《くん》から、あそこで君《きみ》を護《まも》ってやったんだよ――もし、あの子《こ》が私《わたくし》の写真《しゃしん》も一緒《いっしょ》に撮《と》るのだったら、君《きみ》のクラスメートも君《きみ》が目立《めだ》ちたがっていると思《おも》わないでしょう……」

ハリーがもごもご言《い》うのをまったく無視《むし》して、ロックハートは廊下《ろうか》に生徒《せいと》がずらりと並《なら》んで見《み》つめる中《なか》を、ハリーを連《つ》れたままさっさと歩《ある》き、そのまま階段《かいだん》を上《あ》がった。

「一言言《ひとことい》っておきましょう。君《きみ》の経歴《けいれき》では、今《いま》の段階《だんかい》でサイン入《い》り写真《しゃしん》を配《くば》るのは賢明《けんめい》とは言《い》えないね——はっきり言《い》って、ハリー、すこーし思《おも》い上《あ》がりだよ。そのうち、私《わたくし》のように、どこへ行《い》くにも写真《しゃしん》を一束《ひとたば》準備《じゅんび》しておくことが必要《ひつよう》になる時《とき》がくるかもしれない。しかしですね——」ここでロックハートはカラカラッと満足《まんぞく》げに笑《わら》った。「君《きみ》はまだまだその段階《だんかい》ではないと思《おも》いますね」

教室《きょうしつ》の前《まえ》まで来《き》て、ロックハートはやっとハリーを放《はな》した。ハリーはローブをギュッと引《ひ》っ張《ぱ》ってしわを伸《の》ばしてから、一番後《いちばんうし》ろの席《せき》まで行《い》って、そこに座《すわ》り、脇目《わきめ》も振《ふ》らずにロックハートの本《ほん》を七冊全部《さつぜんぶ》、目《め》の前《まえ》に山《やま》のように積《つ》み上《あ》げた。そうすればロックハートの実物《じつぶつ》を見《み》ないですむ。

クラスメートが教室《きょうしつ》にドタバタと入《はい》ってきた。ロンとハーマイオニーが、ハリーの両脇《りょうわき》に座《すわ》った。

「顔《かお》で目玉焼《めだまや》きができそうだったよ」

ロンが言《い》った。

「クリービーとジニーがどうぞ出会《であ》いませんように、だね。じゃないと、二人《ふたり》でハリー・ポッター・ファンクラブを始《はじ》めちゃうよ」

「やめてくれよ」ハリーがさえぎるように言《い》った。

「ハリー・ポッター・ファンクラブ」なんて言葉《ことば》はロックハートには絶対聞《ぜったいき》かれたくない言葉《ことば》だ。

クラス全員《ぜんいん》が着席《ちゃくせき》すると、ロックハートは大《おお》きな咳払《せきばら》いをした。みんなしんとなった。ロックハートは生徒《せいと》のほうにやってきて、ネビル・ロングボトムの持《も》っていた『トロールとのとろい旅《たび》』を取《と》り上《あ》げ、ウィンクをしている自分自身《じぶんじしん》の写真《しゃしん》のついた表紙《ひょうし》を高々《たかだか》と掲《かか》げた。

「私《わたくし》です」本人《ほんにん》もウィンクしながら、ロックハートが言《い》った。

「ギルデロイ・ロックハート。勲《くん》三等《とう》マーリン勲章《くんしょう》、闇《やみ》の力《ちから》に対《たい》する防衛術連盟名誉会員《ぼうえいじゅつれんめいめいよかいいん》、そして、『週刊魔女《しゅうかんまじょ》』五回連続《かいれんぞく》『チャーミング・スマイル賞《しょう》』受賞《じゅしょう》——もっとも、私《わたくし》はそんな話《はなし》をするつもりではありませんよ。バンドンの泣《な》き妖怪《ようかい》バンシーを**スマイル**で追《お》い払《はら》ったわけじゃありませんしね！」

ロックハートはみんなが笑《わら》うのを待《ま》ったが、ごく数人《すうにん》があいまいに笑《わら》っただけだった。

「全員《ぜんいん》が私《わたくし》の本《ほん》を全巻《ぜんかん》そろえたようだね。たいへんよろしい。今日《きょう》は最初《さいしょ》にちょっとミニテストをやろうと思《おも》います、心配《しんぱい》ご無用《むよう》――君《きみ》たちがどのくらい私《わたくし》の本《ほん》を読《よ》んでいるか、どのくらい覚《おぼ》えているかをチェックするだけですからね」

テストペーパーを配《くば》り終《お》えると、ロックハートは教室《きょうしつ》の前《まえ》の席《せき》に戻《もど》って合図《あいず》した。

「三十分《ぷん》です。よーい、はじめ！」

ハリーはテストペーパーを見下《みお》ろし、質問《しつもん》を読《よ》んだ。

1　ギルデロイ・ロックハートの好《す》きな色《いろ》は何《なに》？
2　ギルデロイ・ロックハートのひそかな大望《たいもう》は何《なに》？
3　現時点《げんじてん》までのギルデロイ・ロックハートの業績《ぎょうせき》の中《なか》で、あなたは何《なに》が一番偉大《いちばんいだい》だと思《おも》うか？

こんな質問《しつもん》がえんえん三ページ、裏表《うらおもて》にわたって続《つづ》いた。最後《さいご》の質問《しつもん》はこうだ。

54　ギルデロイ・ロックハートの誕生日《たんじょうび》はいつで、理想的《りそうてき》な贈《おく》り物《もの》は何《なに》？

三十分後《ぷんご》、ロックハートは答案《とうあん》を回収《かいしゅう》し、クラス全員《ぜんいん》の前《まえ》でパラパラとそれをめくった。

「チッチッチ——私《わたくし》の好《す》きな色《いろ》はライラック色《いろ》だということを、ほとんど誰《だれ》も覚《おぼ》えていないようだね。『雪男《ゆきおとこ》とゆっくり一年《ねん》』の中《なか》でそう言《い》っているのに。『狼男《おおかみおとこ》との大《おお》いなる山歩《やまある》き』をもう少《すこ》ししっかり読《よ》まなければならない子《こ》も何人《なんにん》かいるようだ——第《だい》十二章《しょう》ではっきり書《か》いているように、私《わたくし》の誕生日《たんじょうび》の理想的《りそうてき》な贈《おく》り物《もの》は、魔法界《まほうかい》と、非魔法界《ひまほうかい》のハーモニーですね——もっとも、オグデンのオールド・ファイア・ウィスキーの大瓶《おおびん》でもお断《ことわ》りはいたしませんよ！」

ロックハートはもう一度《いちど》クラス全員《ぜんいん》にいたずらっぽくウィンクした。ロンは、もうあきれて物《もの》が言《い》えない、という表情《ひょうじょう》でロックハートを見《み》つめていた。前列《ぜんれつ》に座《すわ》っていたシェーマス・フィネガンとディーン・トーマスは声《こえ》を押《お》し殺《ころ》して笑《わら》っていた。ところが、ハーマイオニーはロックハートの言葉《ことば》にうっとりと聞《き》き入《い》っていて、突然《とつぜん》ロックハートが彼女《かのじょ》の名前《なまえ》を口《くち》にしたのでびくっとした。

「……ところが、ミス・ハーマイオニー・グレンジャーは、私《わたくし》のひそかな大望《たいもう》を知《し》ってましたね。この世界《せかい》から悪《あく》を追《お》い払《はら》い、ロックハート・ブランドの整髪剤《せいはつざい》を売《う》り出《だ》すことだとね——よくできました！　それに——」ロックハートは答案用紙《とうあんようし》を裏返《うらがえ》した。「満点《まんてん》です！　ミス・ハーマイオニー・グレンジャーはどこにいますか？」

ハーマイオニーの挙《あ》げた手《て》が震《ふる》えていた。

「すばらしい！」ロックハートがニッコリした。「まったくすばらしい！　グリフィンドールに十点《てん》あげましょう！　では、授業《じゅぎょう》ですが……」

ロックハートは机《つくえ》の後《うし》ろにかがみ込《こ》んで、覆《おお》いのかかった大《おお》きなかごを持《も》ち上《あ》げ、机《つくえ》の上《うえ》に置《お》いた。

「さあ――気《き》をつけて！　魔法界《まほうかい》の中《なか》で最《もっと》も汚《けが》れた生《い》き物《もの》と戦《たたか》う術《じゅつ》を授《さず》けるのが、私《わたくし》の役目《やくめ》なのです！　この教室《きょうしつ》で君《きみ》たちは、これまでにない恐《おそ》ろしい目《め》にあうことになるでしょう。ただし、私《わたくし》がここにいるかぎり、何《なに》ものも君《きみ》たちに危害《きがい》を加《くわ》えることはないと思《おも》いたまえ。落《お》ち着《つ》いているよう、それだけをお願《ねが》いしておきましょう」

ハリーはつい釣《つ》り込《こ》まれて、目《め》の前《まえ》に積《つ》み上《あ》げた本《ほん》の山《やま》の脇《わき》からのぞき、かごをよく見《み》ようとした。ロックハートが覆《おお》いに手《て》をかけた。ディーンとシェーマスはもう笑《わら》ってはいなかった。ネビルは一番前《いちばんまえ》の席《せき》で縮《ちぢ》こまっていた。

「どうか、叫《さけ》ばないようお願《ねが》いしたい。連中《れんちゅう》を挑発《ちょうはつ》してしまうかもしれないのでね」

ロックハートが低《ひく》い声《こえ》で言《い》った。

クラス全員《ぜんいん》が息《いき》を殺《ころ》した。ロックハートはパッと覆《おお》いを取《と》り払《はら》った。

「さあ、どうだ」ロックハートは芝居《しばい》じみた声《こえ》を出《だ》した。

「捕《と》らえたばかりのコーンウォール地方《ちほう》のピクシー小妖精《しょうようせい》」

シェーマス・フィネガンはこらえきれずにプッと噴《ふ》き出《だ》した。さすがのロックハートでさえ、これは恐怖《きょうふ》の叫《さけ》びとは聞《き》こえなかった。

「どうかしたかね？」ロックハートがシェーマスに笑《わら》いかけた。

「あの、こいつらが――あの、そんなに――危険《きけん》、なんですか？」

シェーマスは笑《わら》いを殺《ころ》すのに、むせ返《かえ》った。

「思《おも》い込《こ》みはいけません！」

ロックハートはシェーマスに向《む》かってたしなめるように指《ゆび》を振《ふ》った。

「連中《れんちゅう》はやっかいで危険《きけん》な小悪魔《こあくま》になりえますぞ！」

ピクシー小妖精《しょうようせい》は身《み》の丈《たけ》二十センチぐらいで群青色《ぐんじょういろ》をしていた。とんがった顔《かお》でキーキーとかん高《だか》い声《こえ》を出《だ》すので、インコの群《む》れが議論《ぎろん》しているような騒《さわ》ぎだった。覆《おお》いが取《と》り払《はら》われるやいなや、ペチャクチャしゃべりまくりながらかごの中《なか》をピュンピュン飛《と》び回《まわ》り、かごをガタガタいわせたり、近《ちか》くにいる生徒《せいと》に「アッカンベー」をしたりした。

「さあ、それでは」ロックハートが声《こえ》を張《は》り上《あ》げ、「君《きみ》たちがピクシーをどうあつかうかやってみましょう！」と、かごの戸《と》を開《あ》けた。

上《うえ》を下《した》への大騒《おおさわ》ぎ。ピクシーはロケットのように四方八方《しほうはっぽう》に飛《と》び散《ち》った。二匹《ひき》がネビルの両耳《りょうみみ》を引《ひ》っ張《ぱ》って空中《くうちゅう》に吊《つ》り上《あ》げた。数匹《すうひき》が窓《まど》ガラスを突《つ》き破《やぶ》って飛《と》び出《だ》し、後《うし》ろの席《せき》の生徒《せいと》にガラスの破片《はへん》の雨《あめ》をあびせた。教室《きょうしつ》に残《のこ》ったピクシーたちの破壊力《はかいりょく》ときたら、暴走《ぼうそう》するサイよりすごい。インク瓶《びん》を引《ひ》っつかみ、教室中《きょうしつじゅう》にインクを振《ふ》りまくし、本《ほん》やノートを引《ひ》き裂《さ》くし、壁《かべ》から写真《しゃしん》を引《ひ》っぺがすわ、ごみ箱《はこ》はひっくり返《かえ》すわ、本《ほん》やかばんを奪《うば》って破《やぶ》れた窓《まど》から外《そと》に放《ほう》り投《な》げるわ――数分後《すうふんご》、クラスの生徒《せいと》の半分《はんぶん》は机《つくえ》の下《した》に避難《ひなん》し、ネビルは天井《てんじょう》のシャンデリアからぶら下《さ》がって揺《ゆ》れていた。

「さあ、さあ、捕《つか》まえなさい。捕《つか》まえなさいよ。たかがピクシーでしょう……」

ロックハートが叫《さけ》んだ。

ロックハートは腕《うで》まくりして杖《つえ》を振《ふ》り上《あ》げ、「ペスキピクシペステルノミ！　ピクシー虫《むし》よ去《さ》れ！」と大声《おおごえ》を出《だ》した。

何《なん》の効果《こうか》もない。ピクシーが一匹《ぴき》、ロックハートの杖《つえ》を奪《うば》って、これも窓《まど》の外《そと》へ放《ほう》り投《な》げた。ロックハートはヒエッと息《いき》をのみ、自分《じぶん》の机《つくえ》の下《した》にもぐりこんだ。一秒遅《びょうおそ》かったら、天井《てんじょう》からシャンデリアごと落《お》ちてきたネビルに危《あや》うく押《お》しつぶされるところだった。

終業《しゅうぎょう》のベルが鳴《な》り、みんなワッと出口《でぐち》に押《お》しかけた。それが少《すこ》し収《おさ》まったころ、ロックハートが立《た》ち上《あ》がり、ちょうど教室《きょうしつ》から出《で》ようとしていたハリー、ロン、ハーマイオニーを見《み》つけて呼《よ》びかけた。

「さあ、その三人《にん》にお願《ねが》いしよう。その辺《へん》に残《のこ》っているピクシーをつまんで、かごに戻《もど》しておきなさい」

そして三人《にん》の脇《わき》をスルリと通《とお》り抜《ぬ》け、後《うし》ろ手《で》にすばやく戸《と》を閉《し》めてしまった。

「耳《みみ》を疑《うたが》うぜ」ロンは残《のこ》っているピクシーの一匹《ぴき》にいやというほど耳《みみ》をかまれながらうなった。

「私《わたし》たちに体験学習《たいけんがくしゅう》をさせたかっただけよ」ハーマイオニーは二匹一緒《ひきいっしょ》にてきぱきと「縛《しば》り術《じゅつ》」をかけて動《うご》けないようにし、かごに押《お》し込《こ》みながら言《い》った。

「**体験《たいけん》だって？**」ハリーは、ベーッと舌《した》を出《だ》して「ここまでおいで」をしているピクシーを追《お》いかけながら言《い》った。

「ハーマイオニー、ロックハートなんて、自分《じぶん》のやっていることが自分《じぶん》で全然《ぜんぜん》わかってなかったんだよ」

「ちがうわ。彼《かれ》の本《ほん》、読《よ》んだでしょ——彼《かれ》って、あんなに目《め》の覚《さ》めるようなことをやってるじゃない……」

「ご本人《ほんにん》はやったと**おっしゃいますがね**」ロンがつぶやいた。

第《だい》7章《しょう》 穢《けが》れた血《ち》と幽《かす》かな声《こえ》

それから二、三日《にち》は、ギルデロイ・ロックハートが廊下《ろうか》を歩《ある》いてくるのが見《み》えるたびに、サッと隠《かく》れるという手《て》のくり返《かえ》しで、ハリーはずいぶん時間《じかん》を取《と》られた。それよりやっかいなのがコリン・クリービーだった。どうもハリーの時間割《じかんわり》を暗記《あんき》しているらしい。「ハリー、元気《げんき》かい？」と一日《にち》に六回《かい》も七回《かい》も呼《よ》びかけ、「やあ、コリン」とハリーに返事《へんじ》をしてもらうだけで、たとえハリーがどんなに迷惑《めいわく》そうな声《こえ》を出《だ》そうが、コリンは最高《さいこう》にわくわくしているようだった。

ヘドウィグはあのひどくみじめな空《そら》のドライブのことで、ハリーに腹《はら》を立《た》てっぱなしだったし、ロンの杖《つえ》は相変《あいか》わらず使《つか》い物《もの》にならなかった。金曜日《きんようび》の午前《ごぜん》、「妖精《ようせい》の呪文《じゅもん》」の授業中《じゅぎょうちゅう》に、杖《つえ》はキレてロンの手《て》から飛《と》び出《だ》し、小《ちい》さな老教授《ろうきょうじゅ》、フリットウィック先生《せんせい》の眉間《みけん》にまともに当《あ》たり、そこが大《おお》きく腫《は》れ上《あ》がって、ずきずき痛《いた》そうな緑色《みどりいろ》のこぶを作《つく》った。あれやこれやで、ハリーはやっと週末《しゅうまつ》になってホッとした。土曜日《どようび》の午前中《ごぜんちゅう》に、ロンやハーマイオニーと一緒《いっしょ》に、ハリーはハグリッドを訪《たず》ねる予定《よてい》だった。ところが、起《お》きたいと思《おも》っていた時間《じかん》より数時間《すうじかん》も早《はや》く、グリフィンドール・クィディッチ・チームのキャプテン、オリバー・ウッドに揺《ゆ》り起《お》こされた。

「にゃにごとなの？」とハリーは寝《ね》ぼけ声《ごえ》を出《だ》した。

「クィディッチの練習《れんしゅう》だ！　起《お》きろ！」ウッドがどなった。

ハリーは薄目《うすめ》を開《あ》けて窓《まど》のほうを見《み》た。ピンクと金色《きんいろ》の空《そら》にうっすらと朝《あさ》もやがかかっている。目《め》が覚《さ》めてみれば、こんなに鳥《とり》が騒《さわ》がしく鳴《な》いているのに、よく寝《ね》ていられたものだと思《おも》った。

「オリバー、夜《よる》が明《あ》けたばかりじゃないか」ハリーはかすれ声《ごえ》で言《い》った。

「そのとおり」

ウッドは背《せ》が高《たか》くたくましい六年生《ねんせい》で、その目《め》は、今《いま》や普通《ふつう》とは思《おも》えない情熱《じょうねつ》でギラギラ輝《かがや》いていた。

「これも新《あたら》しい練習計画《れんしゅうけいかく》の一部《いちぶ》だ。さあ、箒《ほうき》を持《も》て。行《い》くぞ」ウッドが威勢《いせい》よく言《い》った。

「ほかのチームはまだどこも練習《れんしゅう》を開始《かいし》していない。今年《ことし》は我々《われわれ》が一番乗《いちばんの》りだ……」

あくびと一緒《いっしょ》に、少《すこ》し身震《みぶる》いしながら、ハリーはベッドから降《お》りて、クィディッチ用《よう》のローブを探《さが》した。

「それでこそ男《おとこ》だ。十五分後《ふんご》にピッチで会《あ》おう」とウッドが言《い》った。

チームのユニフォーム、深紅《しんく》のローブを探《さが》し出《だ》し、寒《さむ》いのでその上《うえ》にマントを着《き》た。ロンに走《はし》り書《が》きで行《い》き先《さき》を告《つ》げるメモを残《のこ》し、ハリーはニンバス２０００を肩《かた》に、らせん階段《かいだん》を下《お》り、談《だん》話室《わしつ》へ向《む》かった。肖像画《しょうぞうが》の穴《あな》に着《つ》いたその時《とき》、後《うし》ろでガタガタ音《おと》がしたかと思《おも》うと、コリン・クリービーが、らせん階段《かいだん》を転《ころ》がるようにかけ下《お》りてきた。首《くび》からかけたカメラがぶらんぶらんと大《おお》きく揺《ゆ》れ、手《て》には何《なに》かを握《にぎ》りしめていた。

「階段《かいだん》のところで誰《だれ》かがあなたの名前《なまえ》を呼《よ》ぶのが聞《き》こえたんだ。ハリー！　これ、何《なん》だかわかる？　現像《げんぞう》したんだ。あなたにこれ見《み》せたくて――」

コリンが得意《とくい》げにひらひらさせている写真《しゃしん》を、ハリーは何《なん》だかわからないままにのぞいた。白黒写真《しろくろしゃしん》のロックハートが、誰《だれ》かの腕《うで》をぐいぐい引《ひ》っ張《ぱ》っている。ハリーはそれが自分《じぶん》の腕《うで》だとわかった。写真《しゃしん》のハリーがなかなかがんばって、画面《がめん》に引《ひ》き込《こ》まれまいと抵抗《ていこう》しているのを見《み》てハリーはうれしくなった。ハリーが写真《しゃしん》を見《み》ているうちに、ロックハートはついにあきらめ、ハーハー息《いき》を切《き》らしながら、写真《しゃしん》の白枠《しろわく》にもたれてへたり込《こ》んだ。

「これにサインしてくれる？」

コリンが拝《おが》むように言《い》った。

「ダメ」

即座《そくざ》に断《ことわ》りながら、ハリーはあたりを見回《みまわ》し、ほんとうに誰《だれ》も談話室《だんわしつ》にいないかどうかたしかめた。

「ごめんね、コリン。急《いそ》ぐんだ――クィディッチの練習《れんしゅう》で」

ハリーは肖像画《しょうぞうが》の穴《あな》をよじ登《のぼ》った。

「うわっ！　待《ま》ってよ！　クィディッチって、僕《ぼく》、見《み》たことないんだ！」

コリンも肖像画《しょうぞうが》の穴《あな》をはい上《あ》がってついてきた。

「きっと、ものすごくつまんないよ」

ハリーはあわてて言《い》ったが、コリンの耳《みみ》には入《はい》らない。興奮《こうふん》で顔《かお》を輝《かがや》かせていた。

「あなたって、この百年間《ねんかん》で最年少《さいねんしょう》の寮代表選手《りょうだいひょうせんしゅ》なんだって？　ね、ハリー、そうなの？」

コリンはハリーと並《なら》んでトコトコ小走《こばし》りになった。

「あなたって、きっとものすごくうまいんだね。僕《ぼく》、飛《と》んだことないんだ。簡単《かんたん》？　それ、あなたの箒《ほうき》なの？　それって、一番《いちばん》いいやつなの？」

ハリーはどうやってコリンを追《お》っ払《ぱら》えばいいのか、とほうにくれた。まるで、恐《おそ》ろしくおしゃべりな自分《じぶん》の影法師《かげぼうし》につきまとわれているようだった。

コリンは息《いき》をはずませてしゃべり続《つづ》けている。

「クィディッチって、僕《ぼく》、あんまり知《し》らないんだ。ボールが四つあるってほんと？　そしてそのうちの二つが、飛《と》び回《まわ》って、選手《せんしゅ》を箒《ほうき》からたたき落《お》とすんだって？」

「そうだよ」

ハリーはやれやれとあきらめて、クィディッチの複雑《ふくざつ》なルールについて説明《せつめい》することにした。

「そのボールはブラッジャーっていうんだ。チームには二人《ふたり》のビーターがいて、クラブっていう棍棒《こんぼう》でブラッジャーをたたいて、自分《じぶん》のチームからブラッジャーを追《お》っ払《ぱら》うんだ。フレッドとジョージ・ウィーズリーがグリフィンドールのビーターだよ」

「それじゃ、ほかのボールは何《なん》のためなの？」

コリンはポカッと口《くち》を開《あ》けたままハリーに見《み》とれて、階段《かいだん》を二、三段踏《だんふ》みはずしそうになりながら聞《き》いた。

「えーと、まずクアッフル――一番大《いちばんおお》きい赤《あか》いやつ――これをゴールに入《い》れて点《てん》を取《と》る。各《かく》チームにチェイサーが三人《にん》いて、クアッフルをパスし合《あ》って、コートの端《はし》にあるゴールを通過《つうか》させる――ゴールって、てっぺんに輪《わ》っかがついた長《なが》い柱《はしら》で、両端《りょうたん》に三本《ぼん》ずつ立《た》ってる」

「それで四番目《ばんめ》のボールが――」

「金色《きんいろ》のスニッチだよ」

ハリーがあとを続《つづ》けた。

「とても小《ちい》さいし、速《はや》くって、捕《つか》まえるのは難《むずか》しい。だけどシーカーはそれを捕《つか》まえなくちゃいけないんだ。だって、クィディッチの試合《しあい》は、スニッチを捕《つか》まえるまでは終《お》わらないんだ。シーカーがスニッチを捕《つか》まえたほうのチームには百五十点加算《てんかさん》される」

「そして、あなたはグリフィンドールのシーカーなんだ。ね？」

コリンは尊敬《そんけい》のまなざしで言《い》った。

「そうだよ」

二人《ふたり》は城《しろ》をあとにし、朝《あさ》つゆでしっとりぬれた芝生《しばふ》を横切《よこぎ》りはじめた。

「それからキーパーがいる。ゴールを守《まも》るんだ。それでだいたいおしまいだよ。うん」

それでもコリンは質問《しつもん》をやめなかった。芝生《しばふ》の斜面《しゃめん》を下《お》りる間《あいだ》も、クィディッチ競技場《きょうぎじょう》に着《つ》くまでずっとハリーを質問攻《しつもんぜ》めにし、やっと振《ふ》り払《はら》うことができたのは、更衣室《こういしつ》にたどり着《つ》いたときだった。

「僕《ぼく》、いい席《せき》を取《と》りに行《い》く！」コリンはハリーの後《うし》ろから上《うわ》ずった声《こえ》で呼《よ》びかけ、スタンドのほうに走《はし》って行《い》った。

グリフィンドールの選手《せんしゅ》たちはもう更衣室《こういしつ》に来《き》ていた。バッチリ目覚《めざ》めているのはウッドだけのようだった。フレッドとジョージは腫《は》れぼったい目《め》で、くしゃくしゃ髪《がみ》のまま座《すわ》り込《こ》んでいたし、その隣《となり》の四年生《ねんせい》のチェイサー、アリシア・スピネットときたら、後《うし》ろの壁《かべ》にもたれてこっくりこっくりしているようだった。そのむかい側《がわ》で、チェイサー仲間《なかま》のケイティ・ベルとアンジェリーナ・ジョンソンが並《なら》んであくびをしていた。

「遅《おそ》いぞハリー。どうかしたか？」

ウッドがきびきびと言《い》った。

「ピッチに出《で》る前《まえ》に、諸君《しょくん》に手短《てみじか》に説明《せつめい》しておこう。ひと夏《なつ》かけて、まったく新《あたら》しい練習方法《れんしゅうほうほう》を編《あ》み出《だ》したんだ。これなら絶対《ぜったい》、今《いま》までとはできがちがう……」

ウッドはクィディッチ・ピッチの大《おお》きな図《ず》を掲《かか》げた。図《ず》には線《せん》やら矢印《やじるし》やらバッテンがいくつも、色《いろ》とりどりのインクで書《か》き込《こ》まれている。ウッドが杖《つえ》を取《と》り出《だ》して図《ず》をたたくと、矢印《やじるし》が図《ず》の上《うえ》で毛虫《けむし》のようにもぞもぞ動《うご》きはじめた。ウッドが新戦略《しんせんりゃく》についての演説《えんぜつ》をぶち上《あ》げはじめると、フレッド・ウィーズリーの頭《あたま》がことんとアリシア・スピネットの肩《かた》に乗《の》っかり、いびきをかきはじめた。

一枚目《まいめ》の説明《せつめい》にほとんど二十分《ぷん》かかった。その下《した》から二枚目《まいめ》、さらに三枚目《まいめ》が出《で》てきた。ウッドがえんえんとぶち上《あ》げ続《つづ》けるのを聞《き》きながら、ハリーは、ぼうっと夢見心地《ゆめみごこち》になっていった。

「ということで――」

やっとのことで、ウッドがそう言《い》うのが聞《き》こえ、今《いま》ごろ城《しろ》ではどんな朝食《ちょうしょく》を食《た》べているんだろうと、おいしい空想《くうそう》にふけっていたハリーは、突然現実《とつぜんげんじつ》に引《ひ》き戻《もど》された。

「諸君《しょくん》、わかったか？　質問《しつもん》は？」

「質問《しつもん》、オリバー」

急《きゅう》に目《め》が覚《さ》めたジョージが聞《き》いた。

「今《いま》まで言《い》ったこと、どうしてきのうのうちに、俺《おれ》たちが起《お》きてるうちに、言《い》ってくれなかったんだい？」

ウッドはむっとした。

「いいか、諸君《しょくん》、よく聞《き》けよ」ウッドはみんなをにらみつけながら言《い》った。

「我々《われわれ》は去年《きょねん》クィディッチ杯《はい》に勝《か》つはずだったんだ。まちがいなく最強《さいきょう》のチームだった。残念《ざんねん》ながら、我々《われわれ》の力《ちから》ではどうにもならない事態《じたい》が起《お》きて……」

ハリーは申《もう》し訳《わけ》なさにもじもじした。昨年《さくねん》のシーズン最後《さいご》の試合《しあい》のとき、ハリーは意識不明《いしきふめい》で、医務室《いむしつ》にいた。グリフィンドールは選手一人欠場《せんしゅひとりけつじょう》のまま、この三百年来《ねんらい》、最悪《さいあく》という大敗北《だいはいぼく》に泣《な》いた。

ウッドは平静《へいせい》を取《と》り戻《もど》すのに、一瞬間《いっしゅんま》を置《お》いた。前回《ぜんかい》の大敗北《だいはいぼく》がウッドを今《いま》でも苦《くる》しめているにちがいない。

「だから、今年《ことし》は今《いま》までより厳《きび》しく練習《れんしゅう》したい……よーし、行《い》こうか。新《あたら》しい戦術《せんじゅつ》を実践《じっせん》するんだ！」

ウッドは大声《おおごえ》でそう言《い》うなり、箒《ほうき》をぐいとつかみ、先頭《せんとう》を切《き》って更衣室《こういしつ》から出《で》ていった。ほかの選手《せんしゅ》たちは、足《あし》を引《ひ》きずり、あくびを連発《れんぱつ》しながらあとに続《つづ》いた。

ずいぶん長《なが》い間更衣室《あいだこういしつ》にいたので、競技場《きょうぎじょう》の芝生《しばふ》にはまだ名残《なごり》の霧《きり》が漂《ただよ》ってはいたが、太陽《たいよう》はもうしっかり昇《のぼ》っていた。ピッチを歩《ある》きながら、ハリーはロンとハーマイオニーがスタンドに座《すわ》っているのを見《み》つけた。

「まだ終《お》わってないのかい？」ロンが信《しん》じられないという顔《かお》をした。

「まだ始《はじ》まってもいないんだよ。ウッドが新《あたら》しい動《うご》きを教《おし》えてくれてたんだ」

ロンとハーマイオニーが大広間《おおひろま》から持《も》ち出《だ》してきたマーマレード・トーストをハリーはうらやましそうな目《め》で見《み》た。

箒《ほうき》にまたがり、ハリーは地面《じめん》をけって空中《くうちゅう》に舞《ま》い上《あ》がった。冷《つめ》たい朝《あさ》の空気《くうき》が顔《かお》を打《う》ち、ウッドの長《なが》たらしい演説《えんぜつ》よりずっと効果的《こうかてき》な目覚《めざ》ましだった。クィディッチ・ピッチにまた戻《もど》ってきた。なんてすばらしいんだろう。ハリーはフレッドやジョージと競争《きょうそう》しながら競技場《きょうぎじょう》の周《まわ》りを全《ぜん》速力《そくりょく》で飛《と》び回《まわ》った。

「カシャッカシャッて変《へん》な音《おと》がするけど、何《なん》だろ？」

コーナーを回《まわ》り込《こ》みながらフレッドが言《い》った。

ハリーがスタンドのほうを見《み》ると、コリンだった。最後部《さいこうぶ》の座席《ざせき》に座《すわ》って、カメラを高《たか》く掲《かか》げ、次《つぎ》から次《つぎ》と写真《しゃしん》を撮《と》りまくっている。人気《ひとけ》のない競技場《きょうぎじょう》で、その音《おと》が異常《いじょう》に大《おお》きく聞《き》こえた。

「こっちを向《む》いて、ハリー！　こっちだよ！」コリンは黄色《きいろ》い声《こえ》を出《だ》した。

「誰《だれ》だ？　あいつ」とフレッドが言《い》った。

「全然《ぜんぜん》知《し》らない」

ハリーはうそをついた。そして、スパートをかけ、コリンからできるだけ離《はな》れた。

「いったいなんだ？　あれは」

しかめっ面《つら》でウッドが二人《ふたり》のほうへ、スイーッと風《かぜ》に乗《の》って飛《と》んできた。

「なんであの一年坊主《ねんぼうず》は写真《しゃしん》を撮《と》ってるんだ？　気《き》に入《い》らないなあ。我々《われわれ》の新《あたら》しい練習方法《れんしゅうほうほう》を盗《ぬす》みにきた、スリザリンのスパイかもしれないぞ」

「あの子《こ》、グリフィンドールだよ」ハリーはあわてて言《い》った。

「それに、オリバー、スリザリンにスパイなんて必要《ひつよう》ないぜ」とジョージも言《い》った。

「なんでそんなことが言《い》えるんだ？」ウッドは短気《たんき》になった。

「ご本人《ほんにん》たちがお出《で》ましさ」

ジョージが指差《ゆびさ》したほうを見《み》ると、グリーンのローブを着込《きこ》んで、箒《ほうき》を手《て》に、数人《すうにん》がピッチに入《はい》ってくるところだった。

「そんなはずはない」ウッドが怒《いか》りで歯《は》ぎしりした。

「ピッチを今日《きょう》予約《よやく》してるのは僕《ぼく》だ。話《はなし》をつけてくる！」

ウッドは一直線《いっちょくせん》に地面《じめん》に向《む》かった。怒《いか》りのため、着地《ちゃくち》で勢《いきお》いあまって突《つ》っ込《こ》み気味《ぎみ》になり、箒《ほうき》から降《お》りるときも少《すこ》しよろめいた。ハリー、フレッド、ジョージもウッドに続《つづ》いた。

「フリント！」

ウッドはスリザリンのキャプテンに向《む》かってどなった。

「我々《われわれ》の練習《れんしゅう》時間《じかん》だ。そのために特別《とくべつ》に早起《はやお》きしたんだ！今《いま》すぐ立《た》ち去《さ》ってもらおう！」

マーカス・フリントは、ウッドよりさらに大《おお》きい。トロール並《な》みのずるそうな表情《ひょうじょう》を浮《う》かべ、

「ウッド、俺《おれ》たち全部《ぜんぶ》が使《つか》えるぐらい広《ひろ》いだろ」と答《こた》えた。

アンジェリーナ、アリシア、ケイティもやってきた。

スリザリンには女子選手《じょしせんしゅ》は一人《ひとり》もいない――グリフィンドールの選手《せんしゅ》の前《まえ》に肩《かた》と肩《かた》をくっつけ

て立《た》ちはだかり、全員《ぜんいん》がニヤニヤしている。

「いや、このピッチは僕《ぼく》が予約《よやく》したんだ！」怒《いか》りでつばを飛《と》び散《ち》らしながらウッドが叫《さけ》んだ。

「僕《ぼく》が予約《よやく》したんだぞ！」

「ヘン、こっちにはスネイプ先生《せんせい》が、特別《とくべつ》にサインしてくれたメモがあるぞ。『私《わたくし》、スネイプ教《きょう》授《じゅ》は、本日《ほんじつ》クィディッチ・ピッチにおいて、新人《しんじん》シーカーを教育《きょういく》する必要《ひつよう》があるため、スリザリン・チームが練習《れんしゅう》することを許可《きょか》する』」

「新《あたら》しいシーカーだって？　どこに？」ウッドの注意《ちゅうい》がそれた。

目《め》の前《まえ》の大《おお》きな六人《にん》の後《うし》ろから、小《ちい》さな七番目《ばんめ》が現《あらわ》れた。青白《あおじろ》いとがった顔《かお》いっぱいに得意《とくい》げな笑《わら》いを浮《う》かべている。ドラコ・マルフォイだった。

「ルシウス・マルフォイの息子《むすこ》じゃないか」フレッドが嫌悪感《けんおかん》をむき出《だ》しにした。

「ドラコの父親《ちちおや》を持《も》ち出《だ》すとは、偶然《ぐうぜん》の一致《いっち》だな」

フリントの言葉《ことば》で、スリザリン・チーム全員《ぜんいん》がますますニヤニヤした。

「その方《かた》がスリザリン・チームにくださったありがたい贈《おく》り物《もの》を見《み》せてやろうじゃないか」

七人全員《にんぜんいん》がそろって自分《じぶん》の箒《ほうき》を突《つ》き出《だ》した。七本《ほん》ともピカピカに磨《みが》き上《あ》げられた新品《しんぴん》の柄《え》に、美《うつく》しい金文字《きんもじ》で銘《めい》が書《か》かれている。

ニンバス2001

グリフィンドール選手《せんしゅ》の鼻先《はなさき》でその文字《もじ》は朝《あさ》の光《ひかり》を受《う》けて輝《かがや》いていた。

「最新型《さいしんがた》だ。先月出《せんげつで》たばかりさ」

フリントは無造作《むぞうさ》にそう言《い》って、自分《じぶん》の箒《ほうき》の先《さき》についていたほこりのかけらを指《ゆび》でヒョイと払《はら》った。

「旧型《きゅうがた》2000シリーズに対《たい》して相当水《そうとうみず》をあけるはずだ。旧型《きゅうがた》のクリーンスイープに対《たい》しては」

フリントはクリーンスイープ5号《ごう》を握《にぎ》りしめているフレッドとジョージを鼻先《はなさき》で笑《わら》った。

「2001がクリーンに圧勝《あっしょう》」

グリフィンドール・チームは一瞬誰《いっしゅんだれ》も言葉《ことば》が出《で》なかった。マルフォイはますます得意《とくい》げにニターッと笑《わら》い、冷《つめ》たい目《め》が二本《ほん》の糸《いと》のようになった。

「おい、見《み》ろよ。ピッチ乱入《らんにゅう》だ」フリントが言《い》った。

ロンとハーマイオニーが何事《なにごと》かと様子《ようす》を見《み》に、芝生《しばふ》を横切《よこぎ》ってこっちに向《む》かっていた。

「どうしたんだい？　どうして練習《れんしゅう》しないんだよ。それに、あいつ、こんなとこで何《なに》してるんだい？」

ロンはスリザリンのクィディッチ・ローブを着《き》ているマルフォイのほうを見《み》て言《い》った。

「ウィーズリー、僕《ぼく》はスリザリンの新《あたら》しいシーカーだ」

マルフォイは満足《まんぞく》げに言《い》った。

「僕《ぼく》の父上《ちちうえ》が、チーム全員《ぜんいん》に買《か》ってあげた箒《ほうき》を、みんなで称賛《しょうさん》していたところだよ」

ロンは目《め》の前《まえ》に並《なら》んだ七本《ほん》の最高級《さいこうきゅう》の箒《ほうき》を見《み》て、口《くち》をあんぐり開《あ》けた。

「いいだろう？」マルフォイがこともなげに言《い》った。

「だけど、グリフィンドール・チームも資金集《しきんあつ》めして新《あたら》しい箒《ほうき》を買《か》えばいい。クリーンスイープ5号《ごう》を慈善事業《じぜんじぎょう》の競売《きょうばい》にかければ、博物館《はくぶつかん》が欲《ほ》しがるだろうよ」

スリザリン・チームは大爆笑《だいばくしょう》だ。

「少《すく》なくとも、グリフィンドールの選手《せんしゅ》は、誰一人《だれひとり》としてお金《かね》で選《えら》ばれたりしてないわ。こっちは純粋《じゅんすい》に才能《さいのう》で選手《せんしゅ》になったのよ」

ハーマイオニーがきっぱりと言《い》った。

マルフォイの自慢顔《じまんがお》がちらりとゆがんだ。

「誰《だれ》もおまえの意見《いけん》なんか求《もと》めてない。生《う》まれそこないの『穢《けが》れた血《ち》』め」

マルフォイが吐《は》き捨《す》てるように言《い》い返《かえ》した。

とたんにごうごうと声《こえ》が上《あ》がったので、マルフォイがひどい悪態《あくたい》をついたらしいことは、ハリーにもすぐわかった。フレッドとジョージはマルフォイに飛《と》びかかろうとしたし、それを食《く》い止《と》めるため、フリントが急《いそ》いでマルフォイの前《まえ》に立《た》ちはだかった。

アリシアは「よくもそんなことを！」と金切《かなき》り声《ごえ》を上《あ》げた。ロンはローブに手《て》を突《つ》っ込《こ》み、ポケットから杖《つえ》を取《と》り出《だ》し、「マルフォイ、思《おも》い知《し》れ！」と叫《さけ》んで、カンカンになってフリントのわきの下《した》からマルフォイの顔《かお》に向《む》かって杖《つえ》を突《つ》きつけた。

バーンという大《おお》きな音《おと》が競技場中《きょうぎじょうじゅう》にこだまし、緑《みどり》の閃光《せんこう》が、ロンの杖先《つえさき》ではなく反対側《はんたいがわ》から飛《と》び出《だ》し、ロンの胃《い》のあたりに当《あ》たった。ロンはよろめいて芝生《しばふ》の上《うえ》に尻《しり》もちをついた。

「ロン！　ロン！　大丈夫《だいじょうぶ》？」ハーマイオニーが悲鳴《ひめい》を上《あ》げた。

ロンは口《くち》を開《ひら》いたが、言葉《ことば》が出《で》てこない。かわりにとてつもないゲップが一発《ぱつ》と、ナメクジが数匹《すうひき》ボタボタとひざにこぼれ落《お》ちた。

スリザリン・チームは笑《わら》い転《ころ》げた。フリントなど、新品《しんぴん》の箒《ほうき》にすがって腹《はら》をよじって笑《わら》い、マルフォイは四《よ》つんばいになり、拳《こぶし》で地面《じめん》をたたきながら笑《わら》っていた。グリフィンドールの仲間《なかま》は、ぬめぬめ光《ひか》る大《おお》ナメクジを次々《つぎつぎ》と吐《は》き出《だ》しているロンの周《まわ》りに集《あつ》まりはしたが、誰《だれ》もロンに触《ふ》れたくはないようだった。

「ハグリッドのところに連《つ》れていこう。一番近《いちばんちか》いし」

ハリーがハーマイオニーに呼《よ》びかけた。ハーマイオニーは勇敢《ゆうかん》にうなずき、二人《ふたり》でロンの両側《りょうがわ》から腕《うで》をつかんで助《たす》け起《お》こした。

「ハリー、どうしたの？　ねえ、どうしたの？　病気《びょうき》なの？　でもあなたなら治《なお》せるよね？」

コリンがスタンドからかけ下《お》りてきて、グラウンドから出《で》て行《い》こうとする三人《にん》にまつわりついて周《まわ》りを跳《と》びはねた。ロンがゲボッと吐《は》いて、またナメクジがボタボタと落《お》ちてきた。

「おわぁー」コリンは感心《かんしん》してカメラを構《かま》えた。

「ハリー、動《うご》かないように押《お》さえててくれる？」

「コリン、そこをどいて！」

ハリーはコリンを叱《しか》りつけ、ハーマイオニーと一緒《いっしょ》にロンを抱《かか》えて競技場《きょうぎじょう》を抜《ぬ》け、森《もり》のほうに向《む》かった。

森番《もりばん》の小屋《こや》が見《み》えてきた。

「もうすぐよ、ロン。すぐ楽《らく》になるから……もうすぐそこだから……」

ハーマイオニーがロンを励《はげ》ました。

あと五、六メートルというときに、小屋《こや》の戸《と》が開《ひら》いた。が、中《なか》から出《で》てきたのはハグリッドではなかった。今日《きょう》は薄《うす》い藤色《ふじいろ》のローブをまとって、ロックハートがさっそうと現《あらわ》れた。

「早《はや》く、こっちに隠《かく》れて」

ハリーはそうささやいて、脇《わき》のしげみにロンを引《ひ》っ張《ぱ》り込《こ》んだ。ハーマイオニーはなんだかしぶしぶ従《したが》った。

「やり方《かた》さえわかっていれば簡単《かんたん》なことですよ」

ロックハートが声高《こわだか》にハグリッドに何《なに》か言《い》っている。

「助《たす》けてほしいことがあれば、いつでも私《わたくし》のところにいらっしゃい！　私《わたくし》の著書《ちょしょ》を一冊進呈《さっしんてい》しましょう――まだ持《も》っていないとは驚《おどろ》きましたね。今夜《こんや》サインをして、こちらに送《おく》りますよ。では、おいとましましょう！」

ロックハートは城《しろ》のほうにさっそうと歩《ある》き去《さ》った。

ハリーはロックハートの姿《すがた》が見《み》えなくなるまで待《ま》って、それからロンをしげみの中《なか》から引《ひ》っ張《ぱ》り出《だ》し、ハグリッドの小屋《こや》の戸口《とぐち》まで連《つ》れていった。そしてあわただしく戸《と》をたたいた。

ハグリッドがすぐに出《で》てきた。不機嫌《ふきげん》な顔《かお》だったが、客《きゃく》が誰《だれ》だかわかったとたん、パッと顔《かお》が輝《かがや》いた。

「いつ来《く》るんか、いつ来《く》るんかと待《ま》っとったぞ――さあ入《はい》った、入《はい》った――実《じつ》はロックハート先生《せんせい》がまーた来《き》たかと思《おも》ったんでな」

ハリーとハーマイオニーはロンを抱《かか》えて敷居《しきい》をまたがせ、一部屋《ひとへや》しかない小屋《こや》に入《はい》った。片隅《かたすみ》には巨大《きょだい》なベッドがあり、反対《はんたい》の隅《すみ》には楽《たの》しげに暖炉《だんろ》の火《ひ》がはぜていた。ハリーはロンを椅子《いす》に座《すわ》らせながら、手短《てみじか》に事情《じじょう》を説明《せつめい》したが、ハグリッドはロンのナメクジ問題《もんだい》にまったく動《どう》じなかった。

「出《で》てこんよりは出《で》たほうがええ」

ロンの前《まえ》に大《おお》きな銅《どう》の洗面器《せんめんき》をポンと置《お》き、ハグリッドはほがらかに言《い》った。

「ロン、みんな吐《は》いっちまえ」

「止《と》まるのを待《ま》つほか手《て》がないと思《おも》うわ」

洗面器《せんめんき》の上《うえ》にかがみ込《こ》んでいるロンを心配《しんぱい》そうに見《み》ながらハーマイオニーが言《い》った。

「あの呪《のろ》いって、ただでさえ難《むずか》しいのよ。まして杖《つえ》が折《お》れてたら……」

ハグリッドはいそいそとお茶《ちゃ》の用意《ようい》に飛《と》び回《まわ》った。ハグリッドの犬《いぬ》、ボアハウンドのファングはハリーをよだれでべとべとにしていた。

「ねえ、ハグリッド、ロックハートは何《なん》の用《よう》だったの？」

ファングの耳《みみ》をカリカリ指《ゆび》でなでながらハリーが聞《き》いた。

「井戸《いど》の中《なか》から水魔《すいま》を追《お》っ払《ぱら》う方法《ほうほう》を俺《おれ》に教《おし》えようとしてな」

うなるように答《こた》えながら、ハグリッドはしっかり洗《あら》い込《こ》まれたテーブルから、羽根《はね》を半分《はんぶん》むしりかけの雄鶏《おんどり》を取《と》りのけて、ティーポットをそこに置《お》いた。

「まるで俺《おれ》が知《し》らんとでも言《い》うようにな。その上《うえ》、自分《じぶん》が泣《な》き妖怪《ようかい》とか何《なん》とかを追《お》っ払《ぱら》った話《はなし》を、さんざぶち上《あ》げとった。やっこさんの言《い》っとることが一つでもほんとだったら、俺《おれ》はへそで茶《ちゃ》を沸《わ》かしてみせるわい」

ホグワーツの先生《せんせい》を批判《ひはん》するなんて、まったくハグリッドらしくなかった。ハリーは驚《おどろ》いてハグリッドを見《み》つめた。ハーマイオニーはいつもよりちょっと上《うわ》ずった声《こえ》で反論《はんろん》した。

「それって、少《すこ》し偏見《へんけん》じゃないかしら。ダンブルドア先生《せんせい》は、あの先生《せんせい》が一番適任《いちばんてきにん》だとお考《かんが》えになったわけだし――」

「ほかにはだーれもおらんかったんだ」

ハグリッドは糖蜜《とうみつ》ヌガーを皿《さら》に入《い》れて三人《にん》にすすめながら言《い》った。ロンがその脇《わき》でゲボゲボと咳込《せきこ》みながら洗面器《せんめんき》に吐《は》いていた。

「一人《ひとり》もおらんかったんだ。闇《やみ》の魔術《まじゅつ》の先生《せんせい》をするもんを探《さが》すのが難《むずか》しくなっちょる。だーれも進《すす》んでそんなことをやろうとせん。な？　みんな、こりゃ縁起《えんぎ》が悪《わる》いと思《おも》いはじめたんだな。ここんとこ、だーれも長続《ながつづ》きしたもんはおらんしな。それで？　やっこさん、誰《だれ》に呪《のろ》いをかけるつもりだったんかい？」

ハグリッドはロンのほうをあごで指《さ》しながらハリーに聞《き》いた。

「マルフォイがハーマイオニーのことを何《なん》とかって呼《よ》んだんだ。ものすごくひどい悪口《わるくち》なんだと思《おも》う。だって、みんなカンカンだったもの」

「ほんとにひどい悪口《わるくち》さ」

テーブルの下《した》からロンの汗《あせ》だらけの青《あお》い顔《かお》がヒョイと現《あらわ》れ、しゃがれ声《ごえ》で言《い》った。

「マルフォイのやつ、彼女《かのじょ》のこと『穢《けが》れた血《ち》』って言《い》ったんだよ、ハグリッド――」

ロンの顔《かお》がまたヒョイとテーブルの下《した》に消《き》えた。次《つぎ》のナメクジの波《なみ》が押《お》し寄《よ》せてきたのだ。ハグリッドは大憤慨《だいふんがい》していた。

「そんなこと、ほんとうに言《い》うたのか！」とハーマイオニーのほうを見《み》てうなり声《ごえ》を上《あ》げた。

「言《い》ったわよ。でも、どういう意味《いみ》だか私《わたし》は知《し》らない。もちろん、ものすごく失礼《しつれい》な言葉《ことば》だということはわかったけど……」

「あいつの思《おも》いつくかぎり最悪《さいあく》の侮辱《ぶじょく》の言葉《ことば》だ」ロンの顔《かお》がまた現《あらわ》れて絶句《ぜっく》した。

「『穢《けが》れた血《ち》』って、マグルから生《う》まれたっていう意味《いみ》の――つまり両親《りょうしん》とも魔法使《まほうつか》いじゃない者《もの》を指《さ》す最低《さいてい》の汚《けが》らわしい呼《よ》び方《かた》なんだ。魔法使《まほうつか》いの中《なか》には、たとえばマルフォイ一族《いちぞく》みたいに、みんなが『純血《じゅんけつ》』って呼《よ》ぶものだから、自分《じぶん》たちが誰《だれ》よりも偉《えら》いって思《おも》っている連中《れんちゅう》がいるんだ」

ロンは小《ち》さなゲップをした。ナメクジが一匹《ぴき》だけ飛《と》び出《だ》し、ロンの伸《の》ばした手《て》の中《なか》にスポッと落《お》ちた。ロンはそれを洗面器《せんめんき》に投《な》げ込《こ》んでから話《はなし》を続《つづ》けた。

「もちろん、そういう連中《れんちゅう》以外《いがい》は、そんなことまったく関係《かんけい》ないって知《し》ってるよ。ネビル・ロングボトムを見《み》てごらんよ――あいつは純血《じゅんけつ》だけど、鍋《なべ》を逆《さか》さまに火《ひ》にかけたりしかねないぜ」

「それに、俺《おれ》たちのハーマイオニーが使《つか》えねえ呪文《じゅもん》は、今《いま》までにひとっつもなかったぞ」

ハグリッドが誇《ほこ》らしげに言《い》ったので、ハーマイオニーはパーッとほおを紅潮《こうちょう》させた。

「他人《ひと》のことをそんなふうにののしるなんて、むかつくよ」

ロンは震《ふる》える手《て》で汗《あせ》びっしょりの額《ひたい》をぬぐいながら話《はな》し続《つづ》けた。

「『穢《けが》れた血《ち》』だなんて、まったく。卑《いや》しい血《ち》だなんて、狂《くる》ってるよ。どうせ今時《いまどき》、魔法使《まほうつか》いはほとんど混血《こんけつ》なんだぜ。もしマグルと結婚《けっこん》してなかったら、僕《ぼく》たちとっくに絶滅《ぜつめつ》しちゃってたよ」

ゲーゲーが始《はじ》まり、またまたロンの顔《かお》がヒョイと消《き》えた。

「ウーム、そりゃ、ロン、やつに呪《のろ》いをかけたくなるのも無理《むり》はねぇ」

大量《たいりょう》のナメクジがドサドサと洗面器《せんめんき》の底《そこ》に落《お》ちる音《おと》をかき消《け》すような大声《おおごえ》で、ハグリッドが言《い》った。

「だけんど、おまえさんの杖《つえ》が逆噴射《ぎゃくふんしゃ》したのはかえってよかったかもしれん。ルシウス・マルフォイが、学校《がっこう》に乗《の》り込《こ》んできおったかもしれんぞ、おまえさんがやつの息子《むすこ》に呪《のろ》いをかけっちまってたら。少《すく》なくとも、おまえさんは面倒《めんどう》に巻《ま》き込《こ》まれずにすんだっちゅうもんだ」

——ナメクジが次々《つぎつぎ》と口《くち》から出《で》てくるだけでも充分面倒《じゅうぶんめんどう》だけど——とハリーは言《い》いそうになったが、言《い》えなかった。ハグリッドのくれた糖蜜《とうみつ》ヌガーが上《うわ》あごと下《した》あごをセメントのようにがっちり接着《せっちゃく》してしまっていた。

「ハリー——」ふいに思《おも》い出《だ》したようにハグリッドが言《い》った。

「おまえさんにもちいと小言《こごと》を言《い》うぞ。サイン入《い》りの写真《しゃしん》を配《くば》っとるそうじゃないか。なんで俺《おれ》に一枚《まい》くれんのかい？」

ハリーは怒《いか》りにまかせて、くっついた歯《は》をぐいとこじ開《あ》けた。

「サイン入《い》りの写真《しゃしん》なんて、僕《ぼく》、配《くば》ってない。もしロックハートがまだそんなこと言《い》いふらして……」

ハリーはむきになった。ふとハグリッドを見《み》ると、笑《わら》っている。

「からかっただけだ」

ハグリッドは、ハリーの背中《せなか》をやさしくポンポンたたいた。おかげでハリーはテーブルの上《うえ》に鼻《はな》から先《さき》につんのめった。

「おまえさんがそんなことをせんのはわかっとる。ロックハートに言《い》ってやったわ。ハリーはそんな必要《ひつよう》ねえって。何《なん》にもせんでも、ハリーはやっこさんより有名《ゆうめい》だって」

「ロックハートは気《き》に入《い》らないって顔《かお》したでしょう」

ハリーはあごをさすりながら体《からだ》を立《た》て直《なお》した。

「ああ、気《き》に入《い》らんだろ」

ハグリッドの目《め》がいたずらっぽくキラキラした。

「それから、俺《おれ》はあんたの本《ほん》などひとっつも読《よ》んどらんと言《い》ってやった。そしたら帰《かえ》っていきおった。ほい、ロン、糖蜜《とうみつ》ヌガー、どうだ？」

ロンの顔《かお》がまた現《あらわ》れたので、ハグリッドがすすめた。

「いらない。気分《きぶん》が悪《わる》いから」ロンが弱々《よわよわ》しく答《こた》えた。

「俺《おれ》が育《そだ》ててるもん、ちょいと見《み》にこいや」

ハリーとハーマイオニーがお茶《ちゃ》を飲《の》み終《お》わったのを見《み》て、ハグリッドが誘《さそ》った。

ハグリッドの小屋《こや》の裏《うら》にある小《ちい》さな野菜畑《やさいばたけ》には、ハリーが見《み》たこともないような大《おお》きいかぼちゃが十数個《すうこ》あった。一つ一つが大岩《おおいわ》のようだった。

「よーく育《そだ》っとろう？　ハロウィーンの祭《まつ》り用《よう》だ……そのころまでにはいい大《おお》きさになるぞ」

ハグリッドは幸《しあわ》せそうだった。

「肥料《ひりょう》は何《なに》をやってるの？」とハリーが聞《き》いた。

ハグリッドは肩越《かたご》しにちらっと振《ふ》り返《かえ》り、誰《だれ》もいないことをたしかめた。

「その、やっとるもんは――ほれ――ちいっと手助《てだす》けしてやっとる」

ハリーは、小屋《こや》の裏《うら》の壁《かべ》に、ハグリッドのピンクの花模様《はなもよう》の傘《かさ》が立《た》てかけてあるのに気《き》づいた。ハリーは以前《いぜん》に、あることから、この傘《かさ》が見《み》かけとはかなりちがうものだと思《おも》ったことがあった。実《じつ》は、ハグリッドの学生時代《がくせいじだい》の杖《つえ》が中《なか》に隠《かく》されているような気《き》がしてならなかった。ハグリッドは魔法《まほう》を使《つか》ってはいけないことになっている。三年生《ねんせい》のときにホグワーツを退学《たいがく》になったのだ。なぜなのか、ハリーにはいまだにわからなかった――ちょっとでもそのことに触《ふ》れると、ハグリッドは大《おお》きく咳払《せきばら》いをして、なぜか急《きゅう》に耳《みみ》が聞《き》こえなくなって、話題《わだい》が変《か》わるまでだまりこくってしまうのだ。

「『肥《ふと》らせ呪文《じゅもん》』じゃない？　とにかく、ハグリッドったら、とっても上手《じょうず》にやったわよね」

ハーマイオニーは半分非難《はんぶんひなん》しているような、半分楽《はんぶんたの》しんでいるような言《い》い方《かた》をした。

「おまえさんの妹《いもうと》もそう言《い》いおったよ」ハグリッドはロンに向《む》かってうなずいた。

「ついきのう会《あ》ったぞい」ハグリッドはひげをピクピクさせながらハリーを横目《よこめ》で見《み》た。

「ぶらぶら歩《ある》いているだけだって言《い》っとったがな、俺《おれ》が思《おも》うに、ありゃ、この家《いえ》で誰《だれ》かさんとばったり会《あ》えるかもしれんって思《おも》っとったな」ハグリッドはハリーにウィンクした。

「俺《おれ》が思《おも》うに、あの子《こ》は欲《ほ》しがるぞ、おまえさんのサイン入《い》りの――」

「やめてくれよ」

ハリーがそう言《い》うと、ロンはプーッと噴《ふ》き出《だ》し、そこら中《じゅう》にナメクジをまき散《ち》らした。

「気《き》ぃつけろ！」

ハグリッドは大声《おおごえ》を出《だ》し、ロンを大切《たいせつ》なかぼちゃから引《ひ》き離《はな》した。

そろそろ昼食《ちゅうしょく》の時間《じかん》だった。ハリーは夜明《よあ》けから今《いま》まで、糖蜜《とうみつ》ヌガーをひとかけら口《くち》にしただけだったので、早《はや》く学校《がっこう》に戻《もど》って食事《しょくじ》をしたかった。ハグリッドにさよならを言《い》い、三人《にん》は城《しろ》へと歩《ある》いた。ロンはときどきしゃっくりをしたが、小《ちい》さなナメクジが二匹出《ひきで》てきただけだった。

ひんやりした玄関《げんかん》ホールに足《あし》を踏《ふ》み入《い》れたとたん、声《こえ》が響《ひび》いた。

「ポッター、ウィーズリー、そこにいましたか」

マクゴナガル先生《せんせい》が厳《きび》しい表情《ひょうじょう》でこちらに歩《ある》いてきた。

「二人《ふたり》とも、処罰《しょばつ》は今夜《こんや》になります」

「先生《せんせい》、僕《ぼく》たち、何《なに》をするんでしょうか？」ロンがなんとかゲップを押《お》し殺《ころ》しながら聞《き》いた。

「あなたは、フィルチさんと一緒《いっしょ》にトロフィー・ルームで銀磨《ぎんみが》きです。ウィーズリー、魔法《まほう》はだめですよ。自分《じぶん》の力《ちから》で磨《みが》くのです」

ロンは絶句《ぜっく》した。管理人《かんりにん》のアーガス・フィルチは学校中《がっこうじゅう》の生徒《せいと》からひどく嫌《きら》われている。

「ポッター。あなたはロックハート先生《せんせい》がファンレターに返事《へんじ》を書《か》くのを手伝《てつだ》いなさい」

「えーっ、そんな……僕《ぼく》もトロフィー・ルームのほうではいけませんか？」

ハリーが絶望的《ぜつぼうてき》な声《こえ》で頼《たの》んだ。

「もちろんいけません」

マクゴナガル先生《せんせい》は眉《まゆ》を吊《つ》り上《あ》げた。

「ロックハート先生《せんせい》はあなたを特《とく》にご指名《しめい》です。二人《ふたり》とも、八時《じ》きっかりに」

ハリーとロンはがっくりと肩《かた》を落《お》とし、うつむきながら大広間《おおひろま》に入《はい》っていった。ハーマイオニーは「だって校則《こうそく》を破《やぶ》ったんでしょ」という顔《かお》をして後《うし》ろからついてきた。ハリーはシェパード・パイを見《み》ても思《おも》ったほど食欲《しょくよく》がわかなかった。二人《ふたり》とも自分《じぶん》のほうが最悪《さいあく》の貧乏《びんぼう》くじを引《ひ》いてしまったと感《かん》じていた。

「フィルチは僕《ぼく》を一晩中《ひとばんじゅう》放《はな》してくれないよ」ロンはめいっていた。

「魔法《まほう》なしだなんて！　あそこには銀杯《ぎんぱい》が百個《こ》はあるぜ。僕《ぼく》、マグル式《しき》の磨《みが》き方《かた》は苦手《にがて》なんだよ」

「いつでもかわってやるよ。ダーズリーのところでさんざん訓練《くんれん》されてるから」

ハリーもうつろな声《こえ》を出《だ》した。

「ロックハートに来《き》たファンレターに返事《へんじ》を書《か》くなんて……最低《さいてい》だよ……」


土曜日《どようび》の午後《ごご》はまるで溶《と》けて消《き》え去《さ》ったように過《す》ぎ、あっという間《ま》に八時《じ》はあと五分後《ふんご》に迫《せま》っていた。ハリーは重《おも》い足《あし》を引《ひ》きずり、三階《かい》の廊下《ろうか》を歩《ある》いてロックハートの部屋《へや》に着《つ》いた。ハリーは歯《は》を食《く》いしばり、ドアをノックした。

ドアはすぐにパッと開《ひら》かれ、ロックハートがニッコリとハリーを見下《みお》ろした。

「おや、いたずら坊主《ぼうず》のお出《で》ましだ！　入《はい》りなさい。ハリー、さあ中《なか》へ」

壁《かべ》には額《がく》入《い》りのロックハートの写真《しゃしん》が数《かぞ》えきれないほど飾《かざ》ってあり、たくさんのろうそくに照《て》らされて明《あか》るく輝《かがや》いていた。サイン入《い》りの物《もの》もいくつかあった。机《つくえ》の上《うえ》には、写真《しゃしん》がもう一山《ひとやま》、積《つ》み上《あ》げられていた。

「封筒《ふうとう》に宛名《あてな》を書《か》かせてあげましょう！」

まるで、こんなすばらしいもてなしはないだろう、と言《い》わんばかりだ。

「この最初《さいしょ》のは、グラディス・ガージョン。幸《さいわ》いなるかな――私《わたし》の大《だい》ファンでね」

時間《じかん》はのろのろと過《す》ぎた。ハリーはときどき「うー」とか「えー」とか「はー」とか言《い》いながら、ロックハートの声《こえ》を聞《き》き流《なが》していた。ときどき耳《みみ》に入《はい》ってきたセリフは、「ハリー、評判《ひょうばん》なんて気《き》まぐれなものだよ」とか「有名人《ゆうめいじん》らしい行為《こうい》をするから有名人《ゆうめいじん》なのだよ。覚《おぼ》えておきなさい」などだった。

ろうそくが燃《も》えて、炎《ほのお》がだんだん低《ひく》くなり、ハリーを見《み》つめているロックハートの写真《しゃしん》の顔《かお》の上《うえ》で光《ひかり》が踊《おど》った。もう千枚目《まいめ》の封筒《ふうとう》じゃないだろうかと思《おも》いながら、ハリーは痛《いた》む手《て》を動《うご》かし、ベロニカ・スメスリーの住所《じゅうしょ》を書《か》いていた――もうそろそろ帰《かえ》ってもいい時間《じかん》のはずだ――どうぞ、そろそろ時間《じかん》になりますよう……ハリーはみじめな気持《きも》ちでそんなことを考《かんが》えていた。

その時《とき》、何《なに》かが聞《き》こえた――消《き》えかかったろうそくが吐《は》き出《だ》す音《おと》ではなく、ロックハートがファン自慢《じまん》をペチャクチャしゃべる声《こえ》でもない。

それは声《こえ》だった――骨《ほね》のずいまで凍《こお》らせるような声《こえ》。息《いき》が止《と》まるような、氷《こおり》のように冷《つめ》たい毒《どく》の声《こえ》。

「来《く》るんだ……。俺様《おれさま》のところへ……引《ひ》き裂《さ》いてやる……八《や》つ裂《ざ》きにしてやる……殺《ころ》してやる……」

ハリーは飛《と》び上《あ》がった。ベロニカ・スメスリーの住所《じゅうしょ》の丁目《ちょうめ》のところにライラック色《いろ》のにじみができた。

「なんだって？」ハリーが大声《おおごえ》で言《い》った。

「驚《おどろ》いたろう！　六か月連続《げつれんぞく》ベストセラー入《い》り！　新記録《しんきろく》です！」ロックハートが答《こた》えた。

「そうじゃなくて、あの声《こえ》！」ハリーは我《われ》を忘《わす》れて叫《さけ》んだ。

「えっ？」ロックハートは不審《ふしん》そうに聞《き》いた。「どの声《こえ》？」

「あれです――今《いま》のあの声《こえ》です――聞《き》こえなかったんですか？」

ロックハートはあぜんとしてハリーを見《み》た。

「ハリー、いったい何《なん》のことかね？　少《すこ》しとろとろしてきたんじゃないのかい？　おやまあ、こんな時間《じかん》だ！　四時間近《じかんちか》くここにいたのか！　信《しん》じられませんね――矢《や》のように時間《じかん》がたちましたね？」

ハリーは答《こた》えなかった。じっと耳《みみ》をすませてもう一度《いちど》あの声《こえ》を聞《き》こうとしていた。しかし、もう何《なん》の音《おと》もしなかった。ロックハートが「処罰《しょばつ》を受《う》けるとき、いつもこんなにいい目《め》にあうと期《き》待《たい》してはいけないよ」とハリーに言《い》っているだけだった。ハリーはぼうっとしたまま部屋《へや》を出《で》た。

もう夜《よ》もふけていたので、グリフィンドールの談話室《だんわしつ》はがらんとしていた。ハリーはまっすぐ自分《じぶん》の部屋《へや》に戻《もど》った。ロンはまだ戻《もど》っていなかった。ハリーはパジャマに着替《きが》え、ベッドに入《はい》ってロンを待《ま》った。三十分《ぷん》もたったろうか、右腕《みぎうで》をさすりさすり、暗《くら》い部屋《へや》に銀磨《ぎんみが》き粉《こ》の強烈《きょうれつ》な臭《にお》いを漂《ただよ》わせながら、ロンが戻《もど》ってきた。

「体中《からだじゅう》の筋肉《きんにく》が硬直《こうちょく》しちゃったよ」

ベッドにドサリと身《み》を横《よこ》たえながらロンがうなった。

「あのクィディッチ杯《はい》を十四回《かい》も磨《みが》かせられたんだぜ。やつがもういいって言《い》うまで。そしたら今度《こんど》はナメクジの発作《ほっさ》さ。『学校《がっこう》に対《たい》する特別功労賞《とくべつこうろうしょう》』の上《うえ》にべっとりだよ。あのねとねとをふき取《と》るのに時間《じかん》のかかったこと……ロックハートはどうだった？」

ネビル、ディーン、シェーマスを起《お》こさないように低《ひく》い声《こえ》で、ハリーは自分《じぶん》が聞《き》いた声《こえ》のことを、そのとおりにロンに話《はな》した。

「それで、ロックハートはその声《こえ》が聞《き》こえないって言《い》ったのかい？」

月明《つきあ》かりの中《なか》でロンの顔《かお》が曇《くも》ったのがハリーにはわかった。

「ロックハートがうそをついていたと思《おも》う？　でもわからないなあ——姿《すがた》の見《み》えない誰《だれ》かだった

としても、ドアを開《あ》けないと声《こえ》が聞《き》こえないはずだし」とロンが言《い》った。

「そうだよね」

四本柱《ほんばしら》のベッドに仰向《あおむ》けになり、ベッドの天蓋《てんがい》を見《み》つめながら、ハリーがつぶやいた。

「僕《ぼく》にもわからない」

第《だい》8章《しょう》　絶命日《ぜつめいび》パーティ

十月《がつ》がやってきた――校庭《こうてい》や城《しろ》の中《なか》に湿《しめ》った冷《つめ》たい空気《くうき》をまき散《ち》らしながら。校医《こうい》のマダム・ポンフリーは、先生《せんせい》にも生徒《せいと》にも急《きゅう》にかぜが流行《りゅうこう》しだして大忙《おおいそが》しだった。校医《こうい》特製《とくせい》の「元気爆発薬《げんきばくはつぐすり》」はすぐに効《き》いた。ただし、それを飲《の》むと数時間《すうじかん》は耳《みみ》から煙《けむり》を出《だ》し続《つづ》けることになった。

ジニー・ウィーズリーはこのところずっと具合《ぐあい》が悪《わる》そうだったので、パーシーに無理《むり》やりこの薬《くすり》を飲《の》まされた。燃《も》えるような赤毛《あかげ》の下《した》から煙《けむり》がもくもく上《あ》がって、まるでジニーの頭《あたま》が火事《かじ》になったようだった。

銃弾《じゅうだん》のような大《おお》きな雨粒《あめつぶ》が何日《なんにち》も続《つづ》けて城《しろ》の窓《まど》を打《う》ち、湖《みずうみ》は水《みず》かさを増《ま》し、花壇《かだん》は泥《どろ》の河《かわ》のように流《なが》れ、ハグリッドの巨大《きょだい》かぼちゃはちょっとした物置小屋《ものおきごや》ぐらいに大《おお》きくふくれ上《あ》がった。しかし、オリバー・ウッドの定期訓練熱《ていきくんれんねつ》はぬれも湿《しめ》りもしなかった。だからこそ、ハロウィーンの数日前《すうじつまえ》、ある土曜日《どようび》の午後《ごご》、嵐《あらし》の中《なか》を、ハリーは骨《ほね》までずぶぬれになり、泥《どろ》はねだらけになりながら、グリフィンドールの塔《とう》へと歩《ある》いていたわけだ。

雨《あめ》や風《かぜ》のことは別《べつ》にしても、今日《きょう》の練習《れんしゅう》は楽《たの》しいとは言《い》えなかった。スリザリン・チームの偵《てい》察《さつ》をしてきたフレッドとジョージが、その目《め》で、新型《しんがた》ニンバス２００１の速《はや》さを見《み》てきたのだ。二人《ふたり》の報告《ほうこく》では、スリザリン・チームはまるで垂直離着陸《すいちょくりちゃくりく》ジェット機《き》のように、空中《くうちゅう》を縦横《じゅうおう》に突《つ》っ切《き》る七つの緑《みどり》の影《かげ》としか見《み》えなかったという。

人気《ひとけ》のない廊下《ろうか》をガボガボと水音《みずおと》を響《ひび》かせながら歩《ある》いていると、ハリーは誰《だれ》かが自分《じぶん》と同《おな》じように物思《ものおも》いにふけっているのに気《き》づいた。

「ほとんど首無《くびな》しニック」――グリフィンドールの塔《とう》にすむゴーストだった。

ふさぎ込《こ》んで窓《まど》の外《そと》を眺《なが》めながら、ブツブツつぶやいている。

「……要件《ようけん》を満《み》たさない……たったの一センチ、それ以下《いか》なのに……」

「やあ、ニック」ハリーが声《こえ》をかけた。

「やあ、こんにちは」

ニックはふいを突《つ》かれたように振《ふ》り向《む》いた。ニックは長《なが》い巻《ま》き毛《げ》の髪《かみ》に派手《はで》な羽飾《はねかざ》りのついた帽子《ぼうし》をかぶり、ひだえりのついた短《みじか》い上着《うわぎ》を着《き》ていた。えりに隠《かく》れて、見《み》た目《め》には、首《くび》がほとんど完全《かんぜん》に切《き》り落《お》とされているのがわからない。薄《うす》い煙《けむり》のようなニックの姿《すがた》を通《とお》して、ハリーは外《そと》の暗《くら》い空《そら》と、激《はげ》しい雨《あめ》を見《み》ることができた。

「お若《わか》いポッター君《くん》、心配事《しんぱいごと》がありそうだね」

ニックはそう言《い》いながら透明《とうめい》の手紙《てがみ》を折《お》って、上着《うわぎ》の内《うち》ポケットにしまい込《こ》んだ。

「お互《たが》いさまだね」ハリーが言《い》った。

「いや」ほとんど首無《くびな》しニックは優雅《ゆうが》に手《て》を振《ふ》りながら言《い》った。

「たいしたことではありません……本気《ほんき》で入会《にゅうかい》したかったのとはちがいましてね……ちょっと申《もう》し込《こ》んでみようかと。しかし、どうやら私《わたし》は『要件《ようけん》を満《み》たさない』」

言葉《ことば》は軽快《けいかい》だったが、ニックの顔《かお》はとてもつらそうだった。

「でも、こうは思《おも》いませんか？」

ニックは急《きゅう》にポケットから先《さき》ほどの手紙《てがみ》を引《ひ》っ張《ぱ》り出《だ》し、せきを切《き》ったように話《はな》した。

「切《き》れない斧《おの》で首《くび》を四十五回《かい》も切《き》りつけられたということだけでも、『首無《くびな》し狩《がり》』に参加《さんか》する資《し》格《かく》があると……」

「あー、そうだね」ハリーは当然同意《とうぜんどうい》しないわけにはいかなかった。

「つまり、いっぺんにすっきりとやってほしかったのは、首《くび》がスッパリと落《お》ちてほしかったのは、誰《だれ》でもない、この私《わたし》ですよ。そうしてくれれば、どんなに痛《いた》い目《め》をみずに、はずかしめを受《う》けずにすんだことか。それなのに……」

ほとんど首無《くびな》しニックは手紙《てがみ》をパッと振《ふ》って開《ひら》き、憤慨《ふんがい》しながら読《よ》み上《あ》げた。

当《とう》クラブでは、首《くび》がその体《からだ》と分《わ》かれた者《もの》だけに狩人《かりうど》としての入会《にゅうかい》を許可《きょか》しております。貴殿《きでん》にもおわかりいただけますごとく、さもなくば『首投《くびな》げ騎馬戦《きばせん》』や『首《くび》ポロ』といった狩《かり》スポーツに参加《さんか》することは不可能《ふかのう》であります。したがいまして、まことに遺憾《いかん》ながら、貴殿《きでん》は当方《とうほう》の要件《ようけん》を満《み》たさない、とお知《し》らせ申《もう》し上《あ》げる次第《しだい》です。

敬具《けいぐ》

パトリック・デレニー・ポドモア卿《きょう》

ニックは憤然《ふんぜん》として、手紙《てがみ》をしまい込《こ》んだ。

「たった一センチの筋《すじ》と皮《かわ》でつながっているだけの首《くび》ですよ。ハリー！　これなら充分斬首《じゅうぶんざんしゅ》されていると、普通《ふつう》ならそう考《かんが》えるでしょう。しかし、なんたること、『スッパリ首無《くびな》しポドモア卿《きょう》』にとっては、これでも充分《じゅうぶん》ではないのです」

ほとんど首無《くびな》しニックは何度《なんど》も深呼吸《しんこきゅう》をし、やがて、ずっと落《お》ち着《つ》いた調子《ちょうし》でハリーに聞《き》いた。

「ところで——君《きみ》はどうしました？　何《なに》か私《わたし》にできることは？」

「ううん。ただでニンバス２００１を七本手《ほんて》に入《い》れられるところを、どこか知《し》ってれば別《べつ》だけど。対抗試合《たいこうじあい》でスリ……」

ハリーのくるぶしのあたりから聞《き》こえてくるかん高《だか》いニャーニャーという泣《な》き声《ごえ》で、言葉《ことば》がかき消《け》されてしまった。見下《みお》ろすと、ランプのような黄色《きいろ》い二つの目《め》とばっちり目《め》が合《あ》った。ミセス・ノリス——管理人《かんりにん》のアーガス・フィルチが、生徒《せいと》たちとのはてしなき戦《たたか》いに、いわば助手《じょしゅ》として使《つか》っている、がいこつのような灰色猫《はいいろねこ》だ。

「ハリー、早《はや》くここを立《た》ち去《さ》るほうがよい」

即座《そくざ》にニックが言《い》った。

「フィルチは機嫌《きげん》が悪《わる》い。かぜを引《ひ》いた上《うえ》、三年生《ねんせい》の誰《だれ》かが起《お》こした爆発事故《ばくはつじこ》で、第五地下牢《だいちかろう》の天井《てんじょう》いっぱいにカエルの脳《のう》みそがくっついてしまったものだから、フィルチは午前中《ごぜんちゅう》ずっと、それをふき取《と》っていた。もし君《きみ》が、そこら中《じゅう》に泥《どろ》をボトボト垂《た》らしているのをみつけたら……」

「わかった」ハリーはミセス・ノリスの非難《ひなん》がましい目《め》つきから逃《のが》れるように身《み》を引《ひ》いたが、遅《おそ》かった。飼《か》い主《ぬし》と性悪猫《しょうわるねこ》との間《あいだ》に不思議《ふしぎ》な絆《きずな》があるかのように、アーガス・フィルチがその場《ば》に引《ひ》き寄《よ》せられ、ハリーの右側《みぎがわ》の壁《かべ》にかかったタペストリーの裏《うら》から突然《とつぜん》飛《と》び出《だ》した。規則破《きそくやぶ》りはいないかと鼻息《はないき》も荒《あら》く、そこら中《じゅう》をぎょろぎょろ見回《みまわ》している。頭《あたま》を分厚《ぶあつ》いタータンの襟巻《えりま》きでぐるぐる巻《ま》きにし、鼻《はな》は異常《いじょう》にどす赤《あか》かった。

「汚《きたな》い！」

フィルチが叫《さけ》んだ。ハリーのクィディッチのユニフォームから、泥水《どろみず》が滴《したた》り落《お》ちて水《みず》たまりになっているのを指差《ゆびさ》し、ほおをピクピクけいれんさせ、両目《りょうめ》が驚《おどろ》くほど飛《と》び出《だ》していた。

「あっちもこっちもめちゃくちゃだ！　ええい、もうたくさんだ！　ポッター、ついてこい！」

ハリーは暗《くら》い顔《かお》でほとんど首無《くびな》しニックにさよならと手《て》を振《ふ》り、フィルチのあとについてまた階段《かいだん》を下《お》りた。泥《どろ》だらけの足跡《あしあと》が往復《おうふく》で二倍《ばい》になった。

ハリーはフィルチの事務室《じむしつ》に入《はい》ったことがなかった。そこは生徒《せいと》たちがなるべく近寄《ちかよ》らない場所《ばしょ》でもあった。薄汚《うすぎたな》い窓《まど》のない部屋《へや》で、低《ひく》い天井《てんじょう》からぶら下《さ》がった石油《せきゆ》ランプが一つ、部屋《へや》を照《て》らしていた。魚《さかな》のフライの臭《にお》いが、かすかにあたりに漂《ただよ》っている。周《まわ》りの壁《かべ》に沿《そ》って木製《もくせい》のファイル・キャビネットが並《なら》び、ラベルを見《み》ると、フィルチが処罰《しょばつ》した生徒一人一人《せいとひとりひとり》の細《こま》かい記録《きろく》が入《はい》っているらしい。フレッドとジョージはまるまる一つの引《ひ》き出《だ》しを占領《せんりょう》していた。フィルチの机《つくえ》の後《うし》ろの壁《かべ》には、ピカピカに磨《みが》き上《あ》げられた鎖《くさり》や手枷《てかせ》が一《ひと》そろい掛《か》けられていた。生徒《せいと》の足首《あしくび》を縛《しば》って天井《てんじょう》から逆《さか》さ吊《づ》りにすることを許《ゆる》してほしいと、フィルチがしょっちゅうダンブルドアに懇願《こんがん》していることは、みんな知《し》っていた。

フィルチは机《つくえ》の上《うえ》のインク瓶《びん》から羽根《はね》ペンをわしづかみにし、羊皮紙《ようひし》を探《さが》してそこら中引《じゅうひ》っかき回《まわ》した。

「くそっ」

フィルチは怒《いか》り狂《くる》って吐《は》き出《だ》すように言《い》った。

「煙《けむり》の出《で》ているドラゴンのでかい鼻《はな》くそ……カエルの脳《のう》みそ……ネズミの腸《はらわた》……もううんざりだ……見《み》せしめにしてくれる……書類《しょるい》はどこだ……よし……」

フィルチは机《つくえ》の引《ひ》き出《だ》しから大《おお》きな羊皮紙《ようひし》の巻《ま》き紙《がみ》を取《と》り出《だ》し、目《め》の前《まえ》に広《ひろ》げ、インク瓶《びん》に長《なが》く黒《くろ》い羽根《はね》ペンを突《つ》っ込《こ》んだ。

「**名前**《なまえ》……ハリー・ポッター……**罪状**《ざいじょう》……」

「ほんのちょっぴりの泥《どろ》です！」ハリーが言《い》った。

「そりゃ、おまえさんにはちょっぴりの泥《どろ》でござんしょうよ。だけどこっちは一時間《じかん》も余分《よぶん》に床《ゆか》をこすらなけりゃならないんだ！」

団子鼻《だんごばな》からゾローッと垂《た》れた鼻水《はなみず》を不快《ふかい》そうに震《ふる》わせながらフィルチが叫《さけ》んだ。

「**罪状**《ざいじょう》……城《しろ》を汚《よご》した……**ふさわしい判決**《はんけつ》……」

鼻水《はなみず》をふきふき、フィルチは目《め》をすがめてハリーのほうを不快《ふかい》げに眺《なが》めた。ハリーは息《いき》をひそめて判決《はんけつ》が下《くだ》るのを待《ま》っていた。

フィルチがまさにペンを走《はし》らせようとしたとき、天井《てんじょう》の上《うえ》でバーン！　と音《おと》がして、石油《せきゆ》ランプがカタカタ揺《ゆ》れた。

「ピーブズめ！」フィルチはうなり声《ごえ》を上《あ》げ、羽根《はね》ペンに八《や》つ当《あ》たりして放《ほう》り投《な》げた。「今度《こんど》こそ取《と》っ捕《つか》まえてやる。今度《こんど》こそ！」

ハリーのほうを見向《みむ》きもせず、フィルチはぶざまな走《はし》り方《かた》で事務室《じむしつ》を出《で》ていった。ミセス・ノリスがその脇《わき》を流《なが》れるように走《はし》った。

ピーブズはこの学校《がっこう》のポルターガイストだ。ニヤニヤしながら空中《くうちゅう》を漂《ただよ》い、大騒《おおさわ》ぎを引《ひ》き起《お》こしたり、みんなを困《こま》らせるのを生《い》き甲斐《がい》にしているやっかい者《もの》だった。ハリーはピーブズが好《す》きではなかったが、今《いま》はそのタイミングのよさに感謝《かんしゃ》しないわけにはいかなかった。ピーブズが何《なに》をしでかしたにせよ――あの音《おと》では今度《こんど》は何《なに》かとても大《おお》きな物《もの》を壊《こわ》したようだ――フィルチがそちらに気《き》を取《と》られて、ハリーのことを忘《わす》れてくれるかもしれない。

フィルチが戻《もど》るまで待《ま》たなきゃいけないだろうな、と思《おも》いながら、ハリーは机《つくえ》の脇《わき》にあった虫《むし》食《く》いだらけの椅子《いす》にドサッと腰《こし》かけた。机《つくえ》の上《うえ》には書《か》きかけのハリーの書類《しょるい》のほかに、もう一つ何《なに》かが置《お》いてあった。大《おお》きな、紫色《むらさきいろ》の光沢《こうたく》のある封筒《ふうとう》で、表《おもて》に銀文字《ぎんもじ》で何《なに》か書《か》いてある。ドアをちらりと見《み》て、フィルチが戻《もど》ってこないことをたしかめてから、ハリーは封筒《ふうとう》を取《と》り上《あ》げて文字《もじ》を読《よ》んだ。

クイックスペル（KWIKSPELL）
初心者《しょしんしゃ》のための
魔法速習通信講座《まほうそくしゅうつうしんこうざ》

興味《きょうみ》をそそられて、ハリーは封筒《ふうとう》を指《ゆび》でポンとはじいて開《あ》け、中《なか》から羊皮紙《ようひし》の束《たば》を取《と》り出《だ》した。最初《さいしょ》のページには、丸《まる》みのある銀文字《ぎんもじ》でこう書《か》いてあった。

現代魔法《げんだいまほう》の世界《せかい》についていけないと、感《かん》じていませんか？
簡単《かんたん》な呪文《じゅもん》もかけられないことで、言《い》い訳《わけ》に苦労《くろう》していませんか？
杖《つえ》の使《つか》い方《かた》がなっていないと、冷《ひ》やかされたことはありませんか？
お任《まか》せください！

クイックスペルはまったく新《あたら》しい、誰《だれ》にでもできる、すぐに効果《こうか》が上《あ》がる、楽《らく》な学習《がくしゅう》コースです。何百人《なんびゃくにん》という魔法使《まほうつか》いや魔女《まじょ》がクイックスペル学習法《がくしゅうほう》に感謝《かんしゃ》しています！

トップシャムのマダム・Z《ゼット》・ネットルズのお手紙《てがみ》

「私《わたし》は呪文《じゅもん》がまったく覚《おぼ》えられず、私《わたし》の魔法薬《まほうやく》は家中《うちじゅう》の笑《わら》い者《もの》でした。でも、クイックスペル・コースを終《お》えたあとは、パーティの花形《はながた》はこの私《わたし》！　友人《ゆうじん》が発光液《はっこうえき》の作《つく》り方《かた》を教《おし》えてくれと拝《おが》むようにして頼《たの》むのです」

ディズベリーのD《ディー》・J《ジェイ》・プロッド魔法戦士《まほうせんし》のお手紙《てがみ》

「妻《つま》は私《わたし》の魔法呪文《まほうじゅもん》が弱々《よわよわ》しいとあざ笑《わら》っていました。でも、貴校《きこう》のすばらしいコースを一か月《げつ》受《う》けた後《のち》、見事《みごと》、妻《つま》をヤクに変《か》えてしまいました！　クイックスペル、ありがとう！」

ハリーはおもしろくなって、封筒《ふうとう》の中身《なかみ》をパラパラめくった――いったいどうしてフィルチはクイックスペル・コースを受《う》けたいんだろう？　彼《かれ》はちゃんとした魔法使《まほうつか》いではないんだろうか？　ハリーは第一科《だいいっか》を読《よ》んだ。「杖《つえ》の持《も》ち方《かた》（大切《たいせつ》なコツ）」。その時《とき》、ドアの外《そと》で足《あし》を引《ひ》きずるような音《おと》がして、フィルチが戻《もど》ってくるのがわかった。ハリーが羊皮紙《ようひし》を封筒《ふうとう》に押《お》し込《こ》み、机《つくえ》の上《うえ》に放《ほう》り投《な》げたちょうどその時《とき》ドアが開《あ》いた。

フィルチは勝《か》ち誇《ほこ》っていた。

「あの『姿《すがた》をくらます飾《かざ》り棚《だな》』は非常《ひじょう》に値打《ねう》ちのあるものだった！」

フィルチはミセス・ノリスに向《む》かっていかにもうれしそうに言《い》った。

「なあ、おまえ、今度《こんど》こそピーブズめを追《お》い出《だ》せるなぁ」

フィルチの目《め》がまずハリーに、それから矢《や》のようにクイックスペルの封筒《ふうとう》へと移《うつ》った。ハリーは「しまった」と思《おも》った。封筒《ふうとう》は元《もと》の位置《いち》から六十センチほどずれたところに置《お》かれていた。

フィルチの青白《あおじろ》い顔《かお》が、れんがのように赤《あか》くなった。フィルチの怒《いか》りが津波《つなみ》のように押《お》し寄《よ》せるだろうと、ハリーは身構《みがま》えた。フィルチは机《つくえ》のところまで不恰好《ぶかっこう》に歩《ある》き、封筒《ふうとう》をサッと取《と》ると、引《ひ》き出《だ》しに放《ほう》り込《こ》んだ。

「おまえ、もう……読《よ》んだか？——」フィルチがブツブツ言《い》った。

「いいえ」ハリーは急《いそ》いでうそをついた。

フィルチはゴツゴツした両手《りょうて》をしぼるように握《にぎ》り合《あ》わせた。

「おまえが私《わたし》の個人的《こじんてき》な手紙《てがみ》を読《よ》むとわかっていたら……私宛《わたしあて》の手紙《てがみ》ではないが……知《し》り合《あ》いの物《もの》だが……それはそれとして……しかし……」

ハリーはあぜんとしてフィルチを見《み》つめた。フィルチがこんなに怒《おこ》ったのは見《み》たことがない。目《め》は飛《と》び出《だ》し、垂《た》れ下《さ》がったほおの片方《かたほう》がピクピクけいれんして、タータンチェックのえり巻《ま》きまでもが怒《いか》りの形相《ぎょうそう》を際立《きわだ》たせていた。

「もういい……行《い》け……一言《ひとこと》ももらすな……もっとも……読《よ》まなかったのなら別《べつ》だが……さあ、行《い》くんだ。ピーブズの報告書《ほうこくしょ》を書《か》かなければ……行《い》け……」

なんて運《うん》がいいんだろうと驚《おどろ》きながら、ハリーは急《いそ》いで部屋《へや》を出《で》て、廊下《ろうか》を渡《わた》り、上《うえ》の階《かい》へと戻《もど》った。なんの処罰《しょばつ》もなしにフィルチの事務室《じむしつ》を出《で》られたなんて、開校以来《かいこういらい》の出来事《できごと》かもしれない。

「ハリー！　ハリー！　うまくいったかい？」

ほとんど首無《くびな》しニックが教室《きょうしつ》からすべるように現《あらわ》れた。その背後《はいご》に金《きん》と黒《くろ》の大《おお》きな飾《かざ》り棚《だな》の残《ざん》がいが見《み》えた。ずいぶん高《たか》いところから落《お》とされた様子《ようす》だった。

「ピーブズをたきつけて、フィルチの事務室《じむしつ》の真上《まうえ》に墜落《ついらく》させたんですよ。そうすれば気《き》をそらすことができるのではと……」ニックは真剣《しんけん》な表情《ひょうじょう》だった。

「君《きみ》だったの？」ハリーは感謝《かんしゃ》を込《こ》めて言《い》った。

「ああ、とってもうまくいったよ。処罰《しょばつ》も受《う》けなかった。ありがとう、ニック！」

二人《ふたり》で一緒《いっしょ》に廊下《ろうか》を歩《ある》きながら、ハリーはニックが、パトリック卿《きょう》の入会拒否《にゅうかいきょひ》の手紙《てがみ》を、まだ握《にぎ》りしめていることに気《き》づいた。

「『首無《くびな》し狩《がり》』のことだけど、僕《ぼく》に何《なに》かできることがあるといいのに」ハリーが言《い》った。

ほとんど首無《くびな》しニックが急《きゅう》に立《た》ち止《ど》まったので、ハリーはもろにニックの中《なか》を通《とお》り抜《ぬ》けてしまった。あっと思《おも》ったときはもう遅《おそ》く、ハリーはまるで氷《こおり》のシャワーを浴《あ》びてしまったような気《き》がした。

「それが、していただけることがあるのですよ」

ニックは興奮気味《こうふんぎみ》だった。

「ハリー――もし、あつかましくなければ――でも、ダメでしょう。そんなことはおいやでしょう……」

「なんなの？」

「ええ、今度《こんど》のハロウィーンが私《わたし》の五百回目《かいめ》の絶命日《ぜつめいび》に当《あ》たるのです」

ほとんど首無《くびな》しニックは背筋《せすじ》を伸《の》ばし、威厳《いげん》たっぷりに言《い》った。

「それは……」ハリーはいったい悲《かな》しむべきか、喜《よろこ》ぶべきか戸惑《とまど》った。「そうなんですか」

「私《わたし》は広《ひろ》めの地下牢《ちかろう》を一つ使《つか》って、パーティを開《ひら》こうと思《おも》います。国中《くにじゅう》から知人《ちじん》が集《あつ》まります。君《きみ》が出席《しゅっせき》してくだされればどんなに光栄《こうえい》か。ミスター・ウィーズリーもミス・グレンジャーも、もちろん大歓迎《だいかんげい》です――でも、おそらく学校《がっこう》のパーティのほうに行《い》きたいと思《おも》われるでしょうね？」

ニックは緊張《きんちょう》した様子《ようす》でハリーを見《み》た。

「そんなことないよ。僕《ぼく》、出席《しゅっせき》する……」ハリーはとっさに答《こた》えた。

「なんと！　ハリー・ポッターが私《わたし》の絶命日《ぜつめいび》パーティに！」

そう言《い》ったあと、ニックは興奮《こうふん》しながらも遠慮《えんりょ》がちに聞《き》いた。

「よろしければ、私《わたし》がいかに恐《おそ》ろしくものすごいか、君《きみ》からパトリック卿《きょう》に言《い》ってくださることは、もしかして可能《かのう》でしょうか？」

「だ、大丈夫《だいじょうぶ》だよ」ハリーが答《こた》えた。

ほとんど首無《くびな》しニックはニッコリほほえんだ。

ハリーがやっと着替《きが》えをすませ、談話室《だんわしつ》でロンやハーマイオニーにその話《はなし》をすると、ハーマイオニーは夢中《むちゅう》になった。

「絶命日《ぜつめいび》パーティですって？　生《い》きてるうちに招《まね》かれた人《ひと》って、そんなに多《おお》くないはずだわ――おもしろそう！」

「自分《じぶん》の死《し》んだ日《ひ》を祝《いわ》うなんて、どういうわけ？」

ロンは「魔法薬《まほうやく》」の宿題《しゅくだい》が半分《はんぶん》しか終《お》わっていないので機嫌《きげん》が悪《わる》かった。

「死《し》ぬほど落《お》ち込《こ》みそうじゃないか……」

雨《あめ》は相変《あいか》わらず窓《まど》を打《う》ち、外《そと》は墨《すみ》のように暗《くら》くなっていた。しかし談話室《だんわしつ》は明《あか》るく、楽《たの》しさで満《み》ちていた。暖炉《だんろ》の火《ひ》がいくつもの座《すわ》り心地《ごこち》のよいひじかけ椅子《いす》を照《て》らし、生徒《せいと》たちはそれぞれに読書《どくしょ》したり、おしゃべりしたり、宿題《しゅくだい》をしたりしていた。フレッドとジョージは、火《ひ》トカゲに「フィリバスターの長々花火《ながながはなび》」を食《た》べさせたら、どういうことになるか試《ため》していた。

フレッドは「魔法生物飼育学《まほうせいぶつしいくがく》」のクラスから、火《ひ》の中《なか》にすむ、燃《も》えるようなオレンジ色《いろ》の火《ひ》トカゲを「助《たす》け出《だ》して」きたのだという。火《ひ》トカゲは、好奇心満々《こうきしんまんまん》の生徒《せいと》たちに囲《かこ》まれて、テーブルの上《うえ》で今《いま》は静《しず》かにくすぶっていた。

ハリーはロンとハーマイオニーに、フィルチとクイックスペル・コースのことを話《はな》そうとした。そのとたん、火《ひ》トカゲが急《きゅう》にヒュッと空中《くうちゅう》に飛《と》び上《あ》がり、派手《はで》に火花《ひばな》を散《ち》らし、バンバン大《おお》きな音《おと》を立《た》てながら、部屋中《へやじゅう》を猛烈《もうれつ》な勢《いきお》いでぐるぐる回《まわ》りはじめた。パーシーは声《こえ》をからしてフレッドとジョージをどなりつけ、火《ひ》トカゲの口《くち》からは滝《たき》のようにオレンジ色《いろ》の星《ほし》が流《なが》れ出《だ》してすばらしい眺《なが》めになり、トカゲが爆発音《ばくはつおん》とともに暖炉《だんろ》の火《ひ》の中《なか》に逃《に》げ込《こ》み、何《なん》だかんだで、フィルチのこともクイックスペルの封筒《ふうとう》のことも、ハリーの頭《あたま》から吹《ふ》き飛《と》んでしまった。

ハロウィーンが近《ちか》づくにつれ、ハリーは絶命日《ぜつめいび》パーティに出席《しゅっせき》するなどと、軽率《けいそつ》に約束《やくそく》してしまったことを後悔《こうかい》しはじめた。ほかの生徒《せいと》たちはハロウィーン・パーティを楽《たの》しみに待《ま》っていた。大広間《おおひろま》はいつものように生《い》きたコウモリで飾《かざ》られ、ハグリッドの巨大《きょだい》かぼちゃはくり抜《ぬ》かれて、中《なか》に大人《おとな》三人《にん》が充分座《じゅうぶんすわ》れるぐらい大《おお》きなランプになった。ダンブルドア校長《こうちょう》がパーティの余興《よきょう》用《よう》に「がいこつ舞踏団《ぶとうだん》」を予約《よやく》したとのうわさも流《なが》れた。

「約束《やくそく》は約束《やくそく》でしょ」

ハーマイオニーは命令口調《めいれいくちょう》でハリーに言《い》った。

「絶命日《ぜつめいび》パーティに行《い》くって、あなた、そう言《い》ったんだから」

そんなわけで、七時《じ》になるとハリー、ロン、ハーマイオニーの三人《にん》は、金《きん》の皿《さら》やキャンドルの吸《す》い寄《よ》せるような輝《かがや》きや、大入《おおい》り満員《まんいん》の大広間《おおひろま》のドアの前《まえ》を素通《すどお》りして、みんなとはちがって、地下牢《ちかろう》のほうへと足《あし》を向《む》けた。

ほとんど首無《くびな》しニックのパーティへと続《つづ》く道筋《みちすじ》にもキャンドルが立《た》ち並《なら》んではいたが、とても楽《たの》しいムードとは言《い》えなかった。ひょろりと長《なが》い真《ま》っ黒《くろ》な細《ほそ》ろうそくが真《ま》っ青《さお》な炎《ほのお》を上《あ》げ、生《い》きている三人《にん》の顔《かお》にさえ、ほの暗《ぐら》いかすかな光《ひかり》を投《な》げかけていた。階段《かいだん》を一段下《だんお》りるたびに温度《おんど》が下《さ》がった。ハリーが身震《みぶる》いし、ローブを体《からだ》にぴったりと巻《ま》きつけたとき、巨大《きょだい》な黒板《こくばん》を千本《ぼん》の生《なま》爪《づめ》で引《ひ》っかくような音《おと》が聞《き》こえてきた。

「あれが音楽《おんがく》のつもり？」ロンがささやいた。角《かど》を曲《ま》がると、ほとんど首無《くびな》しニックがビロードの黒幕《くろまく》を垂《た》らした戸口《とぐち》のところに立《た》っているのが見《み》えた。

「親愛《しんあい》なる友《とも》よ」ニックが悲《かな》しげに挨拶《あいさつ》した。

「これは、これは……このたびは、よくぞおいでくださいました……」

ニックは羽飾《はねかざ》りの帽子《ぼうし》をサッと脱《ぬ》いで、三人《にん》を中《なか》に招《まね》き入《い》れるようにおじぎをした。

信《しん》じられないような光景《こうけい》だった。地下牢《ちかろう》は何百《なんびゃく》という、真珠《しんじゅ》のように白《しろ》く半透明《はんとうめい》のゴーストでいっぱいだった。そのほとんどが、混《こ》み合《あ》ったダンス・フロアをふわふわ漂《ただよ》い、ワルツを踊《おど》っていた。黒幕《くろまく》で飾《かざ》られた壇上《だんじょう》で、オーケストラが三十本《ぼん》ののこぎりでわなわな震《ふる》える恐《おそ》ろしい音楽《おんがく》をかなでている。頭上《ずじょう》のシャンデリアは、さらに千本《ぼん》の黒《くろ》いろうそくで群青色《ぐんじょういろ》に輝《かがや》いていた。まるで冷凍庫《れいとうこ》に入《はい》り込《こ》んだようで、三人《にん》の吐《は》く息《いき》が、鼻先《はなさき》に霧《きり》のように立《た》ち昇《のぼ》った。

「見《み》て回《まわ》ろうか？」ハリーは足《あし》を温《あたた》めたくてそう言《い》った。

「誰《だれ》かの体《からだ》を通《とお》り抜《ぬ》けないように気《き》をつけろよ」ロンが心配《しんぱい》そうに言《い》った。

三人《にん》はダンス・フロアの端《はし》のほうを回《まわ》り込《こ》むように歩《ある》いた。陰気《いんき》な修道女《しゅうどうじょ》の一団《いちだん》や、ボロ服《ふく》に鎖《くさり》を巻《ま》きつけた男《おとこ》がいたし、ハッフルパフにすむ陽気《ようき》なゴーストの「太《ふと》った修道士《しゅうどうし》」は、額《ひたい》に矢《や》を突《つ》き刺《さ》した騎士《きし》と話《はなし》をしていた。スリザリンのゴーストで、全身銀色《ぜんしんぎんいろ》の血《ち》にまみれ、げっそりとした顔《かお》でにらんでいる「血《ち》みどろ男爵《だんしゃく》」は、ほかのゴーストたちが遠巻《とおま》きにしていたが、ハリーはそれも当然《とうぜん》だと思《おも》った。

「あーっ、いやだわ」ハーマイオニーが突然立《とつぜんた》ち止《ど》まった。

「戻《もど》って、戻《もど》ってよ。『嘆《なげ》きのマートル』とは話《はな》したくないの……」

「誰《だれ》だって？」急《いそ》いであと戻《もど》りしながらハリーが聞《き》いた。

「あの子《こ》、三階《かい》の女子《じょし》トイレに取《と》り憑《つ》いているの」ハーマイオニーが答《こた》えた。

「トイレに取《と》り憑《つ》いてるって？」

「そうなの。去年《きょねん》一年間《ねんかん》、トイレは壊《こわ》れっぱなしだったわ。だって、あの子《こ》がかんしゃくを起《お》こして、そこら中《じゅう》、水浸《みずびた》しにするんですもの。私《わたし》、壊《こわ》れてなくたってあそこには行《い》かなかったわ。だって、あの子《こ》が泣《な》いたりわめいたりしてるトイレに行《い》くなんて、とってもいやだもの」

「見《み》て。食《た》べ物《もの》だ」ロンが言《い》った。

地下牢《ちかろう》の反対側《はんたいがわ》には長《なが》テーブルがあり、これにも真《ま》っ黒《くろ》なビロードがかかっていた。三人《にん》は興《きょう》味津々《みしんしん》で近《ちか》づいていったが、次《つぎ》の瞬間《しゅんかん》、ぞっとして立《た》ちすくんだ。吐《は》き気《け》のするような臭《にお》いだ。しゃれた銀《ぎん》の盆《ぼん》に置《お》かれた魚《さかな》はくさり、銀《ぎん》の丸盆《まるぼん》に山盛《やまも》りのケーキは真《ま》っ黒焦《くろこ》げ、スコットランドの肉料理《にくりょうり》、ハギスの巨大《きょだい》な塊《かたまり》にはウジがわいていた。厚切《あつぎ》りチーズは毛《け》が生《は》えたように緑色《みどりいろ》のかびで覆《おお》われ、一段《いちだん》と高《たか》い所《ところ》にある灰色《はいいろ》の墓石《ぼせき》の形《かたち》をした巨大《きょだい》なケーキには、砂糖《さとう》のかわりにコールタールのような物《もの》で文字《もじ》が書《か》かれていた。

ニコラス・ド・ミムジー - ポーピントン卿《きょう》
一四九二年《ねん》十月《がつ》三十一日没《にちぼつ》

恰幅《かっぷく》のよいゴーストがテーブルに近《ちか》づき、身《み》をかがめてテーブルを通《とお》り抜《ぬ》けながら、大《おお》きく口《くち》を開《あ》けて、異臭《いしゅう》を放《はな》つ鮭《さけ》の中《なか》を通《とお》り抜《ぬ》けるようにしたのを、ハリーは驚《おどろ》いてまじまじと見《み》つめた。

「食《た》べ物《もの》を通《とお》り抜《ぬ》けると味《あじ》がわかるの？」ハリーがそのゴーストに聞《き》いた。

「まあね」ゴーストは悲《かな》しげにそう言《い》うと、ふわふわ行《い》ってしまった。

「つまり、より強《つよ》い風味《ふうみ》をつけるためにくさらせたんだと思《おも》うわ」ハーマイオニーは物知《ものし》り顔《がお》でそう言《い》いながら、鼻《はな》をつまんで、くさったハギスをよく見《み》ようと顔《かお》を近《ちか》づけた。

「行《い》こうよ。気分《きぶん》が悪《わる》い」ロンが言《い》った。

三人《にん》が向《む》きを変《か》えるか変《か》えないうちに、小男《こおとこ》がテーブルの下《した》から突然《とつぜん》スイーッと現《あらわ》れて、三人《にん》の目《め》の前《まえ》で空中《くうちゅう》に浮《う》かんだまま停止《ていし》した。

「やあ、ピーブズ」ハリーは慎重《しんちょう》に挨拶《あいさつ》した。

周《まわ》りのゴーストは青白《あおじろ》く透明《とうめい》なのに、ポルターガイストのピーブズは正反対《せいはんたい》だった。鮮《あざ》やかなオレンジ色《いろ》のパーティ用帽子《ようぼうし》をかぶり、くるくる回《まわ》る蝶《ちょう》ネクタイをつけ、意地《いじ》の悪《わる》そうな大《おお》きな顔《かお》いっぱいにニヤニヤ笑《わら》いを浮《う》かべていた。

「おつまみはどう？」

猫《ねこ》なで声《ごえ》で、ピーブズが深皿《ふかざら》に入《はい》ったかびだらけのピーナッツを差《さ》し出《だ》した。

「いらないわ」ハーマイオニーが言《い》った。

「おまえがかわいそうなマートルのことを話《はな》してるの、聞《き》いたぞ」ピーブズの目《め》は踊《おど》っていた。

「おまえ、かわいそうなマートルにひどいことを言《い》ったなぁ」

ピーブズは深《ふか》く息《いき》を吸《す》い込《こ》んでから、吐《は》き出《だ》すようにわめいた。

「**おーい！　マートル！**」

「あぁ、ピーブズ、だめ。私《わたし》が言《い》ったこと、あの子《こ》に言《い》わないで。じゃないと、あの子《こ》とっても気《き》を悪《わる》くするわ」

ハーマイオニーは大《おお》あわてでささやいた。

「私《わたし》、本気《ほんき》で言《い》ったんじゃないのよ。私《わたし》、気《き》にしてないわ。あの子《こ》が……あら、こんにちは、マートル」

ずんぐりした女《おんな》の子《こ》のゴーストがするするとやってきた。ハリーがこれまで見《み》た中《なか》で一番陰気《いちばんいんき》くさい顔《かお》をしていた。その顔《かお》も、ダラーッと垂《た》れた猫《ねこ》っ毛《け》と、分厚《ぶあつ》い乳白色《にゅうはくしょく》のめがねの陰《かげ》に半分《はんぶん》隠《かく》れていた。

「何《なん》なの？」マートルが仏頂面《ぶっちょうづら》で言《い》った。

「お元気《げんき》？」ハーマイオニーが無理《むり》に明《あか》るい声《こえ》を出《だ》した。

「トイレの外《そと》でお会《あ》いできて、うれしいわ」

マートルはフンと鼻《はな》を鳴《な》らした。

「ミス・グレンジャーがたった今《いま》おまえのことを話《はな》してたよう……」

ピーブズがいたずらっぽくマートルに耳打《みみう》ちした。

「あなたのこと――ただ――今夜《こんや》のあなたはとってもすてきって言《い》ってただけよ」

ハーマイオニーがピーブズをにらみつけながら言《い》った。

マートルは「うそでしょう」という目《め》つきでハーマイオニーを見《み》た。

「あなた、わたしのことからかってたんだわ」

むこうが透《す》けて見《み》えるマートルの小《ちい》さな目《め》から銀色《ぎんいろ》の涙《なみだ》が見《み》る見《み》るあふれてきた。

「そうじゃない――ほんとよ――私《わたし》、さっき、マートルがすてきだって言《い》ってたわよね？」

ハーマイオニーはハリーとロンの脇腹《わきばら》を痛《いた》いほどこづいた。

「ああ、そうだとも」

「そう言《い》ってた……」

「うそ言《い》ってもダメ」

マートルはのどが詰《つ》まり、涙《なみだ》が滝《たき》のようにほおを伝《つた》った。ピーブズはマートルの肩越《かたご》しに満足《まんぞく》げにケタケタ笑《わら》っている。

「みんなが陰《かげ》で、わたしのこと何《なん》て呼《よ》んでるか、知《し》らないとでも思《おも》ってるの？　太《ふと》っちょマートル、ブスのマートル、みじめ屋《や》・うめき屋《や》・ふさぎ屋《や》マートル！」
「抜《ぬ》かしたよぅ、にきび面《づら》ってのを」ピーブズがマートルの耳元《みみもと》でヒソヒソと言《い》った。

嘆《なげ》きのマートルはとたんに苦《くる》しげにしゃくりあげ、地下牢《ちかろう》から逃《に》げるように出《で》ていった。ピーブズはかびだらけのピーナッツをマートルにぶっつけて、「にきび面《づら》！　にきび面《づら》！」と叫《さけ》びながらマートルを追《お》いかけていった。

「なんとまあ」ハーマイオニーが悲《かな》しそうに言《い》った。

今度《こんど》はほとんど首無《くびな》しニックが人混《ひとご》みをかき分《わ》けてふわふわやってきた。

「楽《たの》しんでいますか？」

「ええ」みんなでうそをついた。

「ずいぶん集《あつ》まってくれました」ほとんど首無《くびな》しニックは誇《ほこ》らしげに言《い》った。

「『めそめそ未亡人《みぼうじん》』は、はるばるケントからやってきました……そろそろ私《わたし》のスピーチの時間《じかん》です。むこうに行《い》ってオーケストラに準備《じゅんび》させなければ……」

ところが、その瞬間《しゅんかん》、オーケストラが演奏《えんそう》をやめた。楽団員《がくだんいん》、それに地下牢《ちかろう》にいた全員《ぜんいん》が、狩《かり》の角笛《つのぶえ》が鳴《な》り響《ひび》く中《なか》、シーンと静《しず》まり、興奮《こうふん》して周《まわ》りを見回《みまわ》した。

「あぁ、始《はじ》まった」ニックが苦々《にがにが》しげに言《い》った。

地下牢《ちかろう》の壁《かべ》から、十二騎《き》の馬《うま》のゴーストが飛《と》び出《だ》してきた。それぞれ首無《くびな》しの騎手《きしゅ》を乗《の》せていた。観衆《かんしゅう》が熱狂的《ねっきょうてき》な拍手《はくしゅ》を送《おく》った。ハリーも拍手《はくしゅ》しようと思《おも》ったが、ニックの顔《かお》を見《み》てすぐに思《おも》いとどまった。

馬《うま》たちはダンス・フロアの真《ま》ん中《なか》までギャロップで走《はし》ってきて、前《まえ》に突《つ》っ込《こ》んだり、後脚立《あとあしだ》ちになったりして止《と》まった。先頭《せんとう》の大柄《おおがら》なゴーストは、あごひげを生《は》やした自分《じぶん》の首《くび》を小脇《こわき》に抱《かか》えていて、首《くび》が角笛《つのぶえ》を吹《ふ》いていた。そのゴーストは馬《うま》から飛《と》び降《お》り、群集《ぐんしゅう》の頭越《あたまご》しに何《なに》か見《み》るように、自分《じぶん》の首《くび》を高々《たかだか》と掲《かか》げた（みんな笑《わら》った）。それからほとんど首無《くびな》しニックのほうに大股《おおまた》で近《ちか》づき、首《くび》を胴体《どうたい》にぐいと押《お》し込《こ》むように戻《もど》した。

「ニック！」ほえるような声《こえ》だ。

「元気《げんき》かね？　首《くび》はまだそこにぶら下《さ》がっておるのか？」

男《おとこ》は思《おも》いきり高笑《たかわら》いして、ほとんど首無《くびな》しニックの肩《かた》をパンパンたたいた。

「ようこそ、パトリック」ニックが冷《つめ》たく言《い》った。

「生《い》きてる連中《れんちゅう》だ！」

パトリック卿《きょう》がハリー、ロン、ハーマイオニーを見《み》つけて、驚《おどろ》いたふりをしてわざと大《おお》げさに飛《と》び上《あ》がった。ねらいどおり、首《くび》がまたころげ落《お》ちた（観衆《かんしゅう》は笑《わら》いころげた）。

「まことにゆかいですな」ほとんど首無《くびな》しニックが沈《しず》んだ声《こえ》で言《い》った。

「ニックのことは、気《き》にしたもうな！」床《ゆか》に落《お》ちたパトリック卿《きょう》の首《くび》が叫《さけ》んだ。

「我々《われわれ》がニックを狩《かり》クラブに入《い》れないことを、まだ気《き》に病《や》んでいる！　しかし、要《よう》するに――彼《かれ》を見《み》れば――」

「あの――」ハリーはニックの意味《いみ》ありげな目《め》つきを見《み》て、あわてて切《き》り出《だ》した。

「ニックはとっても――恐《おそ》ろしくて、それで――あの……」

「ははん！」パトリック卿《きょう》の首《くび》が叫《さけ》んだ。「そう言《い》えと彼《かれ》に頼《たの》まれたな！」

「みなさん、ご静粛《せいしゅく》に。一言《ひとこと》、私《わたくし》からご挨拶《あいさつ》を！」ほとんど首無《くびな》しニックが声《こえ》を張《は》り上《あ》げ、堂々《どうどう》と演壇《えんだん》のほうに進《すす》み、壇上《だんじょう》に登《のぼ》って、ひやりとするようなブルーのスポットライトを浴《あ》びた。

「お集《あつ》まりの、今《いま》は亡《な》き、嘆《な》げかわしき閣下《かっか》、紳士《しんし》、淑女《しゅくじょ》のみなさま。ここに私《わたくし》、心《こころ》からの悲《かな》しみをもちまして……」

そのあとは誰《だれ》も聞《き》いてはいなかった。パトリック卿《きょう》と「首無《くびな》し狩《かり》クラブ」のメンバーが、ちょうど首《くび》ホッケーを始《はじ》めたところで、客《きゃく》はそちらに目《め》を奪《うば》われていた。ほとんど首無《くびな》しニックは聴《ちょう》衆《しゅう》の注意《ちゅうい》を取《と》り戻《もど》そうとやっきになったが、パトリック卿《きょう》の首《くび》がニックの脇《わき》を飛《と》んでいき、みんながワッと歓声《かんせい》を上《あ》げたので、すっかりあきらめてしまった。

ハリーはもう寒《さむ》くてたまらなくなっていた。もちろん腹《はら》ペコだった。

「僕《ぼく》、もうがまんできないよ」ロンがつぶやいた。

オーケストラがまた演奏《えんそう》を始《はじ》め、ゴーストたちがするするとダンス・フロアに戻《もど》ってきたときには、ロンは歯《は》をガチガチ震《ふる》わせていた。

「行《い》こう」ハリーも同《おな》じ思《おも》いだった。

誰《だれ》かと目《め》が合《あ》うたびにニッコリと会釈《えしゃく》しながら、三人《にん》はあとずさりして出口《でぐち》へと向《む》かった。ほどなく、三人《にん》は黒《くろ》いろうそくの立《た》ち並《なら》ぶ通路《つうろ》を、急《いそ》いで元来《もとき》たほうへと歩《ある》いていた。

「デザートがまだ残《のこ》っているかもしれない」

玄関《げんかん》ホールに出《で》る階段《かいだん》への道《みち》を、先頭《せんとう》を切《き》って歩《ある》きながら、ロンが祈《いの》るように言《い》った。

その時《とき》、ハリーはあの声《こえ》を聞《き》いた。

「……引《ひ》き裂《さ》いてやる……八《や》つ裂《ざ》きにしてやる……殺《ころ》してやる……」

あの声《こえ》と同《おな》じだ。ロックハートの部屋《へや》で聞《き》いたと同《おな》じ、冷《つめ》たい、残忍《ざんにん》な声《こえ》。

ハリーはよろよろとして立《た》ち止《ど》まり、石《いし》の壁《かべ》にすがって、全身《ぜんしん》を耳《みみ》にして声《こえ》を聞《き》いた。そして、ほの暗《ぐら》い灯《あか》りに照《て》らされた通路《つうろ》の隅《すみ》から隅《すみ》まで、目《め》を細《ほそ》めてじっと見回《みまわ》した。

「ハリー、いったい何《なに》を？……」

「またあの声《こえ》なんだ――ちょっとだまってて――」

「……腹《はら》がへったぞ――……こんなに長《なが》ぁい間《あいだ》……」

「ほら、聞《き》こえる！」ハリーが急《せ》き込《こ》んで言《い》った。ロンとハーマイオニーはハリーを見《み》つめ、その場《ば》に凍《こお》りついたようになった。

「……殺《ころ》してやる……殺《ころ》す時《とき》が来《き》た……」

声《こえ》はだんだん幽《かす》かになってきた。ハリーは、それがたしかに移動《いどう》していると思《おも》った――上《うえ》のほうに遠《とお》ざかっていく。暗《くら》い天井《てんじょう》をじっと見上《みあ》げながら、ハリーは恐怖《きょうふ》と興奮《こうふん》の入《い》りまじった気持《きも》ちで胸《むね》をしめつけられるようだった。どうやって上《うえ》のほうへ移動《いどう》できるんだろう？　石《いし》の天井《てんじょう》でさえ何《なん》の障害《しょうがい》にもならない幻《まぼろし》なのだろうか？

「こっちだ」

ハリーはそう叫《さけ》ぶと階段《かいだん》をかけ上《あ》がって玄関《げんかん》ホールに出《で》た。しかし、そこでは何《なに》か聞《き》こうなど、無理《むり》な注文《ちゅうもん》だった。ハロウィーン・パーティのペチャクチャというおしゃべりが大広間《おおひろま》からホールまで響《ひび》いていた。ハリーは大理石《だいりせき》の階段《かいだん》を全速力《ぜんそくりょく》でかけ上《あ》がり、二階《かい》に出《で》た。ロンとハーマイオニーもバタバタとあとに続《つづ》いた。

「ハリー、いったい僕《ぼく》たち何《なに》を……」

「シーッ！」

ハリーは耳《みみ》をそばだてた。遠《とお》く上《うえ》の階《かい》から、ますます幽《かす》かになりながら、声《こえ》が聞《き》こえてきた。

「……血《ち》の臭《にお》いがする……血《ち》の臭《にお》いがするぞ！」

ハリーは胃《い》がひっくり返《かえ》りそうだった。

「誰《だれ》かを殺《ころ》すつもりだ！」

そう叫《さけ》ぶなり、ハリーはロンとハーマイオニーの当惑《とうわく》した顔《かお》を無視《むし》して、三階《かい》への階段《かいだん》を、一度《いち》に三段《だん》ずつ飛《と》ばしてかけ上《あ》がった。その間《かん》も、自分《じぶん》の足音《あしおと》の響《ひび》きにかき消《け》されそうになる声《こえ》を、聞《き》き取《と》ろうとした。

ハリーは三階《かい》をくまなく飛《と》び回《まわ》った。ロンとハーマイオニーは息《いき》せき切《き》って、ハリーのあとをついて回《まわ》った。角《かど》を曲《ま》がり、最後《さいご》の、誰《だれ》もいない廊下《ろうか》に出《で》たとき、ハリーはやっと動《うご》くのをやめた。

「ハリー、いったいこれはどういうことだい？」ロンが額《ひたい》の汗《あせ》をぬぐいながら聞《き》いた。

「僕《ぼく》には何《なん》にも聞《き》こえなかった……」

しかし、ハーマイオニーのほうは、ハッと息《いき》をのんで廊下《ろうか》の隅《すみ》を指差《ゆびさ》した。

「見《み》て！」

むこうの壁《かべ》に何《なに》かが光《ひか》っていた。三人《にん》は暗《くら》がりに目《め》を凝《こ》らしながら、そっと近《ちか》づいた。窓《まど》と窓《まど》の間《あいだ》の壁《かべ》に、高《たか》さ三十センチほどの文字《もじ》が塗《ぬ》りつけられ、松明《たいまつ》に照《て》らされてチラチラと鈍《にぶ》い光《ひかり》を放《はな》っていた。

秘密《ひみつ》の部屋《へや》は開《ひら》かれたり
継承者《けいしょうしゃ》の敵《てき》よ、気《き》をつけよ

「何《なん》だろう——下《した》にぶら下《さ》がっているのは？」ロンの声《こえ》はかすかに震《ふる》えていた。

じりじりと近寄《ちかよ》りながら、ハリーは危《あや》うくすべりそうになった。床《ゆか》に大《おお》きな水《みず》たまりができていたのだ。ロンとハーマイオニーがハリーを受《う》け止《と》めた。文字《もじ》に少《すこ》しずつ近《ちか》づきながら、三人《にん》は文字《もじ》の下《した》の、暗《くら》い影《かげ》に目《め》を凝《こ》らした。一瞬《いっしゅん》にして、それが何《なん》なのか三人《にん》ともわかった。とたんに三人《にん》はのけぞるように飛《と》びのき、水《みず》たまりの水《みず》をはね上《あ》げた。

管理人《かんりにん》の飼《か》い猫《ねこ》、ミセス・ノリスだ。松明《たいまつ》の腕木《うでぎ》にしっぽをからませてぶら下《さ》がっている。板《いた》のように硬直《こうちょく》し、目《め》はカッと見開《みひら》いたままだった。

三人《にん》は動《うご》かなかった。しばらくして、ロンが言《い》った。

「ここを離《はな》れよう」

「助《たす》けてあげるべきじゃないかな……」ハリーが戸惑《とまど》いながら言《い》った。

「僕《ぼく》の言《い》うとおりにして」ロンが言《い》った。「ここにいるところを見《み》られないほうがいい」

すでに遅《おそ》かった。遠《とお》い雷鳴《らいめい》のようなざわめきが聞《き》こえた。パーティが終《お》わったらしい。三人《にん》が立《た》っている廊下《ろうか》の両側《りょうがわ》から、階段《かいだん》を上《のぼ》ってくる何百《なんびゃく》という足音《あしおと》、満腹《まんぷく》で楽《たの》しげなさざめきが聞《き》こえてきた。次《つぎ》の瞬間《しゅんかん》、生徒《せいと》たちが廊下《ろうか》にワッと現《あらわ》れた。

前《まえ》のほうにいた生徒《せいと》がぶら下《さ》がった猫《ねこ》を見《み》つけたとたん、おしゃべりも、さざめきも、ガヤガヤも突然消《とつぜんき》えた。沈黙《ちんもく》が生徒《せいと》たちの群《む》れに広《ひろ》がり、おぞましい光景《こうけい》を前《まえ》のほうで見《み》ようと押《お》し合《あ》った。そのかたわらで、ハリー、ロン、ハーマイオニーは廊下《ろうか》の真《ま》ん中《なか》にポツンと取《と》り残《のこ》されていた。

一瞬《いっしゅん》の後《のち》、静《しず》けさを破《やぶ》って誰《だれ》かが叫《さけ》んだ。

「継承者《けいしょうしゃ》の敵《てき》よ、気《き》をつけよ！　次《つぎ》はおまえたちの番《ばん》だぞ、『穢《けが》れた血《ち》』め！」

ドラコ・マルフォイだった。人垣《ひとがき》を押《お》しのけて最前列《さいぜんれつ》に進《すす》み出《で》たマルフォイは、冷《つめ》たい目《め》に生《せい》気《き》をみなぎらせ、いつもは血《ち》の気《け》のないほおに赤《あか》みがさし、ぶら下《さ》がったままピクリともしない猫《ねこ》を見《み》てニヤッと笑《わら》った。

第《だい》9章《しょう》　壁《かべ》に書《か》かれた文字《もじ》

「なんだ、なんだ？　何事《なにごと》だ？」

マルフォイの大声《おおごえ》に引《ひ》き寄《よ》せられたにちがいない。アーガス・フィルチが肩《かた》で人混《ひとご》みを押《お》し分《わ》けてやってきた。ミセス・ノリスを見《み》たとたん、フィルチは恐怖《きょうふ》のあまり手《て》で顔《かお》を覆《おお》い、たじたじとあとずさりした。

「私《わたし》の猫《ねこ》だ！　私《わたし》の猫《ねこ》だ！　ミセス・ノリスに何《なに》が起《お》こったというんだ？」

フィルチは金切《かなき》り声《ごえ》で叫《さけ》んだ。そしてフィルチの飛《と》び出《だ》した目《め》が、ハリーを見《み》た。

「おまえだな！」叫《さけ》び声《ごえ》は続《つづ》いた。

「おまえだ！　おまえが私《わたし》の猫《ねこ》を殺《ころ》したんだ！　あの子《こ》を殺《ころ》したのはおまえだ！　俺《おれ》がおまえを殺《ころ》してやる！　俺《おれ》が……」

「アーガス！」

ダンブルドアがほかに数人《すうにん》の先生《せんせい》を従《したが》えて現場《げんば》に到着《とうちゃく》した。すばやくハリー、ロン、ハーマイオニーの脇《わき》を通《とお》り抜《ぬ》け、ダンブルドアは、ミセス・ノリスを松明《たいまつ》の腕木《うでぎ》からはずした。

「アーガス、一緒《いっしょ》に来《き》なさい。ミスター・ポッター、ミスター・ウィーズリー、ミス・グレンジャー、君《きみ》たちもおいで」ダンブルドアが呼《よ》びかけた。

ロックハートがいそいそと進《すす》み出《で》た。

「校長先生《こうちょうせんせい》、私《わたくし》の部屋《へや》が一番近《いちばんちか》いです――すぐ上《うえ》です――どうぞご自由《じゆう》に――」

「ありがとう、ギルデロイ」

人垣《ひとがき》が無言《むごん》のままパッと左右《さゆう》に割《わ》れて、一行《いっこう》を通《とお》した。ロックハートは得意《とくい》げに、興奮《こうふん》した面持《おもも》ちで、せかせかとダンブルドアのあとに従《したが》った。マクゴナガル先生《せんせい》もスネイプ先生《せんせい》もそれに続《つづ》いた。

灯《あか》りの消《き》えたロックハートの部屋《へや》に入《はい》ると、なにやら壁面《へきめん》があたふたと動《うご》いた。ハリーが目《め》をやると、写真《しゃしん》の中《なか》のロックハートが何人《なんにん》か、髪《かみ》にカーラーを巻《ま》いたまま物陰《ものかげ》に隠《かく》れた。本物《ほんもの》のロックハートは机《つくえ》のろうそくを灯《とも》し、後《うし》ろに下《さ》がった。ダンブルドアは、ミセス・ノリスを磨《みが》きたてられた机《つくえ》の上《うえ》に置《お》き、調《しら》べはじめた。ハリー、ロン、ハーマイオニーは緊張《きんちょう》した面持《おもも》ちで目《め》を見交《みか》わし、ろうそくの灯《あか》りが届《とど》かない所《ところ》でぐったりと椅子《いす》に座《すわ》り込《こ》み、じっと見《み》つめていた。

ダンブルドアの折《お》れ曲《ま》がった長《なが》い鼻《はな》の先《さき》が、あとちょっとでミセス・ノリスの毛《け》にくっつきそうだった。長《なが》い指《ゆび》でそっとつついたり刺激《しげき》したりしながら、ダンブルドアは半月形《はんつきがた》のめがねをとおしてミセス・ノリスをくまなく調《しら》べた。マクゴナガル先生《せんせい》も身《み》をかがめてほとんど同《おな》じぐらい近《ちか》づき、目《め》を凝《こ》らして見《み》ていた。スネイプはその後《うし》ろに漠然《ばくぜん》と、半分影《はんぶんかげ》の中《なか》に立《た》ち、なんとも奇《き》妙《みょう》な表情《ひょうじょう》をしていた。まるでニヤリ笑《わら》いを必死《ひっし》でかみ殺《ころ》しているようだった。そしてロックハートとなると、みんなの周《まわ》りをうろうろしながら、あれやこれやと意見《いけん》を述《の》べ立《た》てていた。

「猫《ねこ》を殺《ころ》したのは、呪《のろ》いにちがいありません――たぶん『異形変身拷問《いぎょうへんしんごうもん》』の呪《のろ》いでしょう。何《なん》度《ど》も見《み》たことがありますよ。私《わたくし》がその場《ば》に居合《いあ》わせなかったのは、まことに残念《ざんねん》。猫《ねこ》を救《すく》う、ぴったりの反対呪文《はんたいじゅもん》を知《し》っていましたのに……」

ロックハートの話《はなし》の合《あ》いの手《て》は、涙《なみだ》も枯《か》れたフィルチの激《はげ》しくしゃくりあげる声《こえ》だった。机《つくえ》の脇《わき》の椅子《いす》にがっくり座《すわ》り込《こ》み、手《て》で顔《かお》を覆《おお》ったまま、ミセス・ノリスをまともに見《み》ることさえできなかった。ハリーはフィルチが大嫌《だいきら》いだったが、この時《とき》ばかりはちょっとかわいそうに思《おも》った。

それにしても自分《じぶん》のほうがもっとかわいそうだった。もしダンブルドアがフィルチの言《い》うことを真《ま》に受《う》けたのなら、ハリーはまちがいなく退学《たいがく》になるだろう。

ダンブルドアはブツブツと不思議《ふしぎ》な言葉《ことば》をつぶやき、ミセス・ノリスを杖《つえ》で軽《かる》くたたいた。が、何事《なにごと》も起《お》こらない。ミセス・ノリスは、つい先日《せんじつ》はくせいになったばかりの猫《ねこ》のように見《み》えた。

「──そう、非常《ひじょう》によく似《に》た事件《じけん》がウグドゥグで起《お》こったことがありました。次々《つぎつぎ》と襲《おそ》われる事件《じけん》でしたね。私《わたくし》の自伝《じでん》に一部始終《いちぶしじゅう》書《か》いてありますが。私《わたくし》が町《まち》の住人《じゅうにん》にいろいろな魔《ま》よけを授《さず》けましてね、あっという間《ま》に一件落着《いっけんらくちゃく》でした」

壁《かべ》のロックハートの写真《しゃしん》が、本人《ほんにん》の話《はなし》に合《あ》わせていっせいにうなずいていた。一人《ひとり》はヘアネットをはずすのを忘《わす》れていた。

ダンブルドアがようやく体《からだ》を起《お》こし、やさしく言《い》った。

「アーガス、猫《ねこ》は死《し》んでおらんよ」

ロックハートは、これまで自分《じぶん》が未然《みぜん》に防《ふせ》いだ殺人事件《さつじんじけん》の数《かず》を数《かぞ》えている最中《さいちゅう》だったが、あわてて数《かぞ》えるのをやめた。

「死《し》んでない？」フィルチが声《こえ》を詰《つ》まらせ、指《ゆび》の間《あいだ》からミセス・ノリスをのぞき見《み》た。

「それじゃ、どうしてこんなに──こんなに固《かた》まって、冷《つめ》たくなって？」

「石《いし》になっただけじゃ」

ダンブルドアが答《こた》えた──「やっぱり！　私《わたくし》もそう思《おも》いました！」とロックハートが言《い》った──。

「ただし、どうしてそうなったのか、わしには答《こた》えられん……」

「あいつに聞《き》いてくれ！」

フィルチは涙《なみだ》で汚《よご》れ、まだらに赤《あか》くなった顔《かお》でハリーのほうを見《み》た。

「二年生《ねんせい》がこんなことをできるはずがない」ダンブルドアはきっぱりと言《い》った。

「最《もっと》も高度《こうど》な闇《やみ》の魔術《まじゅつ》をもってして初《はじ》めて……」

「あいつがやったんだ。あいつだ！」

ぶくぶくたるんだ顔《かお》を真《ま》っ赤《か》にして、フィルチは吐《は》き出《だ》すように言《い》った。

「あいつが壁《かべ》に書《か》いた文字《もじ》を読《よ》んだでしょう！　あいつは見《み》たんだ——私《わたし》の事務室《じむしつ》で——あいつは知《し》ってるんだ。私《わたし》が……私《わたし》が……」

フィルチの顔《かお》が苦《くる》しげにゆがんだ。

「私《わたし》ができそこないの『スクイブ』だって知《し》ってるんだ！」

フィルチがやっとのことで言葉《ことば》を言《い》い終《お》えた。

「僕《ぼく》、ミセス・ノリスに指一本《ゆびいっぽん》触《ふ》れていません！」

ハリーは大声《おおごえ》で言《い》った。

「それに、僕《ぼく》、スクイブが何《なん》なのかも知《し》りません」

ハリーはみんなの目《め》が、壁《かべ》のロックハートの写真《しゃしん》の目《め》さえが、自分《じぶん》に集《あつ》まっているのをいやというほど感《かん》じていた。

「バカな！」フィルチが歯《は》がみをした。

「あいつはクイックスペルから来た手紙《てがみ》を見《み》やがった！」

「校長《こうちょう》、一言《ひとこと》よろしいですかな」

影《かげ》の中《なか》からスネイプの声《こえ》がした。ハリーの不吉感《ふきつかん》がつのった。スネイプは一言《ひとこと》もハリーに有利《ゆうり》な発言《はつげん》はしないと、ハリーは確信《かくしん》していた。

「ポッターもその仲間《なかま》も、単《たん》に間《ま》が悪《わる》くその場《ば》に居合《いあ》わせただけかもしれませんな」

自分《じぶん》はそうは思《おも》わないとばかりに、スネイプは口元《くちもと》をかすかにゆがめて冷笑《れいしょう》していた。

「とは言《い》え、一連《いちれん》の疑《うたが》わしい状況《じょうきょう》が存在《そんざい》します。だいたい連中《れんちゅう》はなぜ三階《さんかい》の廊下《ろうか》にいたのか？

なぜ三人《にん》はハロウィーンのパーティにいなかったのか？」

ハリー、ロン、ハーマイオニーはいっせいに「絶命日《ぜつめいび》パーティ」の説明《せつめい》を始《はじ》めた。

「……ゴーストが何百人《なんびゃくにん》もいましたから、私《わたし》たちがそこにいたと、証言《しょうげん》してくれるでしょう――」

「それでは、そのあとパーティに来《こ》なかったのはなぜかね？」

スネイプの暗《くら》い目《め》がろうそくの灯《あか》りでギラリと輝《かがや》いた。

「なぜあそこの廊下《ろうか》に行《い》ったのかね？」

ロンとハーマイオニーがハリーの顔《かお》を見《み》た。

「それは――つまり――」

ハリーの心臓《しんぞう》は早鐘《はやがね》のように鳴《な》った――自分《じぶん》にしか聞《き》こえない姿《すがた》のない声《こえ》を追《お》って行《い》ったと答《こた》えれば、あまりにも唐突《とうとつ》に思《おも》われてしまう――ハリーはとっさにそう感《かん》じた。

「僕《ぼく》たちつかれたので、ベッドに行《い》きたかったものですから」ハリーはそう答《こた》えた。

「夕食《ゆうしょく》も食《た》べずにか？」

スネイプはほおのこけ落《お》ちた顔《かお》に、勝《か》ち誇《ほこ》ったような笑《わら》いをちらつかせた。

「ゴーストのパーティで、生《い》きた人間《にんげん》にふさわしい食《た》べ物《もの》が出《で》るとは思《おも》えんがね」

「僕《ぼく》たち、空腹《くうふく》ではありませんでした」

ロンが大声《おおごえ》で言《い》ったとたん、胃袋《いぶくろ》がゴロゴロ鳴《な》った。

スネイプはますます底意地《そこいじ》の悪《わる》い笑《わら》いをうかべた。

「校長《こうちょう》、ポッターが真《ま》っ正直《しょうじき》に話《はな》しているとは言《い》えないですな。すべてを正直《しょうじき》に話《はな》してくれる気《き》になるまで、彼《かれ》の権利《けんり》を一部《いちぶ》取《と》り上《あ》げるのがよろしいかと存《ぞん》じます。私《わたし》としては、彼《かれ》が告白《こくはく》するまでグリフィンドールのクィディッチ・チームからはずすのが適当《てきとう》かと思《おも》いますが」

「そうお思《おも》いですか、セブルス」マクゴナガル先生《せんせい》が鋭《するど》く切《き》り込《こ》んだ。

「私《わたくし》には、この子《こ》がクィディッチをするのを止《と》める理由《りゆう》が見当《みあ》たりませんね。この猫《ねこ》は箒《ほうき》の柄《え》で頭《あたま》を打《う》たれたわけでもありません。ポッターが悪《わる》いことをしたという証拠《しょうこ》は何《なに》一つないのですよ」

ダンブルドアはハリーに探《さぐ》るような目《め》を向《む》けた。キラキラ輝《かがや》く明《あか》るいブルーの目《め》で見《み》つめられると、ハリーにはまるでレントゲンで映《うつ》し出《だ》されているように感《かん》じられた。

「疑《うたが》わしきは罰《ばっ》せずじゃよ、セブルス」ダンブルドアがきっぱり言《い》った。

スネイプはひどく憤慨《ふんがい》し、フィルチもまたそうだった。

「私《わたし》の猫《ねこ》が石《いし》にされたんだ！　刑罰《けいばつ》を受《う》けさせなけりゃ収《おさ》まらん！」

フィルチの目《め》は飛《と》び出《だ》し、声《こえ》は金切《かなき》り声《ごえ》だ。

「アーガス、君《きみ》の猫《ねこ》は治《なお》してあげられますぞ」

ダンブルドアがおだやかに言《い》った。

「スプラウト先生《せんせい》が、最近《さいきん》やっとマンドレイクを手《て》に入《い》れられてな。充分《じゅうぶん》に成長《せいちょう》したら、すぐにもミセス・ノリスを蘇生《そせい》させる薬《くすり》を作《つく》らせましょうぞ」

「私《わたくし》がそれをお作《つく》りしましょう」

ロックハートが突然口《とつぜんくち》をはさんだ。

「私《わたくし》は何百回作《なんびゃっかいつく》ったかわからないぐらいですよ。『マンドレイク回復薬《かいふくやく》』なんて、眠《ねむ》っててたって作《つく》れます」

「おうかがいしますがね」スネイプが冷《つめ》たく言《い》った。

「この学校《がっこう》では、我輩《わがはい》が魔法薬《まほうやく》の教授《きょうじゅ》のはずだが」

とても気《き》まずい沈黙《ちんもく》が流《なが》れた。

「帰《かえ》ってよろしい」ダンブルドアがハリー、ロン、ハーマイオニーに言《い》った。

三人《にん》は走《はし》りこそしなかったが、その一歩手前《いっぽてまえ》の早足《はやあし》で、できるかぎり急《いそ》いでその場《ば》を去《さ》った。

ロックハートの部屋《へや》の上《うえ》の階《かい》まで上《のぼ》り、誰《だれ》もいない教室《きょうしつ》に入《はい》ると、そっとドアを閉《し》めた。暗《くら》くてよく顔《かお》が見《み》えず、ハリーは目《め》を凝《こ》らして二人《ふたり》を見《み》た。

「あの声《こえ》のこと、僕《ぼく》、みんなに話《はな》したほうがよかったと思《おも》う？」

「いや」ロンがきっぱりと言《い》った。

「誰《だれ》にも聞《き》こえない声《こえ》が聞《き》こえるのは、魔法界《まほうかい》でも狂気《きょうき》の始《はじ》まりだって思《おも》われてる」

ロンの口調《くちょう》が、ハリーにはちょっと気《き》になった。

「君《きみ》は僕《ぼく》のことを信《しん》じてくれてるよね？」

「もちろん、信《しん》じてるさ」ロンが急《いそ》いで言《い》った。「だけど——君《きみ》も薄気味悪《うすきみわる》いって思《おも》うだろ……」

「たしかに薄気味悪《うすきみわる》いよ。何《なに》もかも気味《きみ》の悪《わる》いことだらけだ。壁《かべ》に何《なん》て書《か》いてあった？『部屋《へや》は開《ひら》かれたり』……これ、どういう意味《いみ》なんだろう？」

「ちょっと待《ま》って。なんだか思《おも》い出《だ》しそう」ロンが考《かんが》えながら言《い》った。

「誰《だれ》かがそんな話《はなし》をしてくれたことがある——ビルだったかもしれない。ホグワーツの秘密《ひみつ》の部屋《へや》のことだ」

「それに、できそこないのスクイブっていったい何《なに》？」ハリーが聞《き》いた。

何《なに》がおかしいのか、ロンはクックッと嘲笑《ちょうしょう》をかみ殺《ころ》した。

「あのね——本当《ほんとう》はおかしいことじゃないんだけど——でも、それがフィルチだったもんで……。スクイブっていうのはね、魔《ま》法《ほう》使《つか》いの家《いえ》に生《う》まれたのに魔力《まりょく》を持《も》ってない人《ひと》のことなんだ。マグルの家《いえ》に生《う》まれた魔《ま》法《ほう》使《つか》いの逆《ぎゃく》かな。でも、スクイブってめったにいないけどね。もし、フィルチがクイックスペル・コースで魔《ま》法《ほう》の勉強《べんきょう》をしようとしてるなら、きっとスクイブだと思《おも》うな。これでいろんな謎《なぞ》が解《と》けた。たとえば、どうして彼《かれ》は生徒《せいと》たちをあんなに憎《にく》んでいるか、なんてね」

ロンは満足《まんぞく》げに笑《わら》った。

「ねたましいんだ」

どこかで時計《とけい》の鐘《かね》が鳴《な》った。

「午前零時《ごぜんれいじ》だ」ハリーが言《い》った。

「早《はや》くベッドに行《い》かなきゃ。スネイプがやってきて、別《べつ》なことで僕《ぼく》たちをはめないうちにね」


それから数日《すうじつ》は、学校中《がっこうじゅう》がミセス・ノリスの襲《おそ》われた話《はなし》でもちきりだった。犯人《はんにん》が現場《げんば》に戻《もど》ると考《かんが》えたのかどうか、フィルチは、猫《ねこ》が襲《おそ》われた場所《ばしょ》を往《い》ったり来《き》たりすることで、みんなの記《き》憶《おく》を生々《なまなま》しいものにしていた。フィルチが壁《かべ》の文字《もじ》を消《け》そうと「ミセス・ゴシゴシの魔法万能汚《まほうばんのうよご》れ落《お》とし」でこすっているのをハリーは見《み》かけたが、効果《こうか》はないようだった。文字《もじ》は相変《あいか》わらず石壁《いしかべ》の上《うえ》にありありと光《ひかり》を放《はな》っていた。犯行現場《はんこうげんば》の見張《みは》りをしていないときは、フィルチは血《ち》走《ばし》った目《め》で廊下《ろうか》をほっつき回《まわ》り、油断《ゆだん》している生徒《せいと》に言《い》いがかりをつけて「音《おと》を立《た》てて息《いき》をした」とか「うれしそうだった」とかいう理由《りゆう》で、処罰《しょばつ》に持《も》ち込《こ》もうとした。

ジニー・ウィーズリーは、ミセス・ノリス事件《じけん》でひどく心《こころ》を乱《みだ》されたようだった。ロンの話《はなし》では、ジニーは無類《むるい》の猫好《ねこず》きらしい。

「でも、ミセス・ノリスの本性《ほんしょう》を知《し》らないからだよ」

ロンはジニーを元気《げんき》づけようとした。

「はっきり言《い》って、あんなのはいないほうがどんなにせいせいするか」

ジニーは唇《くちびる》を震《ふる》わせた。

「こんなこと、ホグワーツでしょっちゅう起《お》こりはしないから大丈夫《だいじょうぶ》」ロンがうけ合《あ》った。

「あんなことをしたへんてこりん野郎《やろう》は、学校《がっこう》があっという間《ま》に捕《つか》まえて、ここからつまみ出《だ》してくれるよ。できれば放《ほう》り出《だ》される前《まえ》に、ちょいとフィルチを石《いし》にしてくれりゃいいんだけど。あ、冗談《じょうだん》、冗談《じょうだん》——」

ジニーが真《ま》っ青《さお》になったのでロンがあわてて言《い》った。

事件《じけん》の後遺症《こういしょう》はハーマイオニーにもおよんだ。ハーマイオニーが読書《どくしょ》に長《なが》い時間《じかん》を費《つい》やすのは、今《いま》に始《はじ》まったことではない。しかし、今《いま》や読書以外《どくしょいがい》はほとんど何《なに》もしていなかった。何《なに》をしているの、とハリーやロンが話《はな》しかけても、ろくすっぽ返事《へんじ》もしてくれなかった。何《なに》をしているのかが、やっと次《つぎ》の水曜日《すいようび》になってわかった。

魔法薬《まほうやく》の授業《じゅぎょう》のあと、スネイプはハリーを居残《いのこ》らせて、机《つくえ》に貼《は》りついたフジツボをこそげ落《お》とすように言《い》いつけた。遅《おそ》くなった昼食《ちゅうしょく》を急《いそ》いで食《た》べ終《お》えると、ハリーは図書館《としょかん》でロンに会《あ》おうと階段《かいだん》を上《のぼ》っていった。ちょうどその時《とき》、ハッフルパフ寮《りょう》のジャスティン・フィンチ‐フレッチリーがむこうからやってきた。薬草学《やくそうがく》で一緒《いっしょ》だったことがあるので、ハリーは挨拶《あいさつ》をしようと口《くち》を開《ひら》きかけた。するとハリーの姿《すがた》に気《き》づいたジャスティンは、急《きゅう》に回《まわ》れ右《みぎ》をして反対《はんたい》の方向《ほうこう》へ急《いそ》ぎ足《あし》で行《い》ってしまった。

ロンは図書館《としょかん》の奥《おく》のほうで、魔法史《まほうし》の宿題《しゅくだい》の長《なが》さをはかっていた。ビンズ先生《せんせい》の宿題《しゅくだい》は「中世《ちゅうせい》におけるヨーロッパ魔法使《まほうつか》い会議《かいぎ》」について一メートルの長《なが》さの作文《さくぶん》を書《か》くことだった。

「まさか、まだ二十センチも足《た》りないなんて……」

ロンはぷりぷりして羊皮紙《ようひし》から手《て》を放《はな》した。羊皮紙《ようひし》はまたくるりと丸《まる》まってしまった。

「ハーマイオニーなんか、もう一メートル四十センチも書《か》いたんだぜ、しかも細《こま》かい字《じ》で」

「ハーマイオニーはどこ？」

ハリーも巻尺《まきじゃく》を無造作《むぞうさ》につかんで、自分《じぶん》の宿題《しゅくだい》の羊皮紙《ようひし》を広《ひろ》げながら聞《き》いた。

「どっかあの辺《へん》だよ」

ロンは書棚《しょだな》のあたりを指差《ゆびさ》した。

「また別《べつ》の本《ほん》を探《さが》してる。あいつ、クリスマスまでに図書館中《としょかんじゅう》の本《ほん》を全部読《ぜんぶよ》んでしまうつもりじゃないのか」

ハリーはロンに、ジャスティン・フィンチ‐フレッチリーが逃《に》げていったことを話《はな》した。

「なんでそんなこと気《き》にするんだい。僕《ぼく》、あいつ、ちょっと間抜《まぬ》けだって思《おも》ってたよ」

ロンはできるだけ大《おお》きい字《じ》で宿題《しゅくだい》を書《か》きなぐりながら言《い》った。

「だって、ロックハートが偉大《いだい》だとか、バカバカしいことを言《い》ってたじゃないか……」

ハーマイオニーが書棚《しょだな》と書棚《しょだな》の間《あいだ》からヒョイと現《あらわ》れた。いらいらしているようだったが、やっと二人《ふたり》と話《はな》す気《き》になったらしい。

「『ホグワーツの歴史《れきし》』が全部貸《ぜんぶか》し出《だ》されてるの」

ハーマイオニーは、ロンとハリーの隣《となり》に腰《こし》かけた。

「しかも、あと二週間《しゅうかん》は予約《よやく》でいっぱい。私《わたし》のを家《いえ》に置《お》いてこなけりゃよかった。残念《ざんねん》。でも、ロックハートの本《ほん》でいっぱいだったから、トランクに入《はい》りきらなかったの」

「どうしてその本《ほん》がほしいの？」ハリーが聞《き》いた。

「みんなが借《か》りたがっている理由《りゆう》と同《おな》じよ。『秘密《ひみつ》の部屋《へや》』の伝説《でんせつ》を調《しら》べたいの」

「それ、何《なん》なの？」ハリーは急《せ》き込《こ》んだ。

「まさに、その疑問《ぎもん》よ。それがどうしても思《おも》い出《だ》せないの」ハーマイオニーは唇《くちびる》をかんだ。

「しかも、ほかのどの本《ほん》にも書《か》いてないの――」

「ハーマイオニー、君《きみ》の作文見《さくぶんみ》せて」

ロンが時計《とけい》を見《み》ながら絶望的《ぜつぼうてき》な声《こえ》を出《だ》した。

「ダメ。見《み》せられない」ハーマイオニーは急《きゅう》に厳《きび》しくなった。

「提出《ていしゅつ》までに十日《とおか》もあったじゃない」

「あとたった六センチなんだけどなぁ。いいよ、いいよ……」

ベルが鳴《な》った。ロンとハーマイオニーはハリーの先《さき》に立《た》って、二人《ふたり》で口《くち》げんかしながら魔法史《まほうし》の教室《きょうしつ》に向《む》かった。

魔法史《まほうし》は時間割《じかんわり》の中《なか》で一番退屈《いちばんたいくつ》な科目《かもく》だった。担当《たんとう》のビンズ先生《せんせい》は、ただ一人《ひとり》のゴーストの先生《せんせい》で、唯一《ゆいいつ》おもしろいのは、先生《せんせい》が、毎回黒板《まいかいこくばん》を通《とお》り抜《ぬ》けてクラスに現《あらわ》れることだった。しわしわの骨董品《こっとうひん》のような先生《せんせい》で、聞《き》くところによれば、自分《じぶん》が死《し》んだことにも気《き》づかなかったらしい。ある日《ひ》、立《た》ち上《あ》がって授業《じゅぎょう》に出《で》かけるとき、生身《なまみ》の体《からだ》を職員室《しょくいんしつ》の暖炉《だんろ》の前《まえ》のひじかけ椅子《いす》に、そのまま置《お》き忘《わす》れてきたという。それからも、先生《せんせい》の日課《にっか》はちっとも変《か》わっていないのだ。

今日《きょう》もいつものように退屈《たいくつ》だった。ビンズ先生《せんせい》はノートを開《ひら》き、中古《ちゅうこ》の電気掃除機《でんきそうじき》のような、一本調子《いっぽんちょうし》の低《ひく》い声《こえ》でブーンブーンと読《よ》み上《あ》げはじめた。ほとんどクラス全員《ぜんいん》が催眠術《さいみんじゅつ》にかかったようにぼうっとなり、ときどき、ハッと我《われ》に返《かえ》っては、名前《なまえ》とか年号《ねんごう》とかのノートを取《と》る間《あいだ》だけ目《め》を覚《さ》まし、またすぐ眠《ねむ》りに落《お》ちるのだった。先生《せんせい》が三十分《ぷん》も読《よ》み上《あ》げ続《つづ》けたころ、今《いま》まで一《いち》度《ど》もなかったことが起《お》きた。ハーマイオニーが手《て》を挙《あ》げたのだ。

ビンズ先生《せんせい》はちょうど一二八九年《ねん》の国際魔法戦士条約《こくさいまほうせんしじょうやく》についての、死《し》にそうに退屈《たいくつ》な講義《こうぎ》の真《ま》っ最中《さいちゅう》だったが、ちらっと目《め》を上《あ》げ、驚《おどろ》いたように見《み》つめた。

「ミス――あー？」

「グレンジャーです。先生《せんせい》、『秘密《ひみつ》の部屋《へや》』について何《なに》か教《おし》えていただけませんか」

ハーマイオニーははっきりした声《こえ》で言《い》った。

口《くち》をポカンと開《あ》けて窓《まど》の外《そと》を眺《なが》めていたディーン・トーマスは催眠状態《さいみんじょうたい》から急《きゅう》に覚醒《かくせい》した。両腕《りょううで》を枕《まくら》にしていたラベンダー・ブラウンは頭《あたま》を持《も》ち上《あ》げ、ネビルのひじは机《つくえ》からガクッとすべり落《お》ちた。

ビンズ先生《せんせい》は目《め》をしばたたいた。

「わたしがお教《おし》えしとるのは魔法史《まほうし》です」

ひからびた声《こえ》で、先生《せんせい》がゼイゼイと言《い》った。

「事実《じじつ》を教《おし》えとるのであり、ミス・グレンジャー、神話《しんわ》や伝説《でんせつ》ではないのであります」

先生《せんせい》はコホンとチョークが折《お》れるような小《ちい》さな音《おと》を立《た》てて咳払《せきばら》いし、授業《じゅぎょう》を続《つづ》けた。

「同《おな》じ年《とし》の九月《がつ》、サルジニア魔法使《まほうつか》いの小委員会《しょういいんかい》で……」

先生《せんせい》はここでつっかえた。ハーマイオニーの手《て》がまた空中《くうちゅう》で揺《ゆ》れていた。

「ミス・グラント？」

「先生《せんせい》、お願《ねが》いです。伝説《でんせつ》というのは必《かなら》ず事実《じじつ》に基《もと》づいているのではありませんか？」

ビンズ先生《せんせい》はハーマイオニーをじっと見《み》つめた。その驚《おどろ》きようときたら、先生《せんせい》のクラスを途中《とちゅう》でさえぎる生徒《せいと》は、先生《せんせい》が生《い》きている間《あいだ》も死《し》んでからも、ただの一人《ひとり》もいなかったにちがいない、とハリーは思《おも》った。

「ふむ」ビンズ先生《せんせい》は考《かんが》えながら言《い》った。

「しかり、そんなふうにも言《い》えましょう——たぶん」

先生《せんせい》はハーマイオニーをまじまじと見《み》た。まるで今《いま》まで一度《いちど》も生徒《せいと》をまともに見《み》たことがないかのようだった。

「しかしながらです。あなたが言《い》っとるところの伝説《でんせつ》はと言《い》えば、これはまことに人騒《ひとさわ》がせなものであり、荒唐無稽《こうとうむけい》な話《はなし》とさえ言《い》えるものであり……」

しかし、今《いま》やクラス全体《ぜんたい》がビンズ先生《せんせい》の一言一言《ひとことひとこと》に耳《みみ》を傾《かたむ》けていた。先生《せんせい》は見《み》るともなくぼんやりと全生徒《ぜんせいと》を見渡《みわた》した。どの顔《かお》も先生《せんせい》のほうを向《む》いている。こんなに興味《きょうみ》を示《しめ》されることなど、かつてなかった先生《せんせい》が、完全《かんぜん》にまごついているのがハリーにはわかった。

「あー、よろしい」先生《せんせい》がかみしめるように語《かた》りだした。

「さて……『秘密《ひみつ》の部屋《へや》』とは……みなさんも知《し》ってのとおり、ホグワーツは一千年以上《ねんいじょう》も前《まえ》

――正確《せいかく》な年号《ねんごう》は不明《ふめい》であるからにして――その当時《とうじ》の、最《もっと》も偉大《いだい》なる四人《にん》の魔女《まじょ》と魔法使《まほうつか》いたちによって、創設《そうせつ》されたのであります。その四つの学寮《がくりょう》は、それぞれ創設者《そうせつしゃ》の名前《なまえ》にちなんで名《な》付《づ》けられたのであります。すなわち、ゴドリック・グリフィンドール、ヘルガ・ハッフルパフ、ロウェナ・レイブンクロー、そしてサラザール・スリザリン。彼《かれ》らはマグルの詮索《せんさく》好《ず》きな目《め》から遠《とお》く離《はな》れたこの地《ち》に、ともにこの城《しろ》を築《きず》いたのであります。なぜならば、その時代《じだい》には魔法《まほう》は一《いっ》般《ぱん》の人々《ひとびと》の恐《おそ》れるところであり、魔女《まじょ》や魔法使《まほうつか》いは多大《ただい》なる迫害《はくがい》を受《う》けたからであります」

先生《せんせい》はここで一息入《ひといきい》れ、漠然《ばくぜん》とクラス全体《ぜんたい》を見《み》つめ、それから続《つづ》きを話《はな》しだした。

「数年《すうねん》の間《あいだ》、創設者《そうせつしゃ》たちは和気《わき》あいあいで、魔法力《まほうりょく》を示《しめ》した若者《わかもの》たちを探《さが》し出《だ》しては、この城《しろ》に誘《さそ》って教育《きょういく》したのであります。しかしながら、四人《にん》の間《あいだ》に意見《いけん》の相違《そうい》が出《で》てきた。スリザリンとほかの三人《にん》との亀裂《きれつ》が広《ひろ》がっていったのであります。スリザリンは、ホグワーツには選別《せんべつ》された生徒《せいと》のみが入学《にゅうがく》を許《ゆる》されるべきだと考《かんが》えた。魔法教育《まほうきょういく》は、純粋《じゅんすい》に魔法族《まほうぞく》の家系《かけい》にのみ与《あた》えられるべきだという信念《しんねん》を持《も》ち、マグルの親《おや》を持《も》つ生徒《せいと》は学《まな》ぶ資格《しかく》がないと考《かんが》えて、入学《にゅうがく》させることを嫌《きら》ったのであります。しばらくして、この問題《もんだい》をめぐり、スリザリンとグリフィンドールが激《はげ》しく言《い》い争《あらそ》うことになり、スリザリンが学校《がっこう》を去《さ》ったのであります」

ビンズ先生《せんせい》はここでまたいったん口《くち》を閉《と》じた。口《くち》をすぼめると、しわくちゃな年寄《としよ》り亀《がめ》のような顔《かお》になった。

「信頼《しんらい》できる歴史的資料《れきしてきしりょう》はここまでしか語《かた》ってくれんのであります。しかしこうした真摯《しんし》な事実《じじつ》が、『秘密《ひみつ》の部屋《へや》』という空想《くうそう》の伝説《でんせつ》により、あいまいなものになっておる。つまり、スリザリンがこの城《しろ》に、ほかの創設者《そうせつしゃ》にはまったく知《し》られていない、隠《かく》された部屋《へや》を作《つく》ったという話《はなし》があるのであります」

「その伝説《でんせつ》によれば、スリザリンは『秘密《ひみつ》の部屋《へや》』を密封《みっぷう》し、この学校《がっこう》に彼《かれ》の真《しん》の継承者《けいしょうしゃ》が現《あらわ》れる時《とき》まで、何人《なんぴと》もその部屋《へや》を開《あ》けることができないようにしたという。その継承者《けいしょうしゃ》のみが『秘密《ひみつ》の部屋《へや》』の封印《ふういん》を解《と》き、その中《なか》の恐怖《きょうふ》を解《と》き放《はな》ち、それを用《もち》いてこの学校《がっこう》から魔法《まほう》を学《まな》ぶにふさわしからざる者《もの》を追放《ついほう》するという」

先生《せんせい》が語《かた》り終《お》えると、沈黙《ちんもく》が満《み》ちた。が、いつものビンズ先生《せんせい》の授業《じゅぎょう》につきものの、眠気《ねむけ》を誘《さそ》う沈黙《ちんもく》ではなかった。みんなが先生《せんせい》を見《み》つめ、もっと話《はな》してほしいという落《お》ち着《つ》かない空気《くうき》が漂《ただよ》っていた。ビンズ先生《せんせい》はかすかに困惑《こんわく》した様子《ようす》を見《み》せた。

「もちろん、すべては戯言《たわごと》であります。当然《とうぜん》ながら、そのような部屋《へや》の証《あか》しを求《もと》め、最高《さいこう》の学識《がくしき》ある魔女《まじょ》や魔法使《まほうつか》いが、何度《なんど》もこの学校《がっこう》を探索《たんさく》したのでありますが、そのようなものは存在《そんざい》しなかったのであります。だまされやすい者《もの》を怖《こわ》がらせる作《つく》り話《ばなし》であります」

ハーマイオニーの手《て》がまた空中《くうちゅう》に挙《あ》がった。

「先生《せんせい》――『部屋《へや》の中《なか》の恐怖《きょうふ》』というのは具体的《ぐたいてき》にどういうことですか?」

「何《なん》らかの怪物《かいぶつ》だと信《しん》じられており、スリザリンの継承者《けいしょうしゃ》のみが操《あやつ》ることができるという」

ビンズ先生《せんせい》はひからびたかん高《だか》い声《こえ》で答《こた》えた。

生徒《せいと》がこわごわ互《たが》いに顔《かお》を見合《みあ》わせた。

「言《い》っておきましょう。そんなものは存在《そんざい》しない」

ビンズ先生《せんせい》がノートをパラパラとめくりながら言《い》った。

「『部屋《へや》』などない、したがって怪物《かいぶつ》はおらん」

「でも、先生《せんせい》」シェーマス・フィネガンだ。「もし『部屋《へや》』がスリザリンの継承者《けいしょうしゃ》によってのみ開《あ》けられるなら、ほかの誰《だれ》も、それを見《み》つけることはできない、そうでしょう?」

「ナンセンス。オッフラハーティ君《くん》」ビンズ先生《せんせい》の声《こえ》がますます険《けわ》しくなった。「歴代《れきだい》のホグワーツ校長《こうちょう》である魔法使《まほうつか》い、魔女《まじょ》の先生方《せんせいがた》が、何《なに》も発見《はっけん》しなかったのだからして――」

「でも、ビンズ先生《せんせい》」パーバティ・パチルがキンキン声《ごえ》を出《だ》した。「そこを開《あ》けるのには、闇《やみ》の魔術《まじゅつ》を使《つか》わないといけないのでは――」

「ミス・ペニーフェザー、闇《やみ》の魔術《まじゅつ》を使《つか》わないからといって、使《つか》えないということにはならない」ビンズ先生《せんせい》がピシャッと言《い》い返《かえ》した。

「くり返《かえ》しではありますが、もしダンブルドア校長《こうちょう》のような方《かた》が――」

「でも、スリザリンと血《ち》がつながっていないといけないのでは……。ですからダンブルドア先生《せんせい》は――」

ディーン・トーマスがそう言《い》いかけたところで、ビンズ先生《せんせい》はもうたくさんだとばかり、ピシリと打《う》ち切《き》った。

「以上《いじょう》、おしまい。これは神話《しんわ》であります！　部屋《へや》は存在《そんざい》しない！　スリザリンが、部屋《へや》どころか、秘密《ひみつ》の箒置《ほうきお》き場《ば》さえ作《つく》った形跡《けいせき》はないのであります！　こんなバカバカしい作《つく》り話《ばなし》をお聞《き》かせしたことを悔《く》やんでおる。よろしければ歴史《れきし》に戻《もど》ることとする。実態《じったい》のある、信《しん》ずるに足《た》る、検証《けんしょう》できる事実《じじつ》であるところの歴史《れきし》に！」

ものの五分《ふん》もしないうちに、クラス全員《ぜんいん》がいつもの無気力《むきりょく》状態《じょうたい》に戻《もど》ってしまった。


「サラザール・スリザリンって、狂《くる》った変人《へんじん》だってこと、それは知《し》ってたさ」

授業《じゅぎょう》が終《お》わり、夕食前《ゆうしょくまえ》に寮《りょう》にかばんを置《お》きに行《い》く生徒《せいと》で廊下《ろうか》はごった返《かえ》していたが、人混《ひとご》みをかき分《わ》けながらロンがハリーとハーマイオニーに話《はな》しかけた。

「でも、知《し》らなかったなあ、例《れい》の純血主義《じゅんけつしゅぎ》の何《なん》のって、スリザリンが言《い》いだしたなんて。僕《ぼく》ならお金《かね》をもらったって、そんなやつの寮《りょう》に入《はい》るもんか。はっきり言《い》って、組分《くみわ》け帽子《ぼうし》がもし僕《ぼく》をスリザリンに入《い》れてたら、僕《ぼく》、汽車《きしゃ》に飛《と》び乗《の》ってまっすぐ家《いえ》に帰《かえ》ってたな……」

ハーマイオニーも「そう、そう」とうなずいたが、ハリーは何《なに》も言《い》わなかった。胃袋《いぶくろ》がドスンと落《お》ち込《こ》んだような気持《きも》ちの悪《わる》さだった。

組分《くみわ》け帽子《ぼうし》がハリーをスリザリンに入《い》れることを本気《ほんき》で考《かんが》えたということを、ハリーはロンにもハーマイオニーにも一度《いちど》も話《はな》していなかった。一年前《ねんまえ》、帽子《ぼうし》をかぶったとき、ハリーの耳元《みみもと》で聞《き》こえたささやき声《こえ》を、ハリーはきのうのことのように覚《おぼ》えている。

「君《きみ》は偉大《いだい》になれる可能性《かのうせい》があるんだよ。そのすべては君《きみ》の頭《あたま》の中《なか》にある。スリザリンに入《はい》ればまちがいなく偉大《いだい》になる道《みち》が開《ひら》ける……」

しかし、スリザリンが、多《おお》くの闇《やみ》の魔法使《まほうつか》いを卒業《そつぎょう》させたという評判《ひょうばん》を聞《き》いていたハリーは、心《こころ》の中《なか》で「スリザリンはだめ！」と必死《ひっし》で思《おも》い続《つづ》けていた。すると帽子《ぼうし》が「よろしい、君《きみ》がそう確信《かくしん》しているなら……むしろ、グリフィンドール！」と叫《さけ》んだのだった。

人波《ひとなみ》に流《なが》されて行《い》く途中《とちゅう》、コリン・クリービーがそばを通《とお》った。

「やあ、ハリー！」

「やあ、コリン」ハリーは機械的《きかいてき》に応《こた》えた。

「ハリー、ハリー、僕《ぼく》のクラスの子《こ》が言《い》ってたんだけど、あなたって……」

しかし、コリンは小《ちい》さ過《す》ぎて、人波《ひとなみ》に逆《さか》らえず、大広間《おおひろま》のほうに流《なが》されていった。

「あとでね、ハリー！」と叫《さけ》ぶ声《こえ》を残《のこ》してコリンは行《い》ってしまった。

「クラスの子《こ》があなたのこと、何《なん》て言《い》ってたのかしら？」ハーマイオニーがいぶかった。

「僕《ぼく》がスリザリンの継承者《けいしょうしゃ》だとか言《い》ってたんだろ」

昼食《ちゅうしょく》のあと、ジャスティン・フィンチ - フレッチリーが、ハリーから逃《に》げていった様子《ようす》を急《きゅう》に思《おも》い出《だ》して、ハリーはまた数《すう》センチ胃《い》が落《お》ち込《こ》むような気《き》がした。

「ここの連中《れんちゅう》ときたら、何《なん》でも信《しん》じ込《こ》むんだから」ロンが吐《は》き捨《す》てるように言《い》った。

混雑《こんざつ》も一段落《いちだんらく》して、三人《にん》は楽《らく》に次《つぎ》の階段《かいだん》を上《のぼ》ることができた。

「『秘密《ひみつ》の部屋《へや》』があるって、君《きみ》、**ほんとうにそう思《おも》う？**」

ロンがハーマイオニーに問《と》いかけた。

「わからないけど」ハーマイオニーは眉根《まゆね》にしわを寄《よ》せた。

「ダンブルドアがミセス・ノリスを治《なお》してやれなかった。ということは、私《わたし》、考《かんが》えたんだけど、猫《ねこ》を襲《おそ》ったのは、もしかしたら――うーん――ヒトじゃないかもしれない」

ハーマイオニーがそう言《い》ったとき、三人《さんにん》はちょうど角《かど》を曲《ま》がり、ずばりあの事件《じけん》があった廊下《ろうか》の端《はし》に出《で》た。三人《さんにん》は立《た》ち止《ど》まって、あたりを見回《みまわ》した。現場《げんば》はちょうどあの夜《よる》と同《おな》じようだった。松明《たいまつ》の腕木《うでぎ》に硬直《こうちょく》した猫《ねこ》がぶら下《さ》がっていないことと、壁《かべ》を背《せ》に椅子《いす》がぽつんと置《お》かれていることだけがあの夜《よる》とはちがっている。その壁《かべ》には「秘密《ひみつ》の部屋《へや》は開《ひら》かれたり」と書《か》かれたままだ。

「あそこ、フィルチが見張《みは》ってるとこだ」ロンがつぶやいた。

三人《にん》は顔《かお》を見合《みあ》わせた。廊下《ろうか》には人《ひと》っ子《こ》一人《ひとり》いない。

「ちょっと調《しら》べたって悪《わる》くないだろ」

ハリーは鞄《かばん》を放《ほう》り出《だ》し、四《よ》つんばいになって、何《なに》か手《て》がかりはないかと探《さが》し回《まわ》った。

「焼《や》け焦《こ》げだ！　あっちにも――こっちにも――」ハリーが言《い》った。

「来《き》てみて！　変《へん》だわ……」ハーマイオニーが呼《よ》んだ。

ハリーは立《た》ち上《あ》がって、壁《かべ》の文字《もじ》のすぐ脇《わき》にある窓《まど》に近《ちか》づいていった。ハーマイオニーは一番《いちばん》上《うえ》の窓《まど》ガラスを指差《ゆびさ》している。二十四《ぴき》あまりのクモが、ガラスの小《ちい》さな割《わ》れ目《め》からガザガザと先《さき》を争《あらそ》ってはい出《だ》そうとしていた。あわてたクモたちが全部《ぜんぶ》一本《ぽん》の綱《つな》を上《のぼ》って行《い》ったかのように、クモの糸《いと》が長《なが》い銀色《ぎんいろ》の綱《つな》のように垂《た》れ下《さ》がっている。

「クモがあんなふうに行動《こうどう》するのを見《み》たことある？」ハーマイオニーが不思議《ふしぎ》そうに言《い》った。

「ううん」ハリーが答《こた》えた。「ロン、君《きみ》は？　ロン？」

ハリーが振《ふ》り返《かえ》ると、ロンはずっと彼方《かなた》に立《た》っていて、逃《に》げ出《だ》したいのを必死《ひっし》でこらえているようだった。

「どうしたんだい？」ハリーが聞《き》いた。

「僕《ぼく》――クモが――好《す》きじゃない」ロンの声《こえ》が引《ひ》きつっている。

「まあ、知《し》らなかったわ」

ハーマイオニーが驚《おどろ》いたようにロンを見《み》た。

「クモなんて、魔法薬《まほうやく》で何回《なんかい》も使《つか》ったじゃない……」

「死《し》んだやつならかまわないんだ」

ロンは、窓《まど》にだけは目《め》を向《む》けないように気《き》をつけながら言《い》った。

「あいつらの動《うご》き方《かた》がいやなんだ……」

ハーマイオニーがクスクス笑《わら》った。

「何《なに》がおかしいんだよ」ロンはむきになった。

「わけを知《し》りたいなら言《い》うけど、僕《ぼく》が三つのとき、フレッドのおもちゃの箒《ほうき》の柄《え》を折《お》ったんで、あいつったら僕《ぼく》の——僕《ぼく》のテディ・ベアをバカでかい大《おお》グモに変《か》えちゃったんだ。考《かんが》えてもみろよ。いやだぜ。熊《くま》のぬいぐるみを抱《だ》いてるときに、急《きゅう》に肢《あし》がニョキニョキ生《は》えてきて、そして……」

ロンは身震《みぶる》いして言葉《ことば》をとぎらせた。ハーマイオニーはまだ笑《わら》いをこらえているのが見《み》え見《み》えだ。ハリーは話題《わだい》を変《か》えたほうがよさそうだと見《み》て取《と》った。

「ねえ、床《ゆか》の水《みず》たまりのこと、覚《おぼ》えてる？　あれ、どっから来《き》た水《みず》だろう。だれかがふき取《と》っちゃったけど」

「このあたりだった」

ロンは気《き》を取《と》り直《なお》してフィルチの置《お》いた椅子《いす》から数歩《すうほ》離《はな》れたところまで歩《ある》いて行《い》き、床《ゆか》を指差《ゆびさ》しながら言《い》った。

「このドアのところだった」

ロンは、真鍮《しんちゅう》の取《と》っ手《て》に手《て》を伸《の》ばしたが、火傷《やけど》をしたかのように急《きゅう》に手《て》を引《ひ》っ込《こ》めた。

「どうしたの？」ハリーが聞《き》いた。

「ここは入《はい》れない」ロンが困《こま》ったように言《い》った。「女子《じょし》トイレだ」

「あら、ロン。中《なか》には誰《だれ》もいないわよ」ハーマイオニーが立《た》ち上《あ》がってやってきた。

「そこ、『嘆《なげ》きのマートル』の場所《ばしょ》だもの。いらっしゃい。のぞいてみましょう」

「故障中《こしょうちゅう》」と大《おお》きく書《か》かれた掲示《けいじ》を無視《むし》して、ハーマイオニーがドアを開《あ》けた。

ハリーは今《いま》まで、こんなに陰気《いんき》で憂《ゆう》うつなトイレに足《あし》を踏《ふ》み入《い》れたことがなかった。大《おお》きな鏡《かがみ》はひび割《わ》れだらけ、しみだらけで、その前《まえ》にあちこち縁《ふち》の欠《か》けた石造《いしづく》りの手洗《てあら》い台《だい》が、ずらっと並《なら》んでいる。床《ゆか》は湿《しめ》っぽく、燭台《しょくだい》の中《なか》で燃《も》え尽《つ》きそうになっている数本《すうほん》のろうそくが、鈍《にぶ》い灯《あか》りを床《ゆか》に映《うつ》していた。一つ一つ区切《くぎ》られたトイレの小部屋《こべや》の木《き》の扉《とびら》は、ペンキがはげ落《お》ち、引《ひ》っかき傷《きず》だらけで、そのうちの一枚《まい》は蝶番《ちょうつがい》がはずれてぶら下《さ》がっていた。

ハーマイオニーはシーッと指《ゆび》を唇《くちびる》に当《あ》て、一番奥《いちばんおく》の小部屋《こべや》のほうに歩《ある》いて行《い》き、その前《まえ》で「こんにちは、マートル。お元気《げんき》？」と声《こえ》をかけた。

ハリーとロンものぞきに行《い》った。「嘆《なげ》きのマートル」は、トイレの水《みず》タンクの上《うえ》でふわふわしながら、あごのにきびをつぶしていた。

「ここは女子《じょし》のトイレよ」

マートルはロンとハリーをうさんくさそうに見《み》た。

「この人《ひと》たち、女《おんな》じゃないわ」

てね」

「ええ、そうね」ハーマイオニーがあいづちを打《う》った。

「私《わたし》、この人《ひと》たちに、ちょっと見《み》せたかったの。つまり——えーと——ここがすてきなとこだっ
てね」

ハーマイオニーが古《ふる》ぼけて薄汚《うすよご》れた鏡《かがみ》や、ぬれた床《ゆか》のあたりを漠然《ばくぜん》と指差《ゆびさ》した。

「何《なに》か見《み》なかったかって、聞《き》いてみて」ハリーがハーマイオニーに耳打《みみう》ちした。

「何《なに》をコソコソしてるの？」マートルがハリーをじっと見《み》た。

「なんでもないよ。僕《ぼく》たち聞《き》きたいことが……」ハリーがあわてて言《い》った。

「みんな、わたしの陰口《かげぐち》を言《い》うのはやめてほしいの」マートルが涙《なみだ》で声《こえ》を詰《つ》まらせた。

「わたし、たしかに死《し》んでるけど、感情《かんじょう》はちゃんとあるのよ」

「マートル、だーれもあなたの気持《きも》ちを傷《きず》つけようなんて思《おも》ってないわ。ハリーはただ——」

ハーマイオニーが言《い》った。

「傷《きず》つけようと思《おも》ってないですって！　ご冗談《じょうだん》でしょう！」マートルがわめいた。

「わたしの生《い》きてる間《あいだ》の人生《じんせい》って、この学校《がっこう》で、悲惨《ひさん》そのものだった。今度《こんど》はみんなが、死《し》んで
からのわたしの人生《じんせい》をだいなしにしようとしてやってくるのよ！」

「あなたが近《ちか》ごろ何《なに》かおかしなものを見《み》なかったかどうか、それを聞《き》きたかったの」

ハーマイオニーが急《いそ》いで聞《き》いた。

「ちょうどあなたの玄関《げんかん》のドアの外《そと》で、ハロウィーンの日《ひ》に、猫《ねこ》が襲《おそ》われたものだから」

「あの夜《よる》、このあたりで誰《だれ》か見《み》かけなかった？」ハリーも聞《き》いた。

「そんなこと、気《き》にしていられなかったわ」マートルは興奮気味《こうふんぎみ》に言《い》った。

「ピーブズがあんまりひどいものだから、わたし、ここに入《はい》り込《こ》んで自殺《じさつ》しようとしたの。そしたら、当然《とうぜん》だけど、急《きゅう》に思《おも》い出《だ》したの。わたしって――わたしって――」

「もう死《し》んでた」ロンが助《たす》け舟《ぶね》を出《だ》した。

マートルは悲劇的《ひげきてき》なすすり泣《な》きとともに空中《くうちゅう》に飛《と》び上《あ》がり、逆《さか》さまになって、頭《あたま》から便器《べんき》に飛《と》び込《こ》んだ。三人《さんにん》に水《みず》しぶきを浴《あ》びせ、マートルは姿《すがた》を消《け》したが、くぐもったすすり泣《な》きの聞《き》こえてくる方向《ほうこう》からして、トイレのU字溝《ユーじこう》のどこかでじっとしているらしい。

ハリーとロンは口《くち》をポカンと開《あ》けて突《つ》っ立《た》っていたが、ハーマイオニーはやれやれというしぐさをしながらこう言《い》った。

「まったく、あれでもマートルにしては機嫌《きげん》がいいほうなのよ……さあ、出《で》ましょうか」

マートルのゴボゴボというすすり泣《な》きを背《せ》に、ハリーがトイレのドアを閉《し》めるか閉《し》めないかするうちに、大《おお》きな声《こえ》が聞《き》こえて、三人《にん》は跳《と》び上《あ》がった。

「ロン！」

階段《かいだん》のてっぺんでパーシー・ウィーズリーがぴたっと立《た》ち止《ど》まっていた。監督生《かんとくせい》のバッジをきらめかせ、徹底的《てっていてき》に衝撃《しょうげき》を受《う》けた表情《ひょうじょう》だった。

「そこは女子《じょし》トイレだ！」

パーシーが息《いき》をのんだ。

「君《きみ》たち男子《だんし》が、いったい何《なに》を？——」

「ちょっと探《さが》してただけだよ」

ロンが肩《かた》をすぼめて、なんでもないという身《み》ぶりをした。

「ほら、手《て》がかりをね……」

パーシーは体《からだ》をふくらませた。ハリーはそれがウィーズリーおばさんそっくりだと思《おも》った。

「そこ——から——とっとと——離《はな》れるんだ」

パーシーは大股《おおまた》で近《ちか》づいてきて、腕《うで》を振《ふ》って三人《にん》をそこから追《お》い立《た》てはじめた。

「人《ひと》が見《み》たらどう思《おも》うかわからないのか？　みんなが夕食《ゆうしょく》の席《せき》についているのに、またここに戻《もど》ってくるなんて……」

「なんで僕《ぼく》たちがここにいちゃいけないんだよ」

ロンが熱《あつ》くなった。急《きゅう》に立《た》ち止《ど》まり、パーシーをにらみつけた。

「いいかい。僕《ぼく》たち、あの猫《ねこ》に指一本触《ゆびいっぽんふ》れてないんだぞ！」

「僕《ぼく》もジニーにそう言《い》ってやったよ」パーシーも語気《ごき》を強《つよ》めた。

「だけど、あの子《こ》は、それでも君《きみ》たちが退校処分《たいこうしょぶん》になると思《おも》ってる。あんなに心《こころ》を痛《いた》めて、目《め》を泣《な》き腫《は》らしてるジニーを見《み》るのは初《はじ》めてだ。少《すこ》しはあの子《こ》のことも考《かんが》えてやれ。一年生《ねんせい》はみんな、この事件《じけん》で神経《しんけい》をすり減《へ》らしてるんだ――」

「兄《にい》さんはジニーのことを心配《しんぱい》してるんじゃない」ロンの耳《みみ》が今《いま》や真《ま》っ赤《か》になりつつあった。

「兄《にい》さんが心配《しんぱい》してるのは、首席《しゅせき》になるチャンスを、僕《ぼく》がだいなしにするってことなんだ」

「グリフィンドール、五点減点《てんげんてん》！」

パーシーは監督生《かんとくせい》バッジを指《ゆび》でいじりながらバシッと言《い》った。

「これでおまえにはいい薬《くすり》になるだろう。探偵《たんてい》ごっこはもうやめにしろ。さもないとママに手紙《てがみ》を書《か》くぞ！」

パーシーは大股《おおまた》で歩《ある》き去《さ》ったが、その首筋《くびすじ》はロンの耳《みみ》に負《ま》けずおとらず真《ま》っ赤《か》だった。

その夜《よ》、談話室《だんわしつ》でハリー、ロン、ハーマイオニーの三人《にん》は、できるだけパーシーから離《はな》れた場《ば》所《しょ》を選《えら》んだ。ロンはまだ機嫌《きげん》が直《なお》らず、「妖精《ようせい》の呪文《じゅもん》」の宿題《しゅくだい》にインクのしみばかり作《つく》っていた。インクじみをぬぐおうとロンがなにげなく杖《つえ》に手《て》を伸《の》ばしたとき、杖《つえ》が発火《はっか》して羊皮紙《ようひし》が燃《も》えだした。ロンも宿題《しゅくだい》と同《おな》じぐらいにカッカと熱《あつ》くなり、『基本呪文集《きほんじゅもんしゅう》（二学年用《がくねんよう》）』をバタンと閉《と》じてしまった。驚《おどろ》いたことに、ハーマイオニーもロンに「右《みぎ》ならえ」をした。

「だけどいったい何者《なにもの》かしら？」

ハーマイオニーの声《こえ》は落《お》ち着《つ》いていた。まるでそれまでの会話《かいわ》の続《つづ》きのように自然《しぜん》だった。

「できそこないのスクイブやマグル出身《しゅっしん》の子《こ》をホグワーツから追《お》い出《だ》したいと願《ねが》ってるのは誰《だれ》？」

「それでは考《かんが》えてみましょう」

ロンはわざと首《くび》をひねって見《み》せた。

「我々《われわれ》の知《し》っている人《ひと》の中《なか》で、マグル生《う》まれはくずだ、と思《おも》っている人物《じんぶつ》は誰《だれ》でしょう？」

ロンはハーマイオニーの顔《かお》を見《み》た。ハーマイオニーは、まさか、という顔《かお》でロンを見返《みかえ》した。

「もしかして、あなた、マルフォイのことを言《い》ってるの――」

「モチのロンさ！」ロンが言《い》った。

「あいつが言《い》ったこと聞《き》いたろう？『次《つぎ》はおまえたちの番《ばん》だぞ、「穢《けが》れた血《ち》」め！』って。しっかりしろよ。あいつのくさったネズミ顔《がお》を見《み》ただけで、あいつだってわかりそうなもんだろ」

「マルフォイが、スリザリンの継承者《けいしょうしゃ》？」

ハーマイオニーが、それは疑《うたが》わしいという顔《かお》をした。

「あいつの家族《かぞく》を見《み》てくれよ」

ハリーも教科書《きょうかしょ》をパタンと閉《と》じた。

「あの家系《かけい》は全部《ぜんぶ》スリザリン出身《しゅっしん》だ。あいつ、いつもそれを自慢《じまん》してる。あいつらならスリザリンの末裔《まつえい》だっておかしくはない。あいつの父親《ちちおや》もどこから見《み》ても悪玉《あくだま》だよ」

「あいつらなら、何世紀《なんせいき》も『秘密《ひみつ》の部屋《へや》』の鍵《かぎ》を預《あず》かっていたかもしれない。親《おや》から子《こ》へ代々伝《だいだいつた》えて……」ロンが言《い》った。

「そうね」ハーマイオニーは慎重《しんちょう》だ。「その可能性《かのうせい》はあると思《おも》うわ……」

「でも、どうやって証明《しょうめい》する？」ハリーの顔《かお》が曇《くも》った。

「方法《ほうほう》がないことはないわ」

ハーマイオニーは考《かんが》えながら話《はな》した。そして、いっそう声《こえ》を落《お》とし、部屋《へや》のむこうにいるパーシーを盗《ぬす》み見《み》ながら言《い》った。

「もちろん、難《むずか》しいの。それに危険《きけん》だわ。とっても。学校《がっこう》の規則《きそく》をざっと五十は破《やぶ》ることになるわね」

「あと一か月《げつ》ぐらいして、もし君《きみ》が説明《せつめい》してもいいというお気持《きも》ちにおなりになったら、その時《とき》は僕《ぼく》たちにご連絡《れんらく》くださいませ、だ」ロンはいらいらしていた。

「承知《しょうち》しました、だ」ハーマイオニーが冷《つめ》たく言《い》った。

「何《なに》をやらなければならないかというとね、私《わたし》たちがスリザリンの談話室《だんわしつ》に入《はい》り込《こ》んで、マルフォイに正体《しょうたい》を気《き》づかれずに、いくつか質問《しつもん》することなのよ」

「だけど、不可能《ふかのう》だよ」ハリーが言《い》った。ロンは笑《わら》った。

「いいえ、そんなことないわ」ハーマイオニーが言《い》った。

「ポリジュース薬《やく》が少《すこ》し必要《ひつよう》なだけよ」

「それ、何《なに》？」ロンとハリーが同時《どうじ》に聞《き》いた。

「数週間前《すうしゅうかんまえ》、スネイプが授業《じゅぎょう》で話《はな》してた——」

「魔法薬《まほうやく》の授業中《じゅぎょうちゅう》に、僕《ぼく》たち、スネイプの話《はなし》を聞《き》いてると思《おも》ってるの？　もっとましなことをやってるよ」ロンがブツブツ言《い》った。

「自分以外《じぶんいがい》の誰《だれ》かに変身《へんしん》できる薬《くすり》なの。考《かんが》えてもみてよ！　私《わたし》たち三人《にん》が、スリザリンの誰《だれ》か三人《にん》に変身《へんしん》できるってことなのよ。誰《だれ》も私《わたし》たちの正体《しょうたい》を知《し》らない。マルフォイはたぶん、何《なん》でも話《はな》してくれるわ。今《いま》ごろマルフォイが、スリザリン寮《りょう》の談話室《だんわしつ》でその自慢話《じまんばなし》の真《ま》っ最中《さいちゅう》かもしれない。それさえ聞《き》ければ」

「そのポリジュース何《なん》とかって、少《すこ》し危《あぶ》なっかしいな」ロンがしかめっ面《つら》をした。「もし、元《もと》に戻《もど》れなくて、永久《えいきゅう》にスリザリンの誰《だれ》か三人《にん》の姿《すがた》のままだったらどうする？」

「しばらくすると効《き》き目《め》は切《き》れるの」

ハーマイオニーがもどかしげに手《て》を振《ふ》った。

「むしろ材料《ざいりょう》を手《て》に入《い》れるのがとっても難《むずか》しい。『最《もっと》も強力《きょうりょく》な薬《くすり》』という本《ほん》にそれが書《か》いてあるって、スネイプがそう言《い》ってたわ。その本《ほん》、きっと図書館《としょかん》の『禁書《きんしょ》』の棚《たな》にあるはずだわ」

「禁書《きんしょ》」の棚《たな》の本《ほん》を持《も》ち出《だ》す方法《ほうほう》はたった一つ、先生《せんせい》のサイン入《い》りの許可証《きょかしょう》をもらうことだった。

「でも、薬《くすり》を作《つく》るつもりはないけど、そんな本《ほん》が読《よ》みたいって言《い》ったら、そりゃ変《へん》だって思《おも》われるだろう？」ロンが言《い》った。

「たぶん」

ハーマイオニーはかまわず続《つづ》けた。

「理論的《りろんてき》な興味《きょうみ》だけなんだって思《おも》い込《こ》ませれば、もしかしたらうまくいくかも……」

「なーに言《い》ってるんだか。先生《せんせい》だってそんなに甘《あま》くないぜ」

ロンが言《い》った。

「――でも……だまされるとしたら、よっぽど鈍《にぶ》い先生《せんせい》だな……」

第《だい》10章《しょう》　狂《くる》ったブラッジャー

ピクシー小妖精《しょうようせい》の悲惨《ひさん》な事件以来《じけんいらい》、ロックハート先生《せんせい》は教室《きょうしつ》に生《い》き物《もの》を持《も》ってこなくなった。そのかわり、自分《じぶん》の著書《ちょしょ》を拾《ひろ》い読《よ》みし、時《とき》には、その中《なか》でも劇的《げきてき》な場面《ばめん》を演《えん》じて見《み》せた。現場《げんば》を再現《さいげん》するとき、たいていハリーを指名《しめい》して自分《じぶん》の相手役《あいてやく》を務《つと》めさせた。ハリーがこれまでに無理《むり》やり演《えん》じさせられた役《やく》は、「おしゃべりの呪《のろ》い」を解《と》いてもらったトランシルバニアの田舎《いなか》っぺ、鼻《はな》かぜをひいた雪男《ゆきおとこ》、ロックハートにやっつけられてからレタスしか食《た》べなくなった吸血鬼《きゅうけつき》などだった。

今日《きょう》の「闇《やみ》の魔術《まじゅつ》に対《たい》する防衛術《ぼうえいじゅつ》」のクラスでも、ハリーはまたもやみんなの前《まえ》に引《ひ》っ張《ぱ》り出《だ》され、狼男《おおかみおとこ》をやらされることになった。今日《きょう》だけはロックハートを上機嫌《じょうきげん》にしておかなければならないという、やむをえない理由《りゆう》がなければ、ハリーはこんな役《やく》は断《ことわ》るところだった。

「ハリー。大《おお》きくほえて――そう、そう――そしてですね、信《しん》じられないかもしれないが、私《わたくし》は飛《と》びかかった――こんなふうに――相手《あいて》を床《ゆか》にたたきつけた――こうして――片手《かたて》でなんとか押《お》さえつけ――もう一方《いっぽう》の手《て》で杖《つえ》をのど元《もと》に突《つ》きつけ――それから残《のこ》った力《ちから》を振《ふ》りしぼって非常《ひじょう》に複雑《ふくざつ》な『異形戻《いぎょうもど》しの術《じゅつ》』をかけた――敵《てき》は哀《あわ》れなうめき声《ごえ》を上《あ》げ――ハリー、さあうめいて――もっと高《たか》い声《こえ》で――そう――毛《け》が抜《ぬ》け落《お》ち――牙《きば》は縮《ちぢ》み――そいつはヒトの姿《すがた》に戻《もど》った。簡《かん》単《たん》だが効果的《こうかてき》だ――こうして、その村《むら》も、満月《まんげつ》のたびに狼男《おおかみおとこ》に襲《おそ》われる恐怖《きょうふ》から救《すく》われ、私《わたくし》を永久《えいきゅう》に英雄《えいゆう》と称《たた》えることになったわけです」

終業《しゅうぎょう》のベルが鳴《な》り、ロックハートは立《た》ち上《あ》がった。

「宿題《しゅくだい》、ワガワガの狼男《おおかみおとこ》が私《わたくし》に敗北《はいぼく》したことについての詩《し》を書《か》くこと！　一番《いちばん》よく書《か》けた生徒《せいと》にはサイン入《い》りの『私《わたし》はマジックだ』を進呈《しんてい》！」

みんなが教室《きょうしつ》から出《で》ていきはじめた。ハリーは教室《きょうしつ》の一番後《いちばんうし》ろに戻《もど》り、そこで待機《たいき》していたロン、ハーマイオニーと一緒《いっしょ》になった。

「用意《ようい》は？」ハリーがつぶやいた。

「みんないなくなるまで待《ま》つのよ」ハーマイオニーは神経《しんけい》をピリピリさせていた。

「いいわ……」

ハーマイオニーは紙切《かみき》れを一枚《まい》しっかり握《にぎ》りしめ、ロックハートのデスクに近《ちか》づいていった。ハリーとロンがすぐあとからついていった。

「あの――ロックハート先生《せんせい》？」ハーマイオニーは口《くち》ごもった。「私《わたし》、あの――図書館《としょかん》からこの本《ほん》を借《か》りたいんです。参考《さんこう》に読《よ》むだけです」

ハーマイオニーは紙《かみ》を差《さ》し出《だ》した。かすかに手《て》が震《ふる》えている。

「問題《もんだい》は、これが『禁書《きんしょ》』の棚《たな》にあって、それで、どなたか先生《せんせい》にサインをいただかないといけないんです――先生《せんせい》の『グールお化《ば》けとのクールな散策《さんさく》』に出《で》てくる、ゆっくり効《き》く毒薬《どくやく》を理解《りかい》するのに、きっと役《やく》に立《た》つと思《おも》います……」

「あぁ、『グールお化《ば》けとのクールな散策《さんさく》』ね！」ロックハートは紙《かみ》を受《う》け取《と》り、ハーマイオニーにニッコリと笑《わら》いかけながら言《い》った。「私《わたくし》の一番《いちばん》のお気《き》に入《い》りの本《ほん》といえるかもしれない。おもしろかった？」

「はい。先生《せんせい》」ハーマイオニーが熱《ねっ》を込《こ》めて答《こた》えた。

「ほんとうにすばらしいわ。先生《せんせい》が最後《さいご》のグールを、茶《ちゃ》こしで引《ひ》っかけるやり方《かた》なんて……」

「そうね、学年《がくねん》の最優秀生《さいゆうしゅうせい》をちょっと応援《おうえん》してあげても、誰《だれ》も文句《もんく》は言《い》わないでしょう」

ロックハートはにこやかにそう言《い》うと、とてつもなく大《おお》きい孔雀《くじゃく》の羽根《はね》ペンを取《と》り出《だ》した。

「どうです、すてきでしょう？」

ロンのあきれ返《かえ》った顔《かお》をどうかんちがいしたか、ロックハートはそう言《い》った。

「これは、いつもは本《ほん》のサイン用《よう》なんですがね」

とてつもなく大《おお》きい丸文字《まるもじ》ですらすらとサインをし、ロックハートはそれをハーマイオニーに返《かえ》した。

ハーマイオニーがもたもたしながらそれを丸《まる》め、かばんにすべり込《こ》ませている間《あいだ》、ロックハートがハリーに話《はな》しかけた。

「で、ハリー。明日《あす》はシーズン最初《さいしょ》のクィディッチ試合《じあい》だね？　グリフィンドール対《たい》スリザリン。そうでしょう？　君《きみ》はなかなか役《やく》に立《た》つ選手《せんしゅ》だって聞《き》いてるよ。私《わたくし》もシーカーだった。ナショナル・チームに入《はい》らないかと誘《さそ》いも受《う》けたのですがね。闇《やみ》の魔力《まりょく》を根絶《こんぜつ》することに生涯《しょうがい》をささげる生《い》き方《かた》を選《えら》んだのですよ。しかし、軽《かる》い個人訓練《こじんくんれん》が必要《ひつよう》とあらば、ご遠慮《えんりょ》なくね。私《わたくし》より能力《のうりょく》のおとる選手《せんしゅ》には、いつでも喜《よろこ》んで、経験《けいけん》を伝授《でんじゅ》しますよ……」

ハリーはのどからあいまいな音《おと》を出《だ》し、急《いそ》いでロンやハーマイオニーのあとを追《お》った。

「信《しん》じられないよ」

三人《にん》でサインを確認《かくにん》しながら、ハリーが言《い》った。

「僕《ぼく》たちが何《なん》の本《ほん》を借《か》りるのか、見《み》もしなかったよ」

「そりゃ、あいつ、能無《のうな》しだもの。ま、どうでもいいけど。僕《ぼく》たちは欲《ほ》しい物《もの》を手《て》に入《い》れたんだし」ロンが言《い》った。

「能無《のうな》しなんかじゃないわ」図書館《としょかん》に向《む》かって半分走《はんぶんはし》りながら、ハーマイオニーが抗議《こうぎ》した。

「君《きみ》が学年《がくねん》で最優秀《さいゆうしゅう》の生徒《せいと》だって、あいつがそう言《い》ったからって……」

図書館《としょかん》の押《お》し殺《ころ》したような静《しず》けさの中《なか》で、三人《にん》とも声《こえ》をひそめた。

司書《ししょ》のマダム・ピンスはやせて怒《おこ》りっぽい人《ひと》で、飢《う》えたハゲタカのようだった。

「『最《もっと》も強力《きょうりょく》な魔法薬《まほうやく》』？」マダム・ピンスは疑《うたが》わしげにもう一度聞《いちどき》き返《かえ》し、許可証《きょかしょう》をハーマイオニーから受《う》け取《と》ろうとした。しかし、ハーマイオニーは離《はな》さない。

「これ、私《わたし》が持《も》っていてもいいでしょうか」息《いき》をはずませ、ハーマイオニーが頼《たの》んだ。

「やめろよ」

ハーマイオニーがしっかりつかんだ紙《かみ》を、ロンがむしり取《と》ってマダム・ピンスに差《さ》し出《だ》した。

「サインならまたもらってあげるよ。ロックハートときたら、サインする間《あいだ》だけ動《うご》かないでじっとしてる物《もの》なら、何《なん》にでもサインするよ」

マダム・ピンスは、偽物《にせもの》なら何《なに》がなんでも見破《みやぶ》ってやるというように、紙《かみ》を明《あ》かりに透《す》かして見《み》た。しかし、検査《けんさ》は無事通過《ぶじつうか》だった。見上《みあ》げるような書棚《しょだな》の間《あいだ》を、マダム・ピンスはツンとして闊歩《かっぽ》し、数分後《すうふんご》には大《おお》きなかび臭《くさ》そうな本《ほん》を持《も》ってきた。ハーマイオニーが大切《たいせつ》そうにそれをかばんに入《い》れ、三人《にん》はあまりあわてた歩《ある》き方《かた》に見《み》えないよう、後《うし》ろめたそうに見《み》えないよう気《き》をつけながら、その場《ば》を離《はな》れた。

五分後《ふんご》、三人《にん》は嘆《なげ》きのマートルの「故障中《こしょうちゅう》」のトイレに再《ふたた》び立《た》てこもっていた。ハーマイオニーがロンの異議《いぎ》を却下《きゃっか》したのだ——まともな神経《しんけい》の人《ひと》はこんなところには絶対来《ぜったいこ》ない。だから私《わたし》たちのプライバシーが保証《ほしょう》される——というのが理由《りゆう》だった。

嘆《なげ》きのマートルは自分《じぶん》の小部屋《こべや》でうるさく泣《な》きわめいていたが、三人《にん》はマートルを無視《むし》したし、マートルも三人《にん》を無視《むし》した。

ハーマイオニーは『最《もっと》も強力《きょうりょく》な魔法薬《まほうやく》』を大事《だいじ》そうに開《ひら》き、湿《しめ》ってしみだらけのページを、三人《にん》は覆《おお》いかぶさるようにしてのぞき込《こ》んだ。ちらっと見《み》ただけでも、なぜこれが「禁書《きんしょ》」棚《だな》行《い》きなのか明《あき》らかだった。身《み》の毛《け》のよだつような結果《けっか》をもたらす魔法薬《まほうやく》がいくつかあったし、気持《きも》ちが悪《わる》くなるような挿絵《さしえ》も描《か》いてある。たとえば体《からだ》の内側《うちがわ》と外側《そとがわ》がひっくり返《かえ》ったヒトの絵《え》とか、頭《あたま》から腕《うで》が数本生《すうほんは》えている魔女《まじょ》の絵《え》とかがあった。

「あったわ」ハーマイオニーが興奮《こうふん》した顔《かお》で「ポリジュース薬《やく》」という題《だい》のついたページを指《さ》した。そこには他人《たにん》に変身《へんしん》していく途中《とちゅう》のイラストがあった。挿絵《さしえ》の表情《ひょうじょう》がとても痛《いた》そうだった。画家《がか》がそんなふうに想像《そうぞう》しただけでありますように、とハリーは心《こころ》から願《ねが》った。

「こんなに複雑《ふくざつ》な魔法薬《まほうやく》は、初《はじ》めてお目《め》にかかるわ」

三人《にん》で薬《くすり》の材料《ざいりょう》にざっと目《め》を通《とお》しながら、ハーマイオニーが言《い》った。

「クサカゲロウ、ヒル、満月草《まんげつそう》にニワヤナギ」ハーマイオニーは材料《ざいりょう》のリストを指《ゆび》で追《お》いながらブツブツひとり言《ごと》を言《い》った。

「ウン、こんなのは簡単《かんたん》ね。生徒用《せいとよう》の材料棚《ざいりょうだな》にあるから、自分《じぶん》で勝手《かって》に取《と》れるわ。ウーッ、見《み》てよ。二角獣《パイコーン》の角《つの》の粉末《ふんまつ》――これ、どこで手《て》に入《い》れたらいいかわからないわ……毒《どく》ツルヘビの皮《かわ》の千切《せんぎ》り――これも難《むずか》しいわね――それに、当然《とうぜん》だけど、変身《へんしん》したい相手《あいて》の一部《いちぶ》」

「何《なん》だって？」ロンが鋭《するど》く聞《き》いた。

「どういう意味《いみ》？　変身《へんしん》したい相手《あいて》の一部《いちぶ》って。僕《ぼく》、クラッブの足《あし》の爪《つめ》なんか入《はい》ってたら、絶対《ぜったい》飲《の》まないからね」

ハーマイオニーは何《なん》にも聞《き》こえなかったかのように話《はな》し続《つづ》けた。

「でも、それはまだ心配《しんぱい》する必要《ひつよう》はないわ。最後《さいご》に入《い》れればいいんだから……」

ロンは絶句《ぜっく》してハリーのほうを見《み》たが、ハリーは別《べつ》なことを心配《しんぱい》していた。

「ハーマイオニー、どんなにいろいろ盗《ぬす》まなきゃならないか、わかってる？　毒《どく》ツルヘビの皮《かわ》の千切《せんぎ》りなんて、生徒用《せいとよう》の棚《たな》には絶対《ぜったい》にあるはずないし。どうするの？　スネイプの個人用《こじんよう》の保管《ほかん》倉庫《そうこ》に盗《ぬす》みに入《はい》るの？　うまくいかないような気《き》がする……」

ハーマイオニーは本《ほん》をピシャッと閉《と》じた。

「そう。二人《ふたり》ともおじけづいて、やめるって言《い》うなら、けっこうよ」

ハーマイオニーのほおはパーッと赤《あか》みが差《さ》し、目《め》はいつもよりキラキラしている。

「私《わたし》は規則《きそく》を破《やぶ》りたくはない。わかってるでしょう。だけどマグル生《う》まれの者《もの》を脅迫《きょうはく》するなんて、ややこしい魔法薬《まほうやく》を密造《みつぞう》することよりずーっと悪《わる》いことだと思《おも》うの。でも、二人《ふたり》ともマルフォイがやってるのかどうか知《し》りたくないって言《い》うんなら、これからまっすぐマダム・ピンスのところへ行《い》ってこの本《ほん》をお返《かえ》ししてくるわ……」

「僕《ぼく》たちに規則《きそく》を破《やぶ》れって、君《きみ》が説教《せっきょう》する日《ひ》が来《こ》ようとは思《おも》わなかったぜ」ロンが言《い》った。

「わかった。やるよ。だけど、足《あし》の爪《つめ》だけは勘弁《かんべん》してくれ。いいかい？」

「でも、作《つく》るのにどのぐらいかかるの？」

ハーマイオニーが機嫌《きげん》を直《なお》してまた本《ほん》を開《ひら》いたところで、ハリーが尋《たず》ねた。

「そうね。満月草《まんげつそう》は満月《まんげつ》のときにつまなきゃならないし、クサカゲロウは二十一日間煎《にちかんせん》じる必要《ひつよう》があるから……そう、材料《ざいりょう》が全部手《ぜんぶて》に入《はい》れば、だいたい一か月《げつ》でき上《あ》がると思《おも》うわ」

「一か月《げつ》も？　マルフォイはその間《あいだ》に学校中《がっこうじゅう》のマグル生《う》まれの半分《はんぶん》を襲《おそ》ってしまうよ！」

ロンが言《い》った。しかし、ハーマイオニーの目《め》がまた吊《つ》り上《あ》がって険悪《けんあく》になってきたので、ロンはあわててつけ足《た》した。

「でも、今《いま》のとこ、それがベストの計画《けいかく》だな。全速前進《ぜんそくぜんしん》だ」

ところが、トイレを出《で》るとき、ハーマイオニーが誰《だれ》もいないことをたしかめている間《あいだ》、ロンはハリーにささやいた。

「あした、君《きみ》がマルフォイを箒《ほうき》からたたき落《お》としゃ、ずっと手間《てま》が省《はぶ》けるぜ」

土曜日《どようび》の朝《あさ》、ハリーは早々《はやばや》と目《め》が覚《さ》めて、しばらく横《よこ》になったまま、これからのクィディッチ試合《じあい》のことを考《かんが》えていた。グリフィンドールが負《ま》けたらウッドが何《なん》と言《い》うか、それが一番心配《いちばんしんぱい》だったが、その上《うえ》、金《かね》に物《もの》を言《い》わせて買《か》った競技用最高速度《きょうぎようさいこうそくど》の箒《ほうき》にまたがったチームと対戦《たいせん》するかと思《おも》うと、落《お》ち着《つ》かなかった。スリザリンを負《ま》かしてやりたいと、今《いま》ほど強《つよ》く願《ねが》ったことはなかった。腸《はらわた》がよじれるような思《おも》いで小一時間横《こいちじかんよこ》になっていたが、起《お》きだし、服《ふく》を着《き》て早《はや》めの朝食《ちょうしょく》に下《お》りていった。グリフィンドール・チームのほかの選手《せんしゅ》もすでに来《き》ていて、ほかには誰《だれ》もいない長《なが》テーブルに固《かた》まって座《すわ》っていた。みんな緊張《きんちょう》した面持《おもも》ちで、口数《くちかず》も少《すく》なかった。

十一時《じ》が近《ちか》づき、学校中《がっこうじゅう》がクィディッチ競技場《きょうぎじょう》へと向《む》かいはじめた。なんだか蒸《む》し暑《あつ》く、雷《かみなり》でも来《き》そうな気配《けはい》が漂《ただよ》っていた。ハリーが更衣室《こういしつ》に入《はい》ろうとすると、ロンとハーマイオニーが急《いそ》いでやってきて「幸運《こううん》を祈《いの》る」と元気《げんき》づけた。選手《せんしゅ》はグリフィンドールの真紅《しんく》のユニフォームに着替《きが》え、座《すわ》って、お定《さだ》まりのウッドの激励演説《げきれいえんぜつ》を聞《き》いた。

「スリザリンには我々《われわれ》よりすぐれた箒《ほうき》がある」ウッドの第一声《だいいっせい》だ。

「それは、否定《ひてい》すべくもない。しかしだ、我々《われわれ》の箒《ほうき》には、よりすぐれた乗《の》り手《て》がいる。我々《われわれ》は敵《てき》より厳《きび》しい訓練《くんれん》をしてきた。我々《われわれ》はどんな天候《てんこう》でも空《そら》を飛《と》んだ――」

「まったくだ」ジョージ・ウィーズリーがつぶやいた。「八月《がつ》からずっと、俺《おれ》なんかちゃんと乾《かわ》いてたためしがないぜ」

「――そして、あの小賢《こざか》しいねちねち野郎《やろう》のマルフォイが、金《かね》の力《ちから》でチームに入《はい》るのを許《ゆる》したその日《ひ》を、連中《れんちゅう》に後悔《こうかい》させてやるんだ」

感極《かんきわ》まって胸《むね》を波打《なみう》たせながら、ウッドはハリーのほうを向《む》いた。

「ハリー、君次第《きみしだい》だぞ。シーカーの資格《しかく》は、金持《かねも》ちの父親《ちちおや》だけではダメなんだと、目《め》に物見《ものみ》せてやれ。マルフォイより先《さき》にスニッチをつかめ。しからずんば死《し》あるのみだ、ハリー。なぜならば、我々《われわれ》は今日《きょう》は勝《か》たねばならないのだ。何《なに》がなんでも」

「だからこそ、プレッシャーを感《かん》じるなよ、ハリー」フレッドがハリーにウィンクした。

グリフィンドール選手《せんしゅ》がピッチに入場《にゅうじょう》すると、ワーッというどよめきが起《お》こった。ほとんどが声援《せいえん》だった。レイブンクローもハッフルパフも、スリザリンが負《ま》けるところを見《み》たくてたまらないのだ。それでもその群衆《ぐんしゅう》の中《なか》から、スリザリン生《せい》のブーイングやヤジもしっかり聞《き》こえた。クィディッチを教《おし》えるマダム・フーチが、フリントとウッドに握手《あくしゅ》するよう指示《しじ》した。二人《ふたり》は握《あく》手《しゅ》したが、互《たが》いに威嚇《いかく》するようににらみ合《あ》い、必要以上《ひつよういじょう》に固《かた》く相手《あいて》の手《て》を握《にぎ》りしめた。

「笛《ふえ》が鳴《な》ったら開始《かいし》」マダム・フーチが合図《あいず》した。

「三――二――一」

観客《かんきゃく》のワーッという声《こえ》にあおられるように、十四人《にん》の選手《せんしゅ》が鉛色《なまりいろ》の空《そら》に高々《たかだか》と飛翔《ひしょう》した。ハリーは誰《だれ》よりも高《たか》く舞《ま》い上《あ》がり、スニッチを探《さが》して四方《しほう》に目《め》を凝《こ》らした。

「調子《ちょうし》はどうだい？　傷《きず》モノ君《くん》」

マルフォイが箒《ほうき》のスピードを見《み》せつけるように、ハリーのすぐ下《した》を飛《と》び去《さ》りながら叫《さけ》んだ。

ハリーは答《こた》える余裕《よゆう》がなかった。ちょうどその瞬間《しゅんかん》、真《ま》っ黒《くろ》の重《おも》いブラッジャーがハリーめがけて突進《とっしん》してきたからだ。間一髪《かんいっぱつ》でかわしたが、ハリーの髪《かみ》が逆立《さかだ》つほど近《ちか》くをかすめた。

「危《あぶ》なかったな！　ハリー」ジョージが棍棒《こんぼう》を手《て》に、ハリーのそばを猛《もう》スピードで通《とお》り過《す》ぎ、ブラッジャーをスリザリンめがけて打《う》ち返《かえ》そうとした。ジョージがエイドリアン・ピュシーめがけて強烈《きょうれつ》にガツンとブラッジャーをたたくのを、ハリーは見《み》ていた。ところが、ブラッジャーは途《と》中《ちゅう》で向《む》きを変《か》え、またしてもハリーめがけてまっしぐらに飛《と》んできた。

ハリーはヒョイと急降下《きゅうこうか》してかわし、ジョージがそれをマルフォイめがけて強打《きょうだ》した。ところが、ブラッジャーはまたまたブーメランのように曲線《きょくせん》を描《えが》き、ハリーの頭《あたま》をねらい撃《う》ちしてきた。ハリーはスピード全開《ぜんかい》で、ピッチの反対側《はんたいがわ》めがけてビュンビュン飛《と》んだ。ブラッジャーがあとを追《お》って、ビュービュー飛《と》んでくる音《おと》が、ハリーの耳《みみ》に入《はい》った。

――いったいどうなってるんだろう？　ブラッジャーがこんなふうに一人《ひとり》の選手《せんしゅ》だけをねらうなんてことはなかった。なるべくたくさんの選手《せんしゅ》を振《ふ》り落《お》とすのがブラッジャーの役目《やくめ》のはずなのに……。

ピッチの反対側《はんたいがわ》でフレッド・ウィーズリーが待《ま》ち構《かま》えていた。フレッドが力《ちから》まかせにブラッジャーをかっ飛《と》ばした。それにぶつからないよう、ハリーは身《み》をかわし、ブラッジャーはそれていった。

「やっつけたぞ！」

フレッドが満足《まんぞく》げに叫《さけ》んだ。が、そうではなかった。まるでハリーに磁力《じりょく》で引《ひ》きつけられたかのように、ブラッジャーはまたもやハリーめがけて突進《とっしん》してくる。しかたなくハリーは全速力《ぜんそくりょく》でそこから離《はな》れた。

雨《あめ》が降《ふ》りだした。大粒《おおつぶ》の雨《あめ》がハリーの顔《かお》に降《ふ》りかかり、めがねをピシャピシャと打《う》った。いったいゲームそのものはどうなっているのか、ハリーにはさっぱりわからなかったが、解説者《かいせつしゃ》のリー・ジョーダンの声《こえ》が聞《き》こえてきた。

「スリザリン、リードです。六十対《たい》ゼロ」

スリザリンの高級箒《こうきゅうほうき》の力《ちから》が明《あき》らかに発揮《はっき》されていた。狂《くる》ったブラッジャーが、ハリーを空中《くうちゅう》からたたき落《お》とそうと全力《ぜんりょく》でねらってくるので、フレッドとジョージがハリーすれすれに飛《と》び回《まわ》り、ハリーには二人《ふたり》がブンブン振《ふ》り回《まわ》す腕《うで》だけしか見《み》えなかった。スニッチを捕《つか》まえるどころか、探《さが》すこともできない。

「誰《だれ》かが――この――ブラッジャー――に――いたずらしたんだ――」またしてもハリーに攻撃《こうげき》を仕《し》掛《か》けるブラッジャーを全力《ぜんりょく》でたたきつけながらフレッドがうなった。

「タイムアウトが必要《ひつよう》だ」

ジョージは、ウッドにサインを送《おく》りながら、同時《どうじ》にハリーの鼻《はな》をへし折《お》ろうとするブラッジャーを食《く》い止《と》めようとした。

ウッドはサインを理解《りかい》したらしい。マダム・フーチのホイッスルが鳴《な》り響《ひび》き、ハリー、フレッド、ジョージの三人《にん》は、狂《くる》ったブラッジャーをさけながら地面《じめん》に急降下《きゅうこうか》した。
「何《なに》をやってるんだ？」

観衆《かんしゅう》のスリザリン生《せい》がやじる中《なか》、グリフィンドール選手《せんしゅ》が集《あつ》まり、ウッドが詰問《きつもん》した。

「ボロ負《ま》けしてるんだぞ。フレッド、ジョージ、アンジェリーナがブラッジャーにじゃまされてゴールを決《き》められなかったんだ。あの時《とき》どこにいたんだ？」

「オリバー、俺《おれ》たち、その六メートルぐらい上《うえ》のほうで、もう一つのブラッジャーがハリーを殺《ころ》そうとするのを食《く》い止《と》めてたんだ」

ジョージは腹立《はらだ》たしげに言《い》った。

「誰《だれ》かが細工《さいく》したんだ――ハリーにつきまとって離《はな》れない。ゲームが始《はじ》まってからずっとハリー以外《いがい》はねらわないんだ。スリザリンのやつら、ブラッジャーに何《なに》か仕掛《しか》けたにちがいない」

「しかし、最後《さいご》の練習《れんしゅう》のあと、ブラッジャーはマダム・フーチの部屋《へや》に、鍵《かぎ》をかけてずっとしまったままだった。練習《れんしゅう》のときは何《なに》も変《へん》じゃなかったぜ……」

ウッドは心配《しんぱい》そうに言《い》った。

マダム・フーチがこっちへ向《む》かって歩《ある》いてくる。その肩越《かたご》しに、ハリーはスリザリン・チームが自分《じぶん》のほうを指差《ゆびさ》してやじっているのを見《み》た。

「聞《き》いてくれ」マダム・フーチがだんだん近《ちか》づいてくるので、ハリーが意見《いけん》を述《の》べた。

「君《きみ》たち二人《ふたり》がずっと僕《ぼく》の周《まわ》りを飛《と》び回《まわ》っていたんじゃ、むこうから僕《ぼく》のそでの中《なか》にでも飛《と》び込《こ》んでくれないかぎり、スニッチを捕《つか》まえるのは無理《むり》だよ。だから、二人《ふたり》ともほかの選手《せんしゅ》のところに戻《もど》ってくれ。あの狂《くる》ったブラッジャーは僕《ぼく》に任《まか》せてくれ」

「バカ言《い》うな」フレッドが言《い》った。「頭《あたま》を吹《ふ》っ飛《と》ばされるぞ」

ウッドはハリーとウィーズリー兄弟《きょうだい》とを交互《こうご》に見《み》た。

「オリバー、そんなのありえないわ」

アリシア・スピネットが怒《おこ》った。

「ハリー一人《ひとり》にあれを任《まか》せるなんてダメよ。調査《ちょうさ》を依頼《いらい》しましょうよ――」

「今中止《いまちゅうし》したら、没収試合《ぼっしゅうじあい》になる！」ハリーが叫《さけ》んだ。「たかが狂《くる》ったブラッジャー一個《こ》のせいで、スリザリンに負《ま》けられるか！　オリバー、さあ、僕《ぼく》をほっとくように、あの二人《ふたり》に言《い》ってくれ！」

「オリバー、すべて君《きみ》のせいだぞ。『スニッチをつかめ。しからずんば死《し》あるのみ』――そんなバカなことをハリーに言《い》うからだ！」ジョージが怒《おこ》った。

マダム・フーチがやってきた。

「試合再開《しあいさいかい》できるの？」ウッドに聞《き》いた。

ウッドはハリーの決然《けつぜん》とした表情《ひょうじょう》を見《み》た。

「よーし」ウッドが言《い》った。「フレッド、ジョージ。ハリーの言《い》ったことを聞《き》いただろう——ハリーをほっとけ。あのブラッジャーは彼一人《かれひとり》に任《まか》せろ」

雨《あめ》はますます激《はげ》しくなっていた。マダム・フーチのホイッスルで、ハリーは強《つよ》く地面《じめん》をけり、空《そら》に舞《ま》い上《あ》がった。あのブラッジャーが、はっきりそれとわかるビュービューという音《おと》を立《た》てながらあとを追《お》ってくる。高《たか》く、高《たか》く、ハリーは昇《のぼ》っていった。輪《わ》を描《えが》き、急降下《きゅうこうか》し、らせん、ジグザグ、回転《かいてん》と、ハリーは少《すこ》しくらくらした。しかし、目《め》だけは大《おお》きく見開《みひら》いていた。雨《あめ》がめがねを点々《てんてん》とぬらした。またしても激《はげ》しく上《うえ》から突《つ》っ込《こ》んでくるブラッジャーをさけるため、ハリーは箒《ほうき》から逆《さか》さにぶら下《さ》がった。鼻《はな》の穴《あな》に、雨《あめ》が流《なが》れ込《こ》んだ。観衆《かんしゅう》が笑《わら》っているのが聞《き》こえる——バカみたいに見《み》えるのはわかってる——しかし、狂《くる》ったブラッジャーは重《おも》いので、ハリーほどすばやく方向転換《ほうこうてんかん》ができない。ハリーは競技場《きょうぎじょう》の縁《ふち》に沿《そ》ってジェットコースターのような動《うご》きをしはじめた。目《め》を凝《こ》らし、銀色《ぎんいろ》の雨《あめ》のカーテンを透《す》かしてグリフィンドールのゴールを見《み》ると、エイドリアン・ピュシーがゴールキーパーのウッドを抜《ぬ》いて得点《とくてん》しようとしていた……。

ハリーの耳元《みみもと》でヒュッという音《おと》がして、またブラッジャーがかすった。ハリーはくるりと向《む》きを変《か》え、ブラッジャーと反対方向《はんたいほうこう》に疾走《しっそう》した。

「バレエの練習《れんしゅう》かい？　ポッター」

ブラッジャーをかわすのに、ハリーが空中《くうちゅう》でくるくるとばかげた動《うご》きをしているのを見《み》て、マルフォイが叫《さけ》んだ。ハリーは逃《に》げ、ブラッジャーはそのすぐあとを追跡《ついせき》した。憎《にく》らしいマルフォイのほうをにらむように振《ふ》り返《かえ》ったハリーは、その時《とき》、見《み》た！　金色《きんいろ》のスニッチを。マルフォイの左耳《ひだりみみ》のわずかに上《うえ》のほうを漂《ただよ》っている――マルフォイは、ハリーを笑《わら》うのに気《き》を取《と》られて、まだ気《き》づいていない。

スピードを上《あ》げてマルフォイのほうに飛《と》びたい。それができない。マルフォイが上《うえ》を見《み》てスニッチを見《み》つけてしまうかもしれないから。つらい一瞬《いっしゅん》だ。ハリーは空中《くうちゅう》で立《た》ち往生《おうじょう》した。

バシッ！

ほんの一秒《びょう》のすきだった。ブラッジャーがついにハリーをとらえ、ひじを強打《きょうだ》した。ハリーは腕《うで》が折《お》れたのを感《かん》じた。燃《も》えるような腕《うで》の痛《いた》みでぼうっとしながら、ハリーはずぶぬれの箒《ほうき》の上《うえ》で、横様《よこざま》にすべった。使《つか》えなくなった右腕《みぎうで》をだらんとぶら下《さ》げ、片足《かたあし》のひざだけで箒《ほうき》に引《ひ》っかかっている。ブラッジャーが二度目《にどめ》の攻撃《こうげき》に突進《とっしん》してきた。今度《こんど》は顔《かお》をねらっている。ハリーはそれをかわした。意識《いしき》が薄《うす》れる中《なか》で、たった一つのことだけが脳《のう》に焼《や》きついていた――マルフォイのところへ行《い》け。

雨《あめ》と痛《いた》みですべてがかすむ中《なか》、ハリーは、下《した》のほうにちらっちらっと見《み》え隠《かく》れするマルフォイの嘲笑《あざわら》うような顔《かお》に向《む》かって急降下《きゅうこうか》した。ハリーが襲《おそ》ってくると思《おも》ったのだろう——マルフォイの目《め》が恐怖《きょうふ》で大《おお》きく見開《みひら》かれるのが見《み》えた。

「い、いったい——」

マルフォイは息《いき》をのみ、ハリーの行《い》く手《て》をさけて疾走《しっそう》した。

ハリーは折《お》れていないほうの手《て》を箒《ほうき》から放《はな》し、激《はげ》しく空《くう》をかいた——指《ゆび》が冷《つめ》たいスニッチを握《にぎ》りしめるのを感《かん》じた。もはや脚《あし》だけで箒《ほうき》をはさみ、気《き》を失《うしな》うまいと必死《ひっし》にこらえながら、ハリーはまっしぐらに地面《じめん》に向《む》かって突《つ》っ込《こ》んだ。下《した》の観衆《かんしゅう》から叫《さけ》び声《ごえ》が上《あ》がった。

バシャッと跳《は》ねを上《あ》げて、ハリーは泥《どろ》の中《なか》に落《お》ちた。そして箒《ほうき》から転《ころ》がり落《お》ちた。腕《うで》が不自然《ふしぜん》な方向《ほうこう》にぶら下《さ》がっている。痛《いた》みとうずきの中《なか》で、ワーワーというどよめきや口笛《くちぶえ》が、遠《とお》くの音《おと》のように聞《き》こえた。やられなかったほうの手《て》にしっかりと握《にぎ》ったスニッチに、ハリーは全神経《ぜんしんけい》を集中《しゅうちゅう》した。

「ああ」ハリーはかすかに言葉《ことば》を発《はっ》した。「勝《か》った」

そして、気《き》を失《うしな》った。

顔《かお》に雨《あめ》がかかり、ふと気《き》がつくと、まだピッチに横《よこ》たわったままだった、誰《だれ》かが上《うえ》からのぞき込《こ》んでいる。輝《かがや》くような歯《は》だ。

「やめてくれ。よりによって」ハリーがうめいた。

「自分《じぶん》の言《い》っていることがわかってないのだ」

心配《しんぱい》そうにハリーを取《と》り囲《かこ》んでいるグリフィンドール生《せい》に向《む》かって、ロックハートが高《たか》らかに言《い》った。

「ハリー、心配《しんぱい》するな。私《わたくし》が君《きみ》の腕《うで》を治《なお》してやろう」

「やめて！」ハリーが言《い》った。「僕《ぼく》、腕《うで》をこのままにしておきたい。かまわないで……」

ハリーは上半身《じょうはんしん》を起《お》こそうとしたが、激痛《げきつう》が走《はし》った。すぐそばで聞《き》き覚《おぼ》えのある「カシャッ」という音《おと》が聞《き》こえた。

「コリン、こんな写真《しゃしん》は撮《と》らないでくれ」ハリーは大声《おおごえ》を上《あ》げた。

「横《よこ》になって、ハリー」ロックハートがあやすように言《い》った。「この私《わたくし》が、数《かぞ》えきれないほど使《つか》ったことがある簡単《かんたん》な魔法《まほう》だからね」

「どうか医務室《いむしつ》に行《い》かせてください」ハリーが歯《は》を食《く》いしばりながら頼《たの》んだ。

「先生《せんせい》、そうするべきです」

泥《どろ》んこのウッドが言《い》った。チームのシーカーがけがをしているというのに、ウッドはどうしても笑顔《えがお》を隠《かく》せないでいる。

「ハリー、ものすごいキャッチだった。すばらしいの一言《ひとこと》だ。君《きみ》の自己《じこ》ベストだ。ウン」

周《まわ》りに立《た》ち並《なら》んだ脚《あし》のむこうに、フレッドとジョージが見《み》えた。狂《くる》ったブラッジャーを箱《はこ》に押《お》し込《こ》めようと格闘《かくとう》している。ブラッジャーはまだがむしゃらに戦《たたか》っていた。

「みんな、下《さ》がって」ロックハートが翡翠色《ひすいいろ》のそでをたくし上《あ》げながら言《い》った。

「やめて――ダメ……」

ハリーが弱々《よわよわ》しい声《こえ》を上《あ》げたが、ロックハートは杖《つえ》を振《ふ》り回《まわ》し、次《つぎ》の瞬間《しゅんかん》それをまっすぐハリーの腕《うで》に向《む》けた。

奇妙《きみょう》な気持《きも》ちの悪《わる》い感覚《かんかく》が、肩《かた》から始《はじ》まり、指先《ゆびさき》までずうっと広《ひろ》がっていった。まるで腕《うで》がペシャンコになったような感《かん》じがした。何《なに》が起《お》こったのか、ハリーはとても見《み》る気《き》がしなかった。ハリーは目《め》を閉《と》じ、腕《うで》から顔《かお》をそむけた。ハリーの予想《よそう》した最悪《さいあく》の事態《じたい》が起《お》こったらしい。のぞき込《こ》んだ人《ひと》たちが息《いき》をのみ、コリン・クリービーが夢中《むちゅう》でシャッターを切《き》る音《おと》でわかる。腕《うで》はもう痛《いた》みはしなかった――しかし、もはやとうてい腕《うで》とは思《おも》えない感覚《かんかく》だった。

「あっ」ロックハートの声《こえ》だ。

「そう。まあね。時《とき》にはこんなことも起《お》こりますね。でも、要《よう》するにもう骨《ほね》は折《お》れていない。それが肝心《かんじん》だ。それじゃ、ハリー、医務室《いむしつ》まで気《き》をつけて歩《ある》いて行《い》きなさい。――あっ、ウィーズリー君《くん》、ミス・グレンジャー、付《つ》き添《そ》って行《い》ってくれないかね？――マダム・ポンフリーが、その――少《すこ》し君《きみ》を――あー――きちんとしてくれるでしょう」

ハリーが立《た》ち上《あ》がったとき、なんだか体《からだ》が傾《かたむ》いているような気《き》がした。深呼吸《しんこきゅう》して、体《からだ》の右半分《みぎはんぶん》を見下《みお》ろしたとたんに、ハリーはまた失神《しっしん》しそうになった。

ローブの端《はし》から突《つ》き出《で》ていたのは、肌色《はだいろ》の分厚《ぶあつ》いゴムの手袋《てぶくろ》のようなものだった。指《ゆび》を動《うご》かしてみた。ぴくりとも動《うご》かない。

ロックハートはハリーの腕《うで》の骨《ほね》を治《なお》したのではない。骨《ほね》を抜《ぬ》き取《と》ってしまったのだ。

マダム・ポンフリーはおかんむりだった。

「まっすぐに私《わたし》のところに来《く》るべきでした！」

マダム・ポンフリーは憤慨《ふんがい》して、三十分前《ぶんまえ》まではれっきとした腕《うで》、そして今《いま》や哀《あわ》れな骨抜《ほねぬ》きの腕《うで》の残《ざん》がいを持《も》ち上《あ》げた。

「骨折《こっせつ》ならあっという間《ま》に治《なお》せますが――骨《ほね》を元《もと》どおりに生《は》やすとなると……」

「先生《せんせい》、できますよね？」ハリーはすがる思《おも》いだった。

「もちろん、できますとも。でも、痛《いた》いですよ」

マダム・ポンフリーは怖《こわ》い顔《かお》でそう言《い》うと、パジャマをハリーのほうに放《ほう》ってよこした。

「今夜《こんや》はここに泊《と》まらないと……」

ハリーがロンの手《て》を借《か》りてパジャマに着替《きが》える間《あいだ》、ハーマイオニーはベッドの周《まわ》りに張《は》られたカーテンの外《そと》で待《ま》った。骨《ほね》なしのゴムのような腕《うで》をそでに通《とお》すのに、かなり時間《じかん》がかかった。

「ハーマイオニー、これでもロックハートの肩《かた》を持《も》つっていうの？　えっ？」

ハリーのなえた指《ゆび》をそで口《ぐち》から引《ひ》っ張《ぱ》り出《だ》しながら、ロンがカーテン越《ご》しに話《はな》しかけた。

「頼《たの》みもしないのに骨抜《ほねぬ》きにしてくれるなんて」

「誰《だれ》にだって、まちがいはあるわ。それに、もう痛《いた》みはないんでしょう？　ハリー？」

「ああ」ハリーが答《こた》えた。「痛《いた》みもないけど、おまけに何《なん》にも感《かん》じないよ」

ハリーがベッドに飛《と》び乗《の》ると、腕《うで》は勝手《かって》な方向《ほうこう》にパタパタはためいた。

カーテンのむこうからハーマイオニーとマダム・ポンフリーが現《あらわ》れた。マダム・ポンフリーは「骨生《ほねは》え薬《ぐすり》のスケレ・グロ」とラベルの貼《は》ってある大《おお》きな瓶《びん》を手《て》にしている。

「今夜《こんや》はつらいですよ」ビーカーになみなみと湯気《ゆげ》の立《た》つ薬《くすり》を注《そそ》ぎ、ハリーにそれを渡《わた》しながら、マダム・ポンフリーが言《い》った。

「骨《ほね》を再生《さいせい》するのは荒療治《あらりょうじ》です」

「スケレ・グロ」を飲《の》むことがすでに荒療治《あらりょうじ》だった。一口《ひとくち》飲《の》むと口《くち》の中《なか》ものども焼《や》けつくようで、ハリーは咳込《せきこ》んだり、むせたりした。マダム・ポンフリーは、「あんな危険《きけん》なスポーツ」とか、「能無《のうな》しの先生《せんせい》」とか、文句《もんく》を言《い》いながら出《で》ていき、ロンとハーマイオニーが残《のこ》って、ハリーが水《みず》を飲《の》むのを手伝《てつだ》った。

「とにかく、僕《ぼく》たちは勝《か》った」ロンは顔中《かおじゅう》をほころばせた。

「ものすごいキャッチだったなあ。マルフォイのあの顔《かお》……殺《ころ》してやる！　って顔《かお》だったな」

「あのブラッジャーに、マルフォイがどうやって仕掛《しか》けをしたのか知《し》りたいわ」

ハーマイオニーが恨《うら》みがましい顔《かお》をした。

「質問《しつもん》リストに加《くわ》えておけばいいよ。ポリジュース薬《やく》を飲《の》んでからあいつに聞《き》く質問《しつもん》にね」

ハリーはまた横《よこ》になりながら言《い》った。

「さっきの薬《くすり》よりましな味《あじ》だといいんだけど……」

「スリザリンの連中《れんちゅう》のかけらが入《はい》ってるのに？　冗談言《じょうだんい》うなよ」ロンが言《い》った。

その時《とき》、医務室《いむしつ》のドアがパッと開《あ》き、泥《どろ》んこでびしょびしょのグリフィンドール選手全員《せんしゅぜんいん》がハリーの見舞《みま》いにやってきた。

「ハリー、超《ちょう》すごい飛《と》び方《かた》だったぜ」ジョージが言《い》った。

「たった今《いま》、マーカス・フリントがマルフォイをどなりつけてるのを見《み》たよ。何《なん》とか言《い》ってたな――スニッチが自分《じぶん》の頭《あたま》の上《うえ》にあるのに気《き》がつかなかった、とか。マルフォイのやつ、しゅんとしてたよ」

みんながケーキやら、菓子《かし》やら、かぼちゃジュースやらを持《も》ち込《こ》んで、ハリーのベッドの周《まわ》りに集《あつ》まり、まさに楽《たの》しいパーティが始《はじ》まろうとしていた。その時《とき》、マダム・ポンフリーが鼻息《はないき》も荒《あら》く入《はい》ってきた。

「この子《こ》は休息《きゅうそく》が必要《ひつよう》なんですよ。骨《ほね》を三十三本《ぼん》も再生《さいせい》させるんですから。出《で》ていきなさい！ **出《で》なさい！**」

ハリーはこうしてひとりぼっちになり、誰《だれ》にもじゃまされずに、なえた腕《うで》のずきずきという痛《いた》みとたっぷりつき合《あ》うことになった。

何時間《なんじかん》も何時間《なんじかん》も過《す》ぎた。真《ま》っ暗闇《くらやみ》の中《なか》、ハリーは急《きゅう》に目《め》が覚《さ》めて、痛《いた》みで小《ちい》さく悲鳴《ひめい》を上《あ》げた。腕《うで》は今《いま》や、大《おお》きなとげがぎゅうぎゅう詰《づ》めになっているような感覚《かんかく》だった。一瞬《いっしゅん》、この痛《いた》みで目《め》が覚《さ》めたのだと思《おも》った。ところが、闇《やみ》の中《なか》で誰《だれ》かが、ハリーの額《ひたい》の汗《あせ》を海綿《かいめん》でぬぐっている。

ハリーは恐怖《きょうふ》でゾクッとした。

「やめろ！」ハリーは大声《おおごえ》を出《だ》した。そして——。

「**ドビー！**」

あの屋敷《やしき》しもべ妖精《ようせい》の、テニスボールのようなグリグリ目玉《めだま》が、暗闇《くらやみ》を透《す》かしてハリーをのぞき込《こ》んでいた。一筋《ひとすじ》の涙《なみだ》が、長《なが》い、とがった鼻《はな》を伝《つた》ってこぼれた。

「ハリー・ポッターは学校《がっこう》に戻《もど》ってきてしまった」

ドビーが打《う》ちひしがれたようにつぶやいた。

「ドビーめが、ハリー・ポッターになんべんもなんべんも警告《けいこく》したのに。あぁ、なぜあなた様《さま》はドビーの申《もう》し上《あ》げたことをお聞《き》き入《い》れにならなかったのですか？　汽車《きしゃ》に乗《の》り遅《おく》れたとき、なぜにお戻《もど》りにならなかったのですか？」

ハリーは体《からだ》を起《お》こして、ドビーの海綿《かいめん》を押《お》しのけた。

「なぜここに来《き》たんだい？　それに、どうして僕《ぼく》が汽車《きしゃ》に乗《の》り遅《おく》れたことを知《し》ってるの？」

ドビーは唇《くちびる》を震《ふる》わせた。ハリーは突然《とつぜん》、もしやと思《おも》い当《あ》たった。

「あれは、君《きみ》だったのか！」ハリーはゆっくりと言《い》った。「僕《ぼく》たちがあの柵《さく》を通《とお》れないようにしたのは君《きみ》だったんだ」

「そのとおりでございます」

ドビーが激《はげ》しくうなずくと、耳《みみ》がパタパタはためいた。

「ドビーめは隠《かく》れてハリー・ポッターを待《ま》ち構《かま》えておりました。そして入口《いりぐち》をふさぎました。ですから、ドビーはあとで、自分《じぶん》の手《て》にアイロンをかけなければなりませんでした――」

ドビーは包帯《ほうたい》を巻《ま》いた十本《ぼん》の長《なが》い指《ゆび》をハリーに見《み》せた。

「――でも、ドビーはそんなことは気《き》にしませんでした。これでハリー・ポッターは安全《あんぜん》だと思《おも》ったからです。ハリー・ポッターが別《べつ》の方法《ほうほう》で学校《がっこう》へ行《い》くなんて、ドビーめは夢《ゆめ》にも思《おも》いませんでした！」

ドビーは醜《みにく》い頭《あたま》を振《ふ》りながら、体《からだ》を前後《ぜんご》に揺《ゆ》すった。

「ドビーめはハリー・ポッターがホグワーツに戻《もど》ったと聞《き》いたとき、あんまり驚《おどろ》いたので、ご主《しゅ》人様《じんさま》の夕食《ゆうしょく》を焦《こ》がしてしまったのです！　あんなにひどく鞭打《むちう》たれたのは、初《はじ》めてでございました……」

ハリーは枕《まくら》に体《からだ》を戻《もど》して横《よこ》になった。

「君《きみ》のせいでロンも僕《ぼく》も退校処分《たいこうしょぶん》になるところだったんだ」

ハリーは声《こえ》を荒《あら》らげた。

「ドビー、僕《ぼく》の骨《ほね》が生《は》えてこないうちに、とっとと出《で》ていったほうがいい。じゃないと、君《きみ》をしめ殺《ころ》してしまうかもしれない」

ドビーは弱々《よわよわ》しくほほえんだ。

「ドビーめは殺《ころ》すという脅《おど》しには慣《な》れっこでございます。お屋敷《やしき》では一日《にち》五回《かい》も脅《おど》されます」

ドビーは、自分《じぶん》が着《き》ている汚《きたな》らしい枕《まくら》カバーの端《はし》で鼻《はな》をかんだ。その様子《ようす》があまりにも哀《あわ》れで、ハリーは思《おも》わず怒《いか》りが潮《しお》のように引《ひ》いていくのを感《かん》じた。

「ドビー、どうしてそんな物《もの》を着《き》ているの？」ハリーは好奇心《こうきしん》から聞《き》いた。

「これのことでございますか？」ドビーは着《き》ている枕《まくら》カバーをつまんで見《み》せた。

「これは、屋敷《やしき》しもべ妖精《ようせい》が、奴隷《どれい》だということを示《しめ》しているのでございます。ドビーめはご主《しゅ》人様《じんさま》が衣服《いふく》をくださったとき、初《はじ》めて自由《じゆう》の身《み》になるのでございます。家族全員《かぞくぜんいん》がドビーにはソックスの片方《かたほう》さえ渡《わた》さないように気《き》をつけるのでございます。もし渡《わた》せば、ドビーは自由《じゆう》になり、その屋敷《やしき》から永久《えいきゅう》にいなくなってもよいのです」

ドビーは飛《と》び出《だ》した目《め》をぬぐい、出《だ》し抜《ぬ》けにこう言《い》った。

「ハリー・ポッターはどうしても家《いえ》に帰《かえ》らなければならない。ドビーめは考《かんが》えました。ドビーのブラッジャーでそうさせることができると――」

「君《きみ》のブラッジャー？」怒《いか》りがまたこみ上《あ》げてきた。「いったいどういう意味《いみ》？　君《きみ》のブラッジャーって？　君《きみ》が、ブラッジャーで僕《ぼく》を殺《ころ》そうとしたの？」

「殺《ころ》すのではありません。めっそうもない！」ドビーは驚愕《きょうがく》した。「ドビーめは、ハリー・ポッターの命《いのち》をお助《たす》けしたいのです！　ここにとどまるより、大《おお》けがをして家《いえ》に送《おく》り返《かえ》されるほうがよいのでございます！　ドビーめは、ハリー・ポッターが家《いえ》に送《おく》り返《かえ》される程度《ていど》にけがをするようにしたかったのです！」

「その程度《ていど》のけがって言《い》いたいわけ？」ハリーは怒《おこ》っていた。

「僕《ぼく》がバラバラになって家《いえ》に送《おく》り返《かえ》されるようにしたかったのは、いったいなぜなのか、話《はな》せないの？」

「ああ、ハリー・ポッターが、おわかりくださればよいのに！」

ドビーはうめき、またポロポロとボロ枕《まくら》カバーに涙《なみだ》をこぼした。

「あなた様《さま》が私《わたくし》どものように卑《いや》しい、奴隷《どれい》の、魔法界《まほうかい》のくずのような者《もの》にとって、どんなに大切《たいせつ》なお方《かた》なのか、おわかりくださっていれば！　ドビーめは覚《おぼ》えております。『名前《なまえ》を呼《よ》んではいけないあの人《ひと》』が権力《けんりょく》の頂点《ちょうてん》にあったときのことをでございます！　屋敷《やしき》しもべ妖精《ようせい》の私《わたくし》どもは、害虫《がいちゅう》のように扱《あつか》われたのでございます」

ドビーは枕《まくら》カバーで、涙《なみだ》でぬれた顔《かお》をふきながら、「もちろん、ドビーめは今《いま》でもそうでございます」と認《みと》めた。

「でも、あなた様《さま》が『名前《なまえ》を呼《よ》んではいけないあの人《ひと》』に打《う》ち勝《か》ってからというもの、私《わたくし》どものような者《もの》にとって、生活《せいかつ》は全体《ぜんたい》によくなったのでございます。ハリー・ポッターが生《い》き残《のこ》った。闇《やみ》の帝王《ていおう》の力《ちから》は打《う》ち砕《くだ》かれた。それは新《あたら》しい夜明《よあ》けでございました。暗闇《くらやみ》の日《ひ》に終《お》わりはないと思《おも》っていた私《わたくし》どもにとりまして、ハリー・ポッターは希望《きぼう》の道《みち》しるべのように輝《かがや》いたのでございます……。それなのに、ホグワーツで恐《おそ》ろしいことが起《お》きようとしている。もう起《お》こっているのかもしれません。ですから、ドビーめはハリー・ポッターをここにとどまらせるわけにはいかないのです。歴史《れきし》がくり返《かえ》されようとしているのですから。またしても『秘密《ひみつ》の部屋《へや》』が開《ひら》かれたのですから――」

ドビーはハッと恐怖《きょうふ》で凍《こお》りついたようになり、やにわにベッドの脇机《わきづくえ》にあったハリーの水差《みずさ》しをつかみ、自分《じぶん》の頭《あたま》にぶっつけて、ひっくり返《かえ》って見《み》えなくなってしまった。次《つぎ》の瞬間《しゅんかん》、「ドビーは悪《わる》い子《こ》、とっても悪《わる》い子《こ》……」とブツブツ言《い》いながら、目《め》をくらくらさせ、ドビーはベッドの上《うえ》にはい戻《もど》ってきた。

「それじゃ、『秘密《ひみつ》の部屋《へや》』はほんとにあるんだね？」ハリーがつぶやいた。「そして――君《きみ》、それが以前《いぜん》にも開《ひら》かれたことがあるって言《い》ったね？　教《おし》えてよ、ドビー！」

ドビーの手《て》がそろそろと水差《みずさ》しのほうに伸《の》びたので、ハリーはそのやせこけた手首《てくび》をつかんで押《お》さえた。

「だけど、僕《ぼく》はマグル出身《しゅっしん》じゃないのに――その部屋《へや》がどうして僕《ぼく》にとって危険《きけん》だというの？」

「あぁ、どうぞもう聞《き》かないでくださいまし。哀《あわ》れなドビーめにもうお尋《たず》ねにならないで」

ドビーは暗闇《くらやみ》の中《なか》で大《おお》きな目《め》を見開《みひら》いて口《くち》ごもった。

「闇《やみ》の罠《わな》がここに仕掛《しか》けられています。それが起《お》こるとき、ハリー・ポッターはここにいてはいけないのです。家《いえ》に帰《かえ》って。ハリー・ポッター、家《いえ》に帰《かえ》って。ハリー・ポッターはそれに関《かか》わってはいけないのでございます。危険過《きけんす》ぎます――」

「ドビー、いったい誰《だれ》が？」

ドビーがまた水差《みずさ》しで自分《じぶん》をぶったりしないよう、手首《てくび》をしっかりつかんだまま、ハリーが聞《き》いた。

「今度《こんど》は誰《だれ》がそれを開《ひら》いたの？　以前《いぜん》に開《ひら》いたのは誰《だれ》だったの？」

「ドビーには言《い》えません。言《い》えないのでございます。ドビーは言《い》ってはいけないのです！」

しもべ妖精《ようせい》はキーキー叫《さけ》んだ。「家《いえ》に帰《かえ》って。ハリー・ポッター、家《いえ》に帰《かえ》って！」

「僕《ぼく》はどこにも帰《かえ》らない！」ハリーは激《はげ》しい口調《くちょう》で言《い》った。

「僕《ぼく》の親友《しんゆう》の一人《ひとり》はマグル生《う》まれだ。もし『部屋《へや》』がほんとうに開《ひら》かれたのなら、彼女《かのじょ》がまっさきにやられる――」

「ハリー・ポッターは友達《ともだち》のために自分《じぶん》の命《いのち》を危険《きけん》にさらす！」ドビーはみじめさと恍惚感《こうこつかん》でうめいた。「なんと気高《けだか》い！　なんと勇敢《ゆうかん》な！　でも、ハリー・ポッターは、まず自分《じぶん》を助《たす》けなければいけない。そうしなければ。ハリー・ポッターはけっして……」

ドビーは突然凍《とつぜんこお》りついたようになり、コウモリのような耳《みみ》がピクピクした。ハリーにも聞《き》こえた。外《そと》の廊下《ろうか》をこちらに向《む》かってくる足音《あしおと》がする。

「ドビーは行《い》かなければ！」

しもべ妖精《ようせい》は恐怖《きょうふ》におののきながらつぶやいた。パチッと大《おお》きな音《おと》がしたとたん、ハリーの手《て》は空《くう》をつかんでいた。ハリーは再《ふたた》びベッドにもぐり込《こ》み、医務室《いむしつ》の暗《くら》い入口《いりぐち》のほうに目《め》を向《む》けた。足音《あしおと》がだんだん近《ちか》づいてくる。

次《つぎ》の瞬間《しゅんかん》、ダンブルドアが後《うし》ろ向《む》きで入《はい》ってきた。長《なが》いウールのガウンを着《き》てナイトキャップをかぶっている。石像《せきぞう》のような物《もの》の片端《かたはし》を持《も》って運《はこ》んでいる。そのすぐあと、マクゴナガル先生《せんせい》が石像《せきぞう》の足《あし》のほうを持《も》って現《あらわ》れた。二人《ふたり》は持《も》っていたものをドサリとベッドに降《お》ろした。

「マダム・ポンフリーを――」ダンブルドアがささやいた。

マクゴナガル先生《せんせい》はハリーのベッドの端《はし》のところを急《いそ》いで通《とお》り過《す》ぎ、姿《すがた》が見《み》えなくなった。ハリーは寝《ね》ているふりをしてじっと横《よこ》たわっていた。あわただしい声《こえ》が聞《き》こえてきたと思《おも》うと、マクゴナガル先生《せんせい》がスイッと姿《すがた》を現《あらわ》した。そのすぐあとにマダム・ポンフリーが、ねまきの上《うえ》にカーディガンを羽織《はお》りながらついてきた。ハリーの耳《みみ》にあっと息《いき》をのむ声《こえ》が聞《き》こえた。

「何《なに》があったのですか？」

ベッドに置《お》かれた石像《せきぞう》の上《うえ》にかがみ込《こ》んで、マダム・ポンフリーがささやくようにダンブルドアに尋《たず》ねた。

「また襲《おそ》われたのじゃ。ミネルバがこの子《こ》を階段《かいだん》のところで見《み》つけてのう」

「この子《こ》のそばにブドウが一房落《ひとふさお》ちていました」マクゴナガル先生《せんせい》の声《こえ》だ。

「たぶんこの子《こ》はこっそりポッターのお見舞《みま》いに来《こ》ようとしたのでしょう」

ハリーは胃袋《いぶくろ》がひっくり返《かえ》る思《おも》いだった。ゆっくりと用心深《ようじんぶか》く、ハリーはわずかに身《み》を起《お》こし、むこうのベッドの石像《せきぞう》を見《み》ようとした。一条《いちじょう》の月明《つきあ》かりが、目《め》をカッと見開《みひら》いた石像《せきぞう》の顔《かお》を照《て》らし出《だ》していた。

コリン・クリービーだった。目《め》を大《おお》きく見開《みひら》き、手《て》を前《まえ》に突《つ》き出《だ》して、カメラを持《も》っている。

「石《いし》になったのですか？」マダム・ポンフリーがささやいた。

「そうです」マクゴナガル先生《せんせい》だ。

「考《かんが》えただけでもぞっとします……アルバスがココアを飲《の》みたくなって階段《かいだん》を下《お》りていらっしゃらなかったら、いったいどうなっていたかと思《おも》うと……」

三人《にん》はコリンをじっと見下《みお》ろしている。ダンブルドアはちょっと前《まえ》かがみになってコリンの指《ゆび》をこじ開《あ》けるようにして、握《にぎ》りしめているカメラをはずした。

「この子《こ》が、襲《おそ》った者《もの》の写真《しゃしん》を撮《と》っているとお思《おも》いですか？」マクゴナガル先生《せんせい》が熱《ねっ》ぽく言《い》った。

ダンブルドアは何《なに》も言《い》わず、カメラの裏《うら》ぶたをこじ開《あ》けた。

シューッと音《おと》を立《た》てて、カメラから蒸気《じょうき》が噴《ふ》き出《だ》した。

「なんてことでしょう！」マダム・ポンフリーが声《こえ》を上《あ》げた。

三つ先《さき》のベッドからハリーのところまで、焼《や》けたプラスチックのツーンとする臭《にお》いが漂《ただよ》ってきた。

「溶《と》けてる」マダム・ポンフリーがふに落《お》ちないという顔《かお》をした。「全部《ぜんぶ》溶《と》けてる……」

「アルバス、これはどういう意味《いみ》なのでしょう？」マクゴナガル先生《せんせい》が急《せ》き込《こ》んで聞《き》いた。

「その意味《いみ》は」ダンブルドアが言《い》った。「『秘密《ひみつ》の部屋《へや》』が再《ふたた》び開《ひら》かれたということじゃ」

マダム・ポンフリーはハッと手《て》で口《くち》を覆《おお》い、マクゴナガル先生《せんせい》はダンブルドアをじっと見《み》た。

「でも、アルバス……いったい……誰《だれ》が？」

「誰《だれ》がという問題《もんだい》ではないのじゃ」ダンブルドアはコリンに目《め》を向《む》けたまま言《い》った。

「問題《もんだい》は、どうやってじゃよ……」

ハリーは薄明《うすあ》かりの中《なか》でマクゴナガル先生《せんせい》の表情《ひょうじょう》を見《み》た。マクゴナガル先生《せんせい》でさえ、ハリーと同《おな》じように、ダンブルドアの言《い》ったことがわからないようだった。

つづく

J.K. ローリング 作

不朽の人気を誇る「ハリー・ポッター」シリーズの著者。1990年、旅の途中の遅延した列車の中で「ハリー・ポッター」のアイデアを思いつくと、全7冊のシリーズを構想して執筆を開始。1997 年に第1巻『ハリー・ポッターと賢者の石』が出版、その後、完結までにはさらに10年を費やし、2007年に第7巻となる『ハリー・ポッターと死の秘宝』が出版された。シリーズは現在85の言語に翻訳され、発行部数は6億部を突破、オーディオブックの累計再生時間は10億時間以上、制作された8本の映画も大ヒットとなった。また、シリーズに付随して、チャリティのための短編『クィディッチ今昔』と『幻の動物とその生息地』(ともに慈善団体〈コミック・リリーフ〉と〈ルーモス〉を支援)、『吟遊詩人ビードルの物語』(〈ルーモス〉を支援)も執筆。『幻の動物とその生息地』は魔法動物学者ニュート・スキャマンダーを主人公とした映画「ファンタスティック・ビースト」シリーズが生まれるきっかけとなった。大人になったハリーの物語は舞台劇『ハリー・ポッターと呪いの子』へと続き、ジョン・ティファニー、ジャック・ソーンとともに執筆した脚本も、書籍化された。その他の児童書に『イッカボッグ』(2020年)『クリスマス・ピッグ』(2021年)があるほか、ロバート・ガルブレイスのペンネームで発表し、ベストセラーとなった大人向け犯罪小説「コーモラン・ストライク」シリーズも含め、その執筆活動に対し多くの賞や勲章を授与されている。J.K. ローリングは、慈善信託〈ボラント〉を通じて多くの人道的活動を支援するほか、性的暴行を受けた女性の支援センター〈ベイラズ・プレイス〉、子供向け慈善団体〈ルーモス〉の創設者でもある。

J.K. ローリングに関するさらに詳しい情報はjkrowlingstories.comで。

松岡佑子《まつおかゆうこ》 訳

翻訳家。国際基督教大学卒、モントレー国際大学院大学国際政治学修士。日本ペンクラブ館員。スイス在住。訳書に「ハリー・ポッター」シリーズ全7巻のほか、「少年冒険家トム」シリーズ、映画オリジナル脚本版「ファンタスティック・ビースト」シリーズ、『ブーツをはいたキティのはなし』、『とても良い人生のために』『イッカボッグ』『クリスマス・ピッグ』(以上静山社)がある。

静山社ペガサス文庫

ハリー・ポッター ❸
ハリー・ポッターと秘密《ひみつ》の部屋《へや》〈新装版《しんそうばん》〉2-1

2024年6月4日　第1刷発行

作者　J.K.ローリング
訳者　松岡佑子
発行者　松岡佑子
発行所　株式会社静山社
〒102-0073 東京都千代田区九段北1-15-15
電話・営業 03-5210-7221
https://www.sayzansha.com
装画　ダン・シュレシンジャー
装丁　城所 潤(ジュン・キドコロ・デザイン)
印刷・製本　中央精版印刷株式会社

ISBN 978-4-86389-862-2　Printed in Japan
Published by Say-zan-sha Publications Ltd.

「静山社《せいざんしゃ》ペガサス文庫《ぶんこ》」創刊《そうかん》のことば

小《ちい》さくてもきらりと光《ひか》る、星《ほし》のような物語《ものがたり》を届《とど》けたい——一九七九年《ねん》の創業《そうぎょう》以来《いらい》、静山社《せいざんしゃ》が抱《いだ》き続《つづ》けてきた願《ねが》いをこめて、少年少女《しょうねんしょうじょ》のための文庫《ぶんこ》「静山社《せいざんしゃ》ペガサス文庫《ぶんこ》」を創刊《そうかん》します。

読書《どくしょ》は、みなさんの心《こころ》に眠《ねむ》っている想像《そうぞう》の羽《はね》を広《ひろ》げ、未知《みち》の世界《せかい》へいざないます。読書体験《どくしょたいけん》をとおしてつちかわれた想像力《そうぞうりょく》は、楽《たの》しいとき、苦《くる》しいとき、悲《かな》しいとき、どんなときにも、みなさんに勇気《ゆうき》を与《あた》えてくれるでしょう。

ギリシャ神話《しんわ》に登場《とうじょう》する天馬《てんま》・ペガサスのように、大《おお》きなつばさとたくましい足《あし》、しなやかな心《こころ》で、みなさんが物語《ものがたり》の世界《せかい》を、自由《じゆう》にかけまわってくださることを願《ねが》っています。

二〇一四年《ねん》

静《せい》山《ざん》社《しゃ》